KB010006

선시 삼백수

禪詩 三百首

석지현
역주·해설

민족사

『선시』 수정판을 내면서

지금부터 44년 전(1972) 나는 우연히 선승들의 어록을 접하게 되었다. 어록을 보는 순간 선의 언어 사용법이 대단히 파격적이라는 걸 알게 되었다. '목마가 바람 속에서 울고 있다(木馬嘶風)'는 등의 표현은 신선한 충격이었는데, 선승들의 게송(偈頌, 詩)에서 특히 이런 표현들이 자주 사용되고 있었다.

그 후 선승들의 게송을 집중적으로 보다가 이참에 아예 선승들의 시를 모아 보겠다는 생각을 하게 되었다. 마침 가까이에는 한문의 숨은 실력자이신 환성(幻惺) 노스님이 계셨기 때문에 이런 가당치 않은 생각을 하게 된 것이다.

일반적으로 선승들의 시는 게송(偈頌)이라고 부르는데 이 경우 '게(偈, gāthā, Geya)'란 시가(詩歌)를 말하며 '송(頌)'이란 '게'를 한역(漢譯, 한문 번역)한 말이다. 즉 가타(gāthā) 또는 기야(Geya)의 소리 번역(音譯)인 '게(偈, 偈陀)'와 뜻 번역(意譯)인 '송(頌)'을 합하여 게송(偈頌)이라 부르게 된 것이다.

처음으로 선승들의 게송을 모아 번역해서 낸 것은 1975년 『선시(禪詩)』(현암사)였다. 이후부터 우리나라에서 '선시(禪詩)'라는 말이 쓰이기 시작했는데, 이 책에는 통도사 극락암 경봉(鏡峰) 노스님의 서문과 미당 서정주 선생님의 서문인 '교열을 마치고'가 나란히 실리게 됐다.

사실 당시는 몰랐지만 40년이 지난 지금 생각해 보면 이 두 분의 글을 받아 실었다는 것은 너무나 귀한 은총이었다고 생각한다. 세상모르고 까불어대던 돌팔이가 그래도 부서지지 않고 이렇게 살아남아서 『선시』의 수정판인 『선시 300수(首)』를 낼 수 있게 됐다는 것은 이 분들의 보호막이 있었기 때문이었다.

그 후 22년이 지나 1997년에는 『선시감상사전(鑑賞辭典)』(상·하 2권, 민족사)을 출판했다. 여기에는 중국편 260편, 한국편 997편, 일본편 174편, 총 1431편을 수록했다. 1985년부터 시작하여 모으고 번역하고 주를 달고 해설하는 데만 무려 12년이 걸렸는데, 우리나라에서 나온 가장 방대한 '선시 사전'이 되는 셈이다. 그 후 문고판 『선시』도 출판했다.

올해(2020) 3월부터는 민족사 윤사장님의 강력한 요청으로 탄허강숙에서 '선시'를 강의하기로 했다. 강의본으로 기존의 『선시감상사전』에서 300수를 발췌하고 나서 보니 번역과 주석, 그리고 감상문이 마음에 안 드는 곳이 많았다. 그래서

주(註)를 더 달고 해설을 대폭 수정하고 보완했다.

책 제목은 『선시 300수』로 하고 수록 범위는 일본편을 삭제하고 중국편과 한국편으로 한정했다. 그리고 새로운 선시도 찾아서 추가했다. 중국편 219편, 한국편 81편이 수록되었다. 선시 제목은 번역하지 않고 원제(原題)를 살렸고, 원제가 없는 것은 시 원문 가운데서 적합한 제목을 붙였다. 각 선시의 출전도 밝혔다. 그리고 책 뒤에는 간단하지만, 작자 소개를 수록했다.

나로서는 수정·보완에 최선을 다했지만 이 세상에 '완벽'이란 없다. 완벽이란 불가능한 일이기 때문이다. 있다면 그것은 끊임없이 공부하고 고쳐나가는 일이 있을 뿐이다.

2020년 가을밤
반산초당(半山草堂)에서
다모관음 석지현

| 목 차 |

제1부 중국의 선시(禪詩)

제2부 한국의 선시(禪詩)

작자 소개

일러두기

(1) 작품 배열은 중국편 한국편으로 나누었고, 원제를 기준하여 가나다 순으로 배열했다.
(2) 원제가 있는 시는 원제를 그대로 살렸고, 없는 경우는 원문 속에서 핵심이 될 만한 단어를 뽑아 제목으로 사용했다.
(3) 감상은 핵심적인 곳만 언급했고, 긴말은 피했다.
(4) 〈주(낱말풀이)〉는 되도록 간략하게 풀이했다.
(5) 선시는 아니지만, 선어록에 자주 인용되는 시, 선적(禪的)인 분위기가 있는 시는 근선시(近禪詩)로 간주하여 수록했다.

선시 해설

1. 선시(禪詩)

선(禪)은 불립문자(不立文字)로부터 출발한다. 그러므로 언어에 뒤따르는 사고작용마저 선은 용납하지 않는다. 대신 선에서는 오직 자기 자신 속에서의 직관적인 깨달음만을 강조하고 있다.

그러나 여기 선(禪)을 표현하는 데 한계가 있다. 선을, 그 깨달음을 제삼자에게 알리자면 여하튼 어떤 식으로든 표현의 방법이 있어야 한다. 그래서 선승 임제는 제자들의 물음에 대한 대답 대신 크게 고함을 질렀고(臨濟喝), 덕산은 무조건 몽둥이를 휘둘러댔던 것이다(德山棒). 일반의 상식에서 벗어난 이런 방법을 통해서 그들은 솟구치는 깨달음의 희열을 어느 정도 전달할 수 있었다. 그러나 이 과격한 방법을 통해서는 깨달음의 그 섬세한 느낌은 도저히 전달할 수 없었다.

그래서 그들은 깨달음의 섬세한 느낌을 전달하기 위하여 시(詩)를 택하지 않을 수 없었다.

시란 언어의 설명적인 기능을 최대한 억제시킨 비언어적인 언어이기 때문이다. 선승들은 그들의 깨달음을 시를 통하여 표현하기 시작했는데 이것이 첫 번째 선시의 출현(以詩寓禪)이다.

이렇게 하여 남성적인 '선'은 여성적인 '시'와 만나 더욱 활기차게 발전해 갔다. 선이 시와 결합하여 이런 식으로 발전해 가자 이번에는 시인들 사이에서 시의 분위기를 심화시키기 위하여 선에 접근하는 풍조가 일기 시작했다. 이것이 두 번째 선시의 출현(以禪入詩)이었다.

첫 번째 선시는 대통신수(大通神秀, 606~706)를 위시한 선승들의 작품이다. 그리고 두 번째 선시는 주로 왕유(王維, 701~761)를 위시한 당송 시인들의 작품이다.

선승들과 시인들 사이에서 이런 식으로 선시를 쓰는 풍조가 일자 선과 시는 상호보충적이며 둘이 아니라는 직관파 시론가들의 선시론(禪詩論)까지 나오게 되었다.

"시는 선객(禪客)에게는 선을 장식하는 비단 위의 꽃이요, 선은 시인에게 있어서 언어를 절제하는 절옥도(切玉刀 : 옥을 자르는 칼)이다(詩爲禪客添花錦 禪是詩家切玉刀 ―元好問)."

"선의 핵심은 깨달음에 있다. 시의 핵심 역시 깨달음에 있다. 오직 깨달음을 통해서만 진정한 자기 자신일 수 있고 자기 자신만의 목소리를 낼 수 있다(禪道惟在妙悟 詩道亦在妙悟 惟妙悟乃爲當行 乃爲本色 ― 嚴羽 · 滄浪詩話).”

직관파 시론가의 대표적 인물인 엄우의 이 묘오론(妙悟論)은 후대에 시를 지나치게 선적(禪的)으로 해석했다는 비판을 받기도 했다.

결론적으로 말해서 선시(禪詩)란 무엇인가?

선이면서 선이 없는 것이 시요(禪而無禪便是詩),

시이면서 시가 없는 것이 선이다(詩而無詩禪儼然).

그러므로 선시란 언어를 거부하는 '선'과 언어를 전제로 하는 '시'의 가장 이상적인 결합이라고 할 수 있다.

2. 선시의 종류

선시 가운데 직관력이 유난히 돋보이는 시들이 있다. 이런 시들은 선지시(禪智詩)로 묶을 수 있는데 야보도천(冶父道川)의 『금강경(金剛經)』 선시가 대표적이다. 중국 선승들의 시는 대부분 선의 논리적인 측면, 즉 철학적인 면을 강조하려는 경향이 있는데 이런 시들은 선리시(禪理詩)로 묶을 수 있다. 승찬(僧璨)의 『신심명(信心銘)』, 영가현각(永嘉玄覺)의 『증도가(證道歌)』, 확암(廓庵)의 『십우도송(十牛圖頌)』 등이 있다. 이 가운데 『신심명』과 『증도가』는 그 분량이 워낙 많아 『선시삼백수(禪詩三百首)』에는 넣지 않고 대신 비교적 짧은 『십우도송(十牛圖頌)』만을 수록했다.

중국 시인들의 선시는 정서적인 면이 두드러지는데 이는 선취시(禪趣詩)로 묶을 수 있다. 왕유(王維)가 대표적이다. 우리나라 선승들의 시도 대부분 이 선취시로 묶을 수 있다. 진각혜심(眞覺慧諶), 매월당 김시습(梅月堂 金時習), 청허휴정(淸虛休靜), 경허성우(鏡虛惺牛)의 시가 대표적이다.

공안(公案)이란 선문답을 말하는데 이 문답을 통해서 극적인 격외의 체험(깨달음)이 가능하다. 그래서 자고로 많은 공안(1,700)이 창작됐는데, 북송 때 분양 선소(汾陽善昭)에 의해서 최초로 공안에 송(頌)을 붙이기 시작했다. 이렇게 하여 공안의 내용을 시로 읊는 공안선시(公案禪詩)가 태어난 것이다. 설두중현(雪竇重顯)과 천동정각(天童正覺)의 『백측송고(百則頌古)』는 공안 선시의 쌍벽이다.

우리나라 선승으로는 청매인오(靑梅印悟)의 공안 선시가 있다. 그러나 이 네 종류의 선시는 명확하게 서로 분리돼 있는 게 아니라 서로가 서로를 관통하면서 유기적으로 연결돼 있다. 이를 상즉상입(相卽相入)의 상태에 있다고 하는데 이렇게 종합적인 시각으로 봐야만 선시를 제대로 이해할 수가 있다.

제1부

중국의 선시

강상추야(江上秋夜)

도잠(道潛, ?~?)

비 내리는 저문 강물 날은 아직 개지 않았는데
오동잎 우수수 가을소리를 내네
망루(望樓)에 밤바람 멎었는데
달은 구름 엷은 곳에서 빛나고 있네.

雨暗蒼江晩未晴　井梧翻葉動秋聲
樓頭夜半風吹斷　月在浮雲淺處明

주 ◆ 강상추야(江上秋夜) : 강물 위의 가을 밤. ◆ 누두(樓頭) : 배 위에 있는 망루(望樓).

출전 : 참료자시집(參寥子詩集)

감상 섬세하기 이를 데 없는 작품이다. 제3구 '풍취단(風吹斷)'과 제4구 '천처명(淺處明)'이 빚어내는 시정(詩情)을 보라. 달빛 되어 얇게 번져가는 이 시정을 보라.

강설(江雪)

유종원(柳宗元, 773~819)

천산엔 새의 자취 끊기고
만길엔 사람 흔적 멸했네
외로운 배 도롱이 쓴 노인장
한강(寒江)의 눈발 속에 홀로 낚싯대를 늘이네.

千山鳥飛絶　萬徑人蹤滅
孤舟蓑笠翁　獨釣寒江雪

주 ◆ 강설(江雪) : 강에 내리는 눈발. ◆ 사립(蓑笠) : 비나 눈이 올 때 쓰는 도롱이. 옛날식 비옷.

출전 : 전당시(全唐詩)

감상 당시(唐詩)로서 이미 잘 알려진 작품이다.
제1구 '천산(千山)'과 제2구 '만경(萬徑)', 제1구 '조비절(鳥飛絕)'과 제2구 '인종멸(人蹤滅)', 그리고 제3구 '고주(孤舟)'와 제4구 '독조(獨釣)'의 이 절묘한 대칭을 보라. 제3구 '사립옹(蓑笠翁)'과 제4구 '한강설(寒江雪)'의 대칭도 좋다. 이 절묘하기 이를 데 없는 대칭 앞에서는 그만 할말이 없어진다. 길이 남을 작품이다.

강중 대월(江中對月)

유장경(劉長卿, 710~785)

쓸쓸한 모래톱에 저녁연기 드리우니
가을강 속의 달을 보네
모래톱에 한 사람 있어
달빛 속에 외로이 물을 건너네.

空洲夕烟斂　望月秋江裏
歷歷沙上人　月中孤渡水

주 ◆ 공주(空洲) : 쓸쓸한 모래톱. ◆ 염(斂) : 모이다, (연기가) 길게 드리우다. ◆ 역력(歷歷) : 뚜렷한 모양. ◆ 고(孤) : 쓸쓸하다.

출전 : 유수책자집(劉隨册子集)

감상 시상이 수정처럼 선명하다. 제4구는 절창이다. 제4구의 '고(孤)'자로 하여 이 시는 무한한 여운을 남기고 있다.

강행무제(江行無題)

전기(錢起, 722~780)

편한 잠에 조각배는 가볍고
바람이 자 파도는 잔잔하네
저 갈대 언덕을 그대에게 맡기나니
밤새도록 가을소리로 붐비네.

穩睡葉舟輕　風微浪不驚
任君蘆葦岸　終夜動秋聲

주 ◆ 온수(穩睡) : 편안하게 자다. ◆ 임(任) : 맡기다.

출전 : 전당시(全唐詩)

감상 가을 밤의 시정을 그린 듯이 읊어내고 있다. 특히 제4구 '종야(終夜)'는 가을 정취에 걷잡을 수 없이 설레는 시인 자신의 심정을 잘 표현한 단어다.

겁외춘(劫外吟)

동산양개(洞山良介, 807~869)

고목에 꽃 피는 세월 밖의 봄날이여
옥상(玉象)을 거꾸로 타고 기린을 뒤따라가네
저 일천 봉우리 속으로 몸을 숨기나니
바야흐로 청풍 명월의 호시절이네.

枯木花開劫外春　倒騎玉象趁麒麟
而今高隱千峰外　月皎風淸好日辰

주 ◆ 옥상(玉象) : 옥으로 만든 코끼리. ◆ 진(趁) : 좇아가다. 뒤따라가다. ◆ 호일진(好日辰) : 좋은 날.

출전 : 오가정종찬(五家正宗贊) 권 3

감상 시상(詩想)은 그윽하고 시어(詩語)는 당차기 이를 데 없으나, 시정(詩情)이 거기 미치지 못하고 있다. 제4구 '호일진(好日辰)'에 약간 무리가 있다.

게오송(契悟頌)

수창혜경(壽昌慧經, 1548~1618)

봄기운 간직한 채
가을빛 드러내나니
눈으로도 보지 못하고
지혜로도 헤아릴 수 없네
깨달음은 이 수행에 있지 않나니
바람 불고 꽃 피고 눈 오고 달 밝은 거기 맡기네.

暗藏春色　明露秋光
有眼莫見　縱智難量
到家不上長安道　一任風花雪月揚

주 ◆ 게오(契悟) : 깨닫다. ◆ 종(縱): 비록 ~가 있다 해도. ◆ 도가(到家) : 고향집에 이르다. 여기서는 '깨닫다'. ◆ 장안도(長安道) : 唐의 수도인 長安으로 가는 길. 여기서는 '깨닫기 위한 수행'. ◆ 일임(一任) : 모두 맡기다. 내 맡기다.

출전 : 남송원명선림승보전(南宋元明禪林僧寶傳) 권14

감상 선정(禪情)은 단정하지만 선리(禪理)가 팔팔 살아 있다. 제5 · 6구는 이 시의 눈(眼目)이다.

견색문성(見色聞聲)

백장○단(百丈○端, ?~?)

서리 친 달빛 속에 잔나비 울고
봄 깊은 뜨락에 꽃은 붉게 피었네
드넓은 이 누리 번뇌망상 티끌 속에
만나는 이마다 그분(본래 자기)이었네.

猿啼霜夜月　花笑深園春
浩浩紅塵裏　頭頭是故人

주 ◆ 호호(浩浩) : 드넓은 모양. ◆ 두두(頭頭) : 두두물물(頭頭物物). 사물마다.

출전 : 인천안목(人天眼目) 권3

감상 선리(禪理)와 시정(詩情)이 무르녹을 대로 무르녹은 작품이다. 제4구는 득도자(得道者)가 아니면 쓸 수 없는 구절이다.

경지(境地)

조천제(照闡提, ?~?)

비에 씻긴 복사꽃잎, 그 연약한 볼이여
바람에 연둣빛 안개 흔들려 버들가지 가볍네
흰구름의 그림자 속에 괴석(怪石)이 드러나고
푸른 물빛 속엔 고목이 싱그럽네.

雨洗淡紅桃萼嫩　風搖淺碧柳絲輕
白雲影裏怪石露　淥水光中古木清

주 ◆ 악(萼) : 꽃받침. ◆ 눈(嫩) : 어리고 연약함.(紅入桃花嫩-杜甫)

출전 : 설당화상습유록(雪堂和尙拾遺錄)

감상 득도(得道)의 심경을 자연 정경에 비겨 읊은 시. 제1구와 제2구는 생동하는 생명력을, 제3구와 제4구는 시간의 강인한 힘을 읊고 있다.

고사(古寺)

교연(皎然, ?~799)

갈바람 낙엽은 빈 산에 가득하고
옛 절(古寺)의 남은 등불 돌벽 사이에 있네
지난날 행선(行禪)하던 이들 다 가고
찬 구름만 밤마다 날아왔다가 돌아가네.

秋風落葉滿空山　古寺殘燈石壁間
昔日經行人去盡　寒雲夜夜自飛還

주 ◆ 경행(經行) : 걸으면서 행하는 참선수행. ◆ 비환(飛還) : 날아왔다가 돌아가다.

출전 : 서산집(杼山集)

감상 폐허가 된 옛 절의 풍광을 읊은 시. 쓸쓸하기 그지없다.

고사(古寺)

중묵종형(仲黙宗瑩, 元 ?~?)

험한 산 소나무 골짜기
다 쓰러져 가는 암자 하나
산허리에 걸린 길은 실낱 같은데
안개비는 유무(有無) 중에 있네.

絶壑松杉密　經壇佛殿空
沿山惟仄徑　煙雨有無中

주 ◆ 절학(絶壑) : 절곡(絶谷). 깊고 험한 골짜기. ◆ 측경(仄徑) : 비스듬히 나 있는 작은 길.

출전 : 선시감상사전(禪詩鑑賞辭典)

감상 다 쓰러져 가는 옛 절의 풍광을 읊고 있다. 제3구와 제4구는 그대로 문인화 한 폭이다.

고운(孤雲)

정심수목(淨心修睦, ?~?)

가을비 멎었는데
잠에서 일어 정신을 가다듬네
물을 보고 산을 보며 앉아 있나니
부귀도 명예도 다 잊었네
옛 조사들의 마음을 시구로 읊으면서
한가롭게 차를 달이네
내 살림살이 뉘 있어 알겠는가
외로운 구름만 이따금 섬돌가에 오네.

長空秋雨歇　睡起覺精神
看水看山坐　無名無利身
偈吟諸祖意　茶碾去年春
此外誰相識　孤雲到砌頻

주 ◆ 다전(茶碾) : 찻잎을 가는 맷돌. ◆ 체(砌) : 섬돌.
◆ 빈(頻) : 자주.

출전 : 선시감상사전(禪詩鑑賞辭典)

감상 시상은 좋은데 발랄한 기운이 모자란다. 세상의 명리를

떠나 사는 선승의 일상이 담담하게 떠오르고 있다. 마지막 구절
이 여운을 남기고 있다.

고주(孤舟)

천동정각(天童正覺, 1091~1157)

뱃사공은 몰래 노를 저어
배는 밤길을 떠나네
갈대꽃 양 언덕에 눈발처럼 휘날리고
수면에 이는 안개, 강의 근심이여
바람은 돛폭 밀어 팔짱 낀 채
젓대 소리 달 부르며 창주로 내려가네.

三老暗轉桅　孤舟夜廻頭
蘆花兩岸雪　煙水一江愁
風力扶帆行不棹　笛聲喚月下滄洲

주 ◆ 삼노(三老) : 노 젓는 사람.(峽中舟師爲長年, 梔工爲三老-書言故事) ◆ 창주(滄洲) : 바다의 어딘가에 있다는 이상향. 언제나 봄이고 사람은 죽지 않고 金殿玉樓로 꾸며져 있다 함.

출전 : 종용록(從容錄)

감상 이 시의 근거가 되는 청림사사(靑林死蛇) 공안의 전모는 다음과 같다.
어떤 승이 선승 청림(靑林)에게 물었다.

"길을 갈 때는 어찌해야 합니까?"
청림 : 죽은 뱀이 길에 누워 있다. 가지 말라.
어떤 승 : 이미 갔을 때는 어찌해야 합니까?
청림 : 살아 남기 힘들지.
어떤 승 : 아직 가지 않았을 때는요?
청림 : 그 또한 피할 길 없지.
어떤 승 : 바로 지금은요?
청림 : 김포행 버스는 이미 지나가 버렸네.
어떤 승 : 그러면 어디로 가야 합니까?
청림 : 풀이 너무 자라서 길을 찾을 수 없지.
어떤 승 : 스님도 몸조심해야겠습니다.
청림 : (손뼥을 치며) 참 지독한 놈이군.

시의 제1구와 제2구는 청림을 시험해 보려는 어떤 승의 물음을, 제3 · 4구는 청림의 높은 경지를 읊은 것이다. 그리고 제5 · 6구는 치고 받는 두 사람의 능숙한 수완을 읊었다.

공중가철선(空中駕鐵船)

해인초신(海印初信, ?~?)

며느리가 말을 타고 시어머니가 끄나니
저 노인장 공중에서 무쇠배를 저어 가네
우물 밑 돛폭 매기 바람세가 험하나니
높은 산 이마에 큰 물결 일고 있네.

新婦騎驢阿家牽　王老空中駕鐵船
井底掛帆風勢惡　須彌頂上浪滔天

주 ◆ 여(驢) : 말의 일종. 당나귀. 몸이 작고 귀가 길다.(面長似驢－吳志) ◆ 아가(阿家) : 며느리가 시어머니를 부를 때 쓰는 말. '阿'는 남을 부를 때 친근감을 나타내기 위하여 쓰는 말(阿妹, 阿兄). 『종용록(從容錄)』에는 '아랑(阿郎)'으로 되어 있다. '아랑(阿郎)'은 시어머니. 여기서는 『종용록』을 좇아 시어머니로 번역했다. ◆ 왕로(王老) : 왕씨 노인. 왕씨는 우리나라의 김씨나 이씨처럼 중국에 흔히 있는 성.

출전 : 선문염송(禪門拈頌)

감상 상식을 초월한 세계, 관념을 넘어선 차원을 읊고 있다.

공청풍파(空聽風波)

장산법천(蔣山法泉, ?~?)

금빛 갈기 낚으려고 고깃배 저어갈 제
우레의 바퀴 소리에 푸른 하늘 어두워지네
고기잡이 노인장 이 물 깊이 어찌 알리
언덕을 치는 물결 소리만 부질없이 듣고 있네.

欲取金鱗釣艇横　轟然霹靂下青冥
漁翁豈識潭中意　空聽風波拍岸聲

[주] ◆ 금린(金鱗) : 금빛 비늘을 가진 고기. ◆ 굉연(轟然) : 소리가 크게 울리는 모양. ◆ 어옹(漁翁) : 고기잡이 노인. ◆ 기식(豈識) : 어찌 ~을 알겠는가.

출전 : 선문염송(禪門拈頌)

[감상] 어설피 짐작하거나 선에 관한 책 몇 권을 읽은 따위 가지고는 아예 발도 못 붙이는 그런 경지를 노래하고 있다.

과약송정유감시중형(過若松町有感示仲兄)

소만수(蘇曼殊, 1884~1918)

오랫동안 만나지 못했다 하여 생사를 묻지 말게
구름같이 물같이 떠도는 외톨박이 중이네
까닭 없이 웃다가는 또 흐느끼나니
비록 기쁨이 있다 해도 내 마음은 이미 얼어 버렸네.

契闊死生君莫問　行雲流水一孤僧
無端狂笑無端哭　縱有歡腸已似氷

주 ◆ 중형(仲兄) : 인명. 陳獨秀(1880~1942), 작자가 가장 존경하던 친구(似師似友). ◆ 결활(契闊) : 오랫동안 만나지 못함. ◆ 종(縱) : 비록. ◆ 환장(歡腸) : 歡心. 기뻐하는 마음.

출전 : 연자감시(燕子龕詩)

감상 선승의 손에 의해서 쓰여진 자화시(自畵詩)라는 점에서 귀중하기 이를 데 없는 작품이다. 제3구에 이르면 선승이기에 앞서 고뇌하는 한 인간의 모습을 보게 된다. 그러므로 이 시는 선시(禪詩)라기보다는 인간의 시(人間詩)라고 해야 옳을 것이다.

과융상인 난야(過融上人蘭若)

맹호연(孟浩然, 689~740)

산의 선실(禪室)엔 옷만 걸려 있고
창밖에는 인적 없어 물새 나네
하산(下山)길 절반은 황혼에 젖었나니
흐르는 물소리에 산은 더욱 다가오네.

山頭禪室掛僧衣　窓外無人水鳥飛
黃昏半在下山路　却聽泉聲戀翠微

주 ◆ 융상인(融上人) : 상인(上人)은 스님에 대한 존칭. 융(融)은 인명. ◆ 난야(蘭若) : 절. ◆ 산두(山頭) : 산. 두(頭)는 어조사. ◆ 천성(泉聲) : 흐르는 물소리. ◆ 취미(翠微) : 파란 산기운.

출전 : 맹호연집(孟浩然集)

감상 제1 · 2구는 암자의 정경을, 제3구는 돌아오는 길의 정경을, 그리고 제4구는 암자에 남겨두고 온 시인 자신의 아련한 심정을 읊은 것이다. 시정이 무르녹은 작품이다.

과향적사(過香積寺)

왕유(王維, 701~761)

향적사 찾아가다
구름 깊은 곳에 들었네
고목 속으로 길은 사라졌는데
어디선가 종소리 들려오네
개울물은 괴이한 돌부리에 울리고
날빛(日色)은 소나무에 차갑네
해질녘 고요한 연못 부근에서
선정(禪定)에 들어 번뇌를 잠재우네.

不知香積寺　數里入雲峯
古木無人逕　深山何處鐘
泉聲咽危石　日色冷靑松
薄暮空潭曲　安禪制毒龍

주 ◆ 향적사(香積寺) : 중국 장안 부근 종남산(終南山)에 있는 절. ◆ 위석(危石) : 높고 기묘하게 생긴 바위. ◆ 공담(空潭) : 고요한 연못. ◆ 곡(曲) : 여기서는 '부근' 또는 '한쪽 구석의 외진 곳' 정도로 이해하기 바란다. ◆ 안선(安禪) : 좌선을 하다. ◆ 독룡(毒龍) : 여기서는 '번뇌망상'. '공담(空潭)'으로부터 독룡(毒龍)의 이미지가 연결됨.

출전 : 왕우승집(王右丞集)

감상 마치 한 폭의 동양화를 보는 듯하다. 이미지의 흐름이 흐르는 물 같다. 왕유의 시 가운데 대표적인 작품의 하나다.

교류수불류(橋流水不流)

부대사(傅大士, 497~569)

호미를 든 빈손이요
무소를 탄 보행이네
사람이 다리 위를 지나는데
다리는 흘러가고 물은 흐르지 않네.

空手把鋤頭 步行騎水牛
人從橋上過 橋流水不流

주 ◆ 조두(鋤頭) : 호미. 두(頭)는 어조사. ◆ 수우(水牛) : 물소. 무소.

출전 : 오등회원(五燈會元)

감상 호미를 들었으나 들었다는 생각이 없으면〔無心〕 빈손이나 다름없고, 무소를 탓으나 탓다는 생각이 없으면〔無心〕 걷는 것과(보행) 마찬가지다. 시의 제1구, 2구는 이런 무심의 상태를 읊은 것이다. 제3구는 유심의 상태를, 그리고 제4구는 (무심과 유심을 모두) 초월한 경지를 읊은 것이다.

금경지(錦鏡池)

승감(僧鑒, ?~1253?)

한 장의 거울 같은 수면에 허벽(虛碧)이 넘치는데
만상(萬象)은 모두 이 속에 있네
겹친 푸름 위에 엷은 푸름이 떠 있고
깊은 붉음에는 옅은 붉음이 섞여 있네.

一鑒涵虛碧　萬象悉其中
重綠浮輕綠　深紅間淺紅

주 ◆ 일감(一鑒) : 한 장의 거울.

출전 : 설두잡영(雪竇雜咏)

감상 여기 '한 장의 거울(一鑒)'은 우리의 본성이다. 우리의 본성에는 희로애락의 온갖 형상이 담긴다. 제3구 '부(浮)'는 공간성을, 제4구 '간(間)'은 시간성을 뜻한다. 제3구의 '녹(綠)'과 '부(浮)', 제4구의 '홍(紅)'과 '간(間)'의 대비를 보라. 저 화엄의 무진연기(無盡緣起)를 보는 것 같다. 장중하고 치밀하기 이를 데 없는 작품이다. 시상(詩想)이 장강(長江)처럼 흐르고 있다.

금로향진(金爐香盡)

자항요박(慈航了朴, ?~?)

불 꺼진 향롯가에서 물시계 소리
꽃샘바람 바늘 돋아 등골을 찌르나니
봄기운 날 흔들어 잠 못 이룰 제
달은 꽃그림자 옮겨서 난간 위에 얹네.

金爐香盡漏聲殘　翦翦輕風陳陳寒
春色惱人眠不得　月移花影上欄干

주 ◆ 금로(金爐) : 쇠로 만든 향로. ◆ 누성(漏聲) : 물시계의 물 떨어지는 소리. ◆ 전전(翦翦) : 바람이 가늘게 부는 모양. ◆ 경풍(輕風) : 가는 바람. ◆ 진진(陳陳) : 오래 계속되는 모양, 케케묵은 모양. 여기서는 추위가 끈질기게 계속되는 모양.(胡遊我陳－詩經)

출전 : 선문염송(禪門拈頌)

감상 봄의 시름에 젖은 수행자의 심정을 읊고 있다. 오색실(五色絲) 같은 번뇌가 이 수행자의 잠을 흔들고 있다.

기상량(寄商亮)

대숙륜(戴叔倫, 732~789)

날이면 날마다 물가에 나가 흐르는 물 보나니
상춘(傷春)이 끝나기 전에 쓸쓸한 가을이네
산속의 옛집엔 사람 가고 없으니
풍진 속을 오가는 우린 모두 백발이네.

日日河邊見水流　傷春未已復悲秋
山中舊宅無人住　來往風塵共白頭

주 ◆ 상량(商亮) : 작자의 친구인 듯. ◆ 일일(日日) : 날마다. ◆ 상춘(傷春) : 봄의 수심. ◆ 미이(未已) : 아직 끝나지 않았다.

출전 : 전당시(全唐詩)

감상 잔잔한 시정과 가슴 저리는 무상감(無常感)이 이 시의 주조(主調)를 이루고 있다.

기 서봉승(寄西峰僧)

장적(長籍, 768~830)

어둑한 소나무 숲에 물이 흐르고
밤기운 서늘하여 잠 못 이루네
서봉엔 아직 달이 있나니
멀리 그대의 풀집을 생각하네.

松暗水涓涓　夜凉人未眠
西峰月猶在　遙憶草堂前

주 ◆ 연연(涓涓) : 물이 가늘게 흐르는 모양. ◆ 초당(草堂) : 풀집.

출전 : 장사업시집(張司業詩集)

감상 잔잔한 작품이다. 제3구의 '월(月)'과 제4구의 '억(憶)'이 이 시에 간절함을 더해 주고 있다.

기평양정명원윤노(寄平陽淨名院潤老)

담연거사 종원(湛然居士 從源, 1190~1244)

지난해에 우연히 만나 서로 찾다가
이 가을에 다시 만나 맞손을 잡네
문자 없는 글귀로 시를 짓고
줄 없는 거문고를 타며 흥에 취하네
바람에 밀리는 머언 파도 소리
찬 연못에 비 지나가자 가을물 깊어지네
이런 즐거움 아예 아무에게도 알리지 말게
공안이 되어 총림마다 무성하리니…….

昔年萍水便相尋　握手臨風話素心
刻燭賦成無字句　按徽彈徹沒絃琴
風來遠渡晩潮急　雨過寒塘秋水深
此樂莫敎兒輩覺　又成公案滿叢林

주 ◆ 평수(萍水) : 평수상봉(萍水相逢)의 준말. 서로 우연히 타향에서 만나 알게 됨. ◆ 임풍(臨風) : 파주임풍(把酒臨風)의 준말. 바람을 마주하다.(范仲淹, 岳陽樓記). ◆ 각촉(刻燭) : 각촉위시(刻燭爲詩). 초에 눈금을 긋고 초가 그곳까지 탈 동안에 시를 짓는 것. ◆ 안휘(按徽) : 거문고를 타다. ◆ 공안(公案) : 화두(話頭). 선문답. ◆ 총림(叢林) : 선종사원을 가리키는 특정어. 지금 우리나라는 선원과 율원, 강원, 이 3곳을 모두 갖춘 곳을 총림이라고 함.

출전 : 담연거사집(湛然居士集)

감상 정명원의 윤노사라는 한 선승에게 편지식으로 써 보낸 작품이다. 기백도 있고 내용도 알차다.

낙화(落花)

백거이(白居易, 772~846)

잡는 봄은 머물지 않고
봄이 가니 마음은 적막해지네
바람은 도무지 잘 줄 모르니
바람 불자 여기저기 꽃잎이 지네.

留春春不住　春歸人寂寞
厭風風不定　風起花蕭索

주 ◆ 소삭(蕭索) : ① 쓸쓸한 모양. ② 물건이 산산이 흩어지는 모양.

출전 : 백씨장경집(白氏長慶集)

감상 가는 봄을 아쉬워하는 시. 시정이 시상을 압도하고 있다. 제2구 '인적막(人寂寞)'과 제4구 '화소삭(花蕭索)'은 늦은 봄의 쓸쓸한 심정을 잘 드러낸 시어다.

녹시 (鹿柴)

왕유(王維, 701~761)

빈 산에 사람은 보이지 않고
다만 말소리의 울림만 들리네
지는 햇살 숲 깊이 들어와
푸른 이끼 위에 비치고 있네.

空山不見人　但聞人語響
返景入深林　復照青苔上

주 ◆ 녹시(鹿柴) : 사슴을 먹여 기르는 곳. ◆ 인어향(人語響) : 사람의 말소리가 불분명하게 메아리침(또는 울려옴). ◆ 반경(返景) : 해질녘의 햇살. 해가 서쪽으로 질 무렵이면 그 빛이 동쪽으로 반사되어 비치는데, 이를 '返景'이라 한다. ◆ 청태(青苔) : 푸른 이끼.

출전 : 왕우승집(王右丞集)

감상 너무나도 유명한 선시. 특히 제1구와 제2구는 선시의 압권이다. 길이 남을 명시다.

니우목마(泥牛木馬)

원오극근(圜悟克勤, 1063~1135)

우물 밑에서 진흙소가 달을 향해 울고
구름 사이 목마울음 바람에 섞이네
이 하늘 이 땅을 움켜잡나니
누가 서쪽이라 동쪽이라 가름하는가.

井底泥牛吼月　雲間木馬嘶風
把斷乾坤世界　誰分南北西東

주 ◆ 니우(泥牛) : 진흙으로 만든 소. ◆ 후월(吼月) : 달을 향해 울다. ◆ 시(嘶) : 말이 울다.(皆牛馬嘶－古詩) ◆ 분(分) : 가름하다. 분별하다.

출전 : 선문염송(禪門拈頌) 172칙

감상 진흙소(泥牛)가 운다든가 목마가 우는 것은 일반 상식을 초월한 상태를 말한다. 이제 자기 자신이 자기 자신의 주인이 된 사람, 이 천지를 그냥 휘어잡아 버린 사람, 그래서 동서남북의 방위조차 없애 버린 사람(아니, 방위는 원래부터 없었던 것이다), 그런 사람의 일상은 그대로 기적의 한 순간 한 순간이다.

답승(答僧)

우안(遇安, ?~?)

조계의 뜻을 알고자 하는가
앞산에 구름 나는 걸 보라
이처럼 사물마다 분명하거니
이 밖에 따로 찾을 필요가 없네.

欲識曹溪旨　雲飛前面山
分明眞實個　不用別追攀

주 ◆ 답승(答僧) : 어느 납자에게 답한 시. ◆ 조계지(曹溪旨) : 선(禪)의 본질. ◆ 전면산(前面山) : 앞 산.

출전 : 중국선시감상사전(中國禪詩鑒賞辭典)

감상 제1급의 선지시(禪智詩). 제1구를 이어받은 제2구는 이 시의 눈이고, 제3구와 제4구는 제2구의 마무리에 해당한다.

당종송(撞鐘頌)

천동정각(天童正覺, 1091~1157)

잎 진 나뭇가지 서리 내리는 빈 산,
어둠이 덮이면 쇠북을 치네
쇠북 소리 바람 타고 산마루에 울리다가
달과 함께 창가로 되돌아오네
그 여운 골짜기에 은은하고
그 소리 강물을 멀리 건너가네
날이 새면 꿈길에서 돌아오는 길
나비도 길을 잃고 헤매네.

木落空山霜　夜樓時一撞
隨風度林嶺　喚月到蘿窓
響應虛傳谷　聲飛不礙江
夢廻天意曉　蝴蝶失双双

주 ◆ 천의(天意) : 自然之意. ◆ 호접(蝴蝶) : 蝴蝶夢. 장자가 꿈에 나비가 되었다는 고사.

출전 : 굉지선사광록(宏智禪師廣錄)

감상 작품 전반에 장중한 분위기가 감돌고 있다. 시상(詩想)은 거침없고 시정(詩情)은 흐르는 물과 같다.

대주(對酒)

백거이(白居易, 772~846)

달팽이 뿔 위에서 서로 다투고
부싯돌 불빛 속에 이 몸을 맡겼네
부자거나 가난커나 이 모두가 연극판이니
크게 한 번 웃지 않으면 어리석은 사람이네.

蝸牛角上爭何事　石火光中寄此身
隨富隨貧且歡樂　不開口笑是痴人

주 ◆ 와우각상(蝸牛角上) : 『莊子』 雜篇에 나오는 우화. 옛날 달팽이(蝸牛)의 왼쪽 뿔(左角)을 점령한 사람과 오른쪽 뿔(右角)을 점령한 사람이 영토문제로 전쟁을 일으켜 사상자가 수만 명에 달했다고 한다. 이 달팽이 뿔(蝸牛角)과 같이 비좁고 조그만 인간 세상에서 명리를 얻기 위하여 아귀다툼하는 인간의 생활상을 풍자한 우화. ◆ 기(寄) : 의탁하다. 머물다.

출전 : 백씨장경집(白氏長慶集)

감상 술에 관한 시이다. 시 전편에 호방한 기백이 넘치고 있다.

독로신(獨露身)

장경혜릉(長慶慧稜, 854~932)

삼라만상 가운데 홀로 드러난 몸이여
그대 스스로 인정해야만 비로소 친숙해지네
옛적에는 길 위에서 찾아 헤매었으나
오늘은 불 속에서 얼음을 보네.

萬像之中獨露身　唯人自肯乃方親
昔時謬向途中覓　今日看來火裏冰

주 ◆ 독로신(獨露身) : 만물의 근원, 본질, 본성. ◆ 간래(看來) : ~을 보다. 래(來)는 어조사.

출전 : 선종잡독해(禪宗雜毒海) 권 3

감상 득도(得道)의 경지를 읊은 시. 제4구의 '화리빙(火裏冰)'이 이 시를 살렸다.

동면 설옥(凍眠雪屋)

천동정각(天童正覺, 1091~1157)

언 잠에 눈 덮인 집 나날이 퇴락하여
깊고 깊은 저 문은 밤에도 열리지 않네
허나 옛집의 저 뜨락에 봄빛이 돌자
봄바람 불어 대통 속의 재를 날리네.

凍眠雪屋歲摧頹　窈窕蘿門夜不開
寒槁園林看變態　春風吹起律筒灰

주 ◆ 최퇴(摧頹) : 퇴락하다. 부서지다. ◆ 요조(窈窕) : 깊고 그윽한 모양. ◆ 고(槁) : 枯也. 나무 따위가 말라서 고목이 되다. ◆ 율동회(律筒灰) : '律筒'이란 대를 잘라서 구멍을 판 것, 즉 대통을 말한다. 대통 속에 풀을 태워 그 재를 넣고 바람이 통하지 않게 봉한 다음 밀실에 둔다. 그러나 봄이 되면 이 대통 속의 재가 자연히 대통마개를 뚫고 튀어나온다 함.

출전 : 종용록(從容錄)

감상 가장 비겁한 자가 가장 눈부실 때가 있다. 그것은 그 비겁함 속에 먼지 하나 빛바래지 않은 채 숨겨져 있던 그 힘의 분출 때문이다. 선(禪)에서의 집중과 비행동적 좌정(坐定)은 바로 이런 힘의 원천에 보다 강한 충전을 하기 위함인 것이다. 시의 제1 · 2구는 응집력을, 제3 · 4구는 그 응집력의 분출을 읊고 있다.

동불류(凍不流)

대각회련(大覺懷璉, 1009~1090)

얼음이 긴 강물 잠가 그 흐름 끊겼는데
뉘 있어 이 얼음 위에 뱃머리를 띄우리
봄 우레 울자 도화랑(桃花浪)이 물결침이여
한 빛 섬광같이 조각배는 십주를 지나가네.

氷鏁長江凍不流　厭厭誰解擂船頭
春雷迸起桃花浪　一閃孤帆過十洲

주 ◆ 염념(厭厭) : 고요한 모양, 왕성한 모양, 무성한 모양. 여기서는 세 뜻이 다 들어 있다.(厭厭夜飮-唐詩) ◆ 뇌(擂) : 얼음장이 뱃머리에 부딪히는 소리가 돌 굴리는 소리와 같다는 데서 '擂'를 썼다(徹民屋爲擂石車-唐詩). ◆ 도화랑(桃花浪) : 산도화(山桃花)가 필 때 이는 물결. ◆ 일섬고범(一閃孤帆) : 배가 번개같이 빠름을 말함. ◆ 십주(十洲) : 신선이 산다는 열 개의 섬.

출전 : 선문염송(禪門拈頌) 793칙

감상 죽음과도 같은 침묵 속에서 폭발하는 직관의 세계를 읊고 있다.

두두물물(頭頭物物)

보안○도(普安○道, ?~?)

천지와 삼라만상
그리고 지옥과 천당이여
물건마다 불멸(不滅)의 소식이니
서로는 서로에게 상처를 주지 않네.

乾坤幷萬象　地獄及天堂
物物皆眞現　頭頭總不傷

주 ◆ 두두물물(頭頭物物) : 만물 하나하나. 곧 삼라만상.

출전 : 인천안목(人天眼目) 권 2

감상 이 작품은 한 편의 시라기보다는 화엄(華嚴)의 도리를 읊은 운문체(韻文體)의 산문이라고 해야 옳을 것이다. 시정(詩情)에 앞서 화엄의 법계연기적(法界緣起的)인 논리를 한편의 시로 압축했다는 느낌이 든다.

등낙유원(登樂遊原)

이상은(李商隱, 813~858)

해질녘 마음이 울적하여
수레를 몰고 고원(古原)에 올랐네.
석양빛은 무한히 좋으나
이제 곧 황혼이 지네.

向晚意不適　驅車登古原
夕陽無限好　只是近黃昏

주 ◆ 낙유원(樂遊原) : 당의 수도 장안을 한눈에 내려다 볼 수 있는 고원(古原). 전한(前漢)의 선제(宣帝)가 이곳에 낙유묘(樂游廟)를 건립했다. 그 후 당의 측천무후 때 태평(太平)공주가 이곳에 정자와 누각을 지은 뒤로 장안 사람들이 철따라 이곳에 와서 놀았다고 한다.

출전: 당시절구(唐詩絕句)

감상 겉으로 봐선 별 특색이 없는 작품 같지만 그러나 음미하면 할수록 많은 것을 느낄 수가 있다. 우선 이 시의 배경을 보면 '향만(向晚)'에서 '석양(夕陽)'으로 석양에서 황혼으로 날은 점점 어두워 가고 있다. 이 어두워 가는 노을을 배경으로 시인은 급히 수레를 몰아 장안이 내려다보이는 고원〔樂遊原〕에 올라왔다. 때는 당말, 그 찬란한 당의 문화도 이제 서서히 기울어 가고 있는 중이다. 여기에서 시인은 지금 그것을 감지하여 여기에다 자신의 불행감도 곁들여 슬퍼하고 있는 것이다. 특히 제3구의 '무한호(無限好)'와 제4구의 '근황혼(近黃昏)'의 대비가 돋보인다. 회고시(懷古詩)의 백미인데, 이 시는 또한 이상은의 대표작 가운데 하나다. 은자(隱者)로 살아가는 수행자의 비애도 아마 이상은의 비애감과 다를 바 없을 것이다.
필자가 이 시를 이해하는 데 5년이 걸렸다고 하면 과연 몇 사람이나 이 말을 믿을지 모르겠다.

만목청광(滿目淸光)

단하자순(丹霞子淳, 1064~1117)

거울 같은 장강(長江)에 어리는 달빛이여
눈 가득 그 푸른빛도 고향집은 아니네.
묻노니 고깃배여 어디로 가는가
밤 깊으면 여전히 갈숲에서 잠드네.

長江澄澈印蟾華　滿目淸光未是家
借問漁舟何處去　夜深依舊宿蘆花

주 ◆ 장강(長江) : ① 큰 강. 양자강의 다른 이름. ② 흐름이 긴 강. '長'은 형용사.(尺有所短 寸有所長－楚辭) ◆ 징철(澄澈) : 물이 맑아 거울 같음.(鑑于澄水－淮南子) ◆ 인(印) : 도장 찍히듯 달빛이 수면에 찍히다. ◆ 섬화(蟾華) : 蟾彩. 달빛. ◆ 만목(滿目) : 눈에 가득하다. ◆ 차문(借問) : ~을 물어 보다. ◆ 의구(依舊) : 여전히.

출전 : 선문염송(禪門拈頌) 904칙

감상 제1구와 제2구는 득도(得道)의 상태에도 머물지 않는 내면을 읊은 것이다. 제3구와 제4구는 깨달음과 일상이 하나가 되어버린 삶을 읊은 것이다.

만법공(萬法空)

부용도개(芙蓉道楷, 1043~1118)

일법(一法)도 없거니 만법(萬法)인들 있겠는가
이 가운덴 깨달음도 쓸모가 없네
소림(少林)의 소식이 끊겼는가 했더니
복사꽃은 여전히 봄바람에 웃고 있네.

一法元無萬法空　箇中那許悟圓通
將謂少林消息斷　桃花依舊笑春風

주 ◆ 개중(箇中) : 個, 介와 통용. 이 가운데. ◆ 의구(依舊) : 여전히.

출전 : 선림승보전(禪林僧寶傳) 권 17

감상 마지막 구절이 일품이다. 이 마지막 구절로 하여 그 시정은 신비롭기 이를 데 없다.

만추 한거(晩秋閑居)

백거이(白居易, 772~846)

깊은 곳이라 오가는 사람 없어
옷깃 풀어헤치고 그윽이 앉아 있네
쓸지 않은 가을뜰 지팡이 끌고 걷나니
오동잎 가랑잎 밟히는 소리.

地僻門深少送迎　披衣閑坐養幽情
秋庭不掃攜藤杖　閑蹋梧桐黃葉行

주 ◆ 벽(僻) : 벽지. 외딴곳. ◆ 피의(披衣) : 着衣. 옷을 입다. ◆ 유정(幽情) : 고요한 심정. ◆ 휴(攜) : ~을 끌고 가다. ◆ 답(蹋) : '踏'과 같은 글자. ~을 밟다.

출전 : 백씨장경집(白氏長慶集)

감상 그리 썩 빼어난 작품은 아니지만 그렇다고 그저 지리멸렬한 졸작도 아닌 데에 이 시의 묘미가 있다.

망호루(望湖樓醉書五首中其一)

소식(蘇軾, 소동파. 1036~1101)

먹구름 산을 덮기 직전
흰 빗발 구슬 되어 뱃전에 쏟아지네
구슬은 산산조각 바람에 흩어지고
망호루 아래 강물은 하늘 같네.

黑雲翻墨未遮山　白雨跳珠亂入船
卷地風來忽吹散　望湖樓下水如天

주 ◆ 권지풍래(卷地風來) : 대지를 말아 버리듯(捲) 바람이 몹시 부는 모습. ◆ 망호루(望湖樓) : 중국 杭州의 鳳凰山에 있는 樓. 일설에는 중국 西湖의 주변 照慶寺 앞에 있는 누각이라고도 한다.

출전 : 동파집(東坡集)

감상 먹구름이 끼고 장대비가 뱃전에 꽂히는 그 순간을 사진 찍듯 읊고 있다. 과연 대가다운 수완이다.

목동(牧童)

서섬(棲蟾, 唐末)

소를 타고 이리저리
봄바람 실비 속을 가네
푸른 산 풀밭 속에
외로이 가는 한 가락 피리 소리여
날이 새면 노래부르며 갔다가
달 뜨면 손뼉 치며 돌아오네
누가 그대를 흉내내리
옳음도 옳지 않음도 없는 것을…….

牛得自由騎　春風細雨飛
青山青草裏　一笛一蓑衣
日出唱歌去　月明撫掌歸
何人能似爾　無是亦無非

주 ◆ 사의(蓑衣) : 도롱이. 비 올 때 입는 옛날식 우비.

출전 : 선시감상사전(禪詩鑑賞辭典)

감상 소 치는 소년(牧童)은 흔히 선 수행자에 비유된다. 여기 선 수행자의 유유자적한 삶이 한 폭의 그림처럼 펼쳐지고 있다.

몰종적(沒蹤跡)

향엄지한(香嚴智閑, ?~898)

가고 감에 흔적 없어
올 때 또한 그러하네
그대 만일 묻는다면
해해 한 번 웃겠노라.

去去無標的　來來只麽來
有人相借問　不語笑哈哈

주 ◆ 지마(只麽) : 다만 이렇다. ◆ 해해(哈哈) : 기뻐서 웃는 모양.

출전 : 선문제조사게송(禪門諸祖師偈頌)

감상 멋진 선시다. 바람같이 갔다가 바람같이 오는 사람. 눈 위에 발자국을 남기지 않는 사람. 언어는, 관념은 모두 사라져 버리고 마지막으로 여기 웃음밖에 남지 않은 사람, 그를 우리는 '자유인'이라 부르는가.

무거무래(無去無來)

습득(拾得, ?~?)

감도 없고 옴도 없고 본래 고요해
안에도 밖에도 중간에도 있지 않네
한 덩이 수정이여 티 하나 없어
그 빛살 이 세상을 두루 덮었네.

無去無來本湛然　不居內外及中間
一顆水晶絶瑕翳　光明透出滿人天

주 ◆ 담연(湛然) : 물이 깊고 고요한 모양. 여기서는 마음의 고요한 상태.(洞庭淵湛－魏書) ◆ 일과수정(一顆水晶) : 한 덩이 수정. ◆ 하예(瑕翳) : 옥의 상처, 티, 흠.

출전 : 한산자시(寒山子詩)

감상 마음을 한 덩어리 수정에 비유해 읊은 시다. 제1구와 제2구는 좀 설명적이다. 그러나 제3구와 제4구의 참신함으로 하여 시의 전편에 균형이 잡히고 있다.

무공저(無孔笛)

작자미상

구멍 없는 피리 불고
줄 없는 거문고 타네
이 곡조 알아듣는 사람 없어
비 지나는 밤의 연못, 가을물만 깊어지네.

一吹無孔笛　一撫沒絃琴
一曲兩曲無人會　雨過夜塘秋水深

주 ◆ 무공저(無孔笛) : 구멍 없는 피리. ◆ 무(撫) : 두드리다. (거문고를) 켜다. ◆ 몰현금(沒絃琴) : 줄 없는 거문고. '무공저'나 '몰현금'은 다 禪家에서 자주 쓰고 있는 상징어다. 깨달음(大悟), 그 자체를 각각 피리와 거문고로 악기화한 말이다.

출전 : 선종송고련주통집(禪宗頌古聯珠通集) 17

감상 ……그렇다. 누가 알아듣겠는가, 구멍 없는 피리 소리와 줄 없는 거문고 소리를……. 소리 없는 이 소리를 알아듣는 이 없음이여. 지금은 야삼경(夜三更), 밤비 한 줄기 가을 연못 위를 지나가고 있다.

무애자재(無碍自在)

보화(普化, ?~830?)

밝게 오면 밝게 치고
어둡게 오면 어둡게 쳐라
팔방으로 오면 회오리 바람으로 치고
허공으로 오면 도리깨로 후려쳐라.

明頭來明頭打　暗頭來暗頭打
八面來旋風打　虛空來連架打

주 ◆ 명두(明頭) : 밝다. 긍정하다. 頭는 어조사. ◆ 암두(暗頭) : 어둡다. 부정하다. ◆ 선풍(旋風) : 회오리바람. ◆ 연가(連架) : 도리깨.

출전 : 임제록(臨濟錄)

감상 모든 분별심과 분별망상을 쳐 버린다는 뜻이다. 일생 동안 요령을 흔들며 떠돌다 사라진 방랑의 선승, 보화(普化)의 시다. 어떤 것도 용납하지 않는 그의 기백이 잘 나타나 있다.

무위송(無爲頌)

인종황제(仁宗皇帝, 1022~1063)

사람을 대하면 말이 없고
출몰(出沒)은 가고 옴에 내맡기네
원래 보탤 것도 덜 것도 없는 곳이여
다만 저 둥근 가을달 같네.

接引本無言　出沒任往還
元無添減處　但同秋月圓

주 ◆ 접인(接引) : 사람을 마주 대하다. ◆ 원무(元無) : 원래부터 ~이 없다.

출전 : 보등록(普燈錄) 권 22

감상 북송(北宋)의 제4대 황제 인종(仁宗)의 시다. 제2구, 제3구는 깨달음의 체험을 읊은 구절이다.

무위자연(無爲自然)

협산선회(夾山善會, 805~881)

연잎은 둥글둥글 둥글기 거울이요
마름 열매 뾰죽뾰죽 뾰죽하기 송곳이네
버들개지 바람 타고 솜털 날리고
배꽃에 비 뿌리니 나비가 나네.

荷葉團團團似鏡　菱角尖尖尖似錐
風吹柳絮毛毬走　雨打梨花蛺蝶飛

주 ◆ 단단(團團) : 둥근 모양. ◆ 능각(菱角) : 마름의 열매. 그 모양이 뾰족하게 각이 졌다. ◆ 첨첨(尖尖) : 뾰족뾰족한 모양. ◆ 유서(柳絮) : 버들개지. 버드나무의 꽃. ◆ 모구(毛毬) : 버드나무 꽃은 그 모양이 솜털 같아 바람에 날리다 땅에 떨어져 눈송이처럼 뭉치가 되어 굴러간다. ◆ 협접(蛺蝶) : 蝴蝶. 나비. 여기서는 '배꽃이 지는 모습'을 말한다.

출전 : 선시(禪詩)

감상 저 지는 배꽃잎 한 장에서 떠가는 구름 하나에 이르기까지 이 모든 것이 그대로 불멸의 가시적인 모습인가.

무지적(無指的)

운정덕부(雲頂德敷, ?~?)

남과 북, 동과 서에 머물지 않나니
위아래 허공을 어찌 견주리
작을 땐 털끝 도리어 탄탄대로요
클 때는 하늘 밖도 너무 낮구나
저 바다 다 말려 먼지가 일고
불기운 쓸어 다해 먹구름 없네
이렇듯 온갖 것 모조리 지운다 그러해도
한 걸음씩 더 나가며 길을 묻거라.

不居南北與東西　上下虛空豈可齊
現小毛頭猶道廣　變長天外尙嫌低
頓乾四海紅塵起　能竭三塗黑業迷
如此萬般皆屬壞　更須前進問曹溪

주 ◆ 삼도(三塗) : 三惡途(地獄途 · 餓鬼途 · 畜生途). ◆ 흑업(黑業) : 악업(惡業). ◆ 만반(萬般) : 모든. ◆ 갱수(更須) : 다시 모름지기. ◆ 조계(曹溪) : 여기서는 선(禪), 도(道)의 뜻.

출전 : 경덕전등록(景德傳燈錄) 권 29

감상 원제(原題)의 '무지적(無指的)'은 꽤 까다로운 말이다. 이것을 풀이해 보면 다음과 같이 되겠다.
어떤 사람이 못가를 거닐고 있었다. 문득 꽃, 이름도 알 수 없는 그런 꽃 하나가 그 사람 시야에 들어왔다. 이 사람은 꽃, 그 아름다움에 취하여 이렇게 외쳤다.
"오, 아름다운 꽃이여."
그런데 이게 웬일일까. 조금 전까지 바람에 하늘거리던 꽃잎이 이 말이 떨어지자 딱 멈춰 버리는 것이었다. 돌이 된 듯 요지부동이었다. 이 사람은 꽃을 떠나갔다. 이번에는 구름 한 장이 그의 이마에 지나갔다.
"구름이여, 너는 어디로 가는가."
구름은 구름이라 부른, 그 '구름'이라는 말의 굴레에 끼여 그 자리에서 멈춰 버리는 것이었다. 이런 식으로만 사물을 볼 때 우리는 사물, 그 깊은 내면을 보지 못하는 언어의 한계에 부딪히게 된다. 이 한계에서 벗어나려면 고정관념을 벗는 끝없는 자리바꿈, 그것이 있어야 된다는 것이다.

무현금(無弦琴)

지옹(止翁, ?~?)

달은 거문고 되고 바람은 그 줄이 되나니
청음(淸音)은 손끝에 있지 않네
때로는 무생곡(無生曲)을 튕겨 내나니
솔가지에 이슬 맺혀 학은 잠 못 이루네.

月作金徽風作弦　淸音不在指端傳
有時彈罷無生曲　露滴松梢鶴未眠

주 ◆ 무현금(無弦琴) : 줄 없는 거문고. ◆ 휘(徽) : 여기서는 '거문고'를 가리킴. ◆ 유시(有時) : 때로는. ◆ 무생곡(無生曲) : 불생불멸의 이치를 노래하는 곡.

출전 : 도잠전(陶潛傳)

감상 상당히 관념적인 시나 제4구의 '학미면(鶴未眠)'으로 하여 시적(詩的)인 격조가 되살아나고 있다.

무희무우(無喜無憂)

양기방회(楊岐方會, 992~1049)

이 마음은 만경(萬境)을 따라 굽이치나니
굽이치는 곳마다 모두 그윽하네
이 흐름을 따라 본성을 깨닫는다면
여기 기쁨도 없고 근심도 없네.

心隨萬境轉　轉處實能幽
隨流認得性　無喜亦無憂

주 ◆ 만경(萬境) : 주관에 대한 객관의 모든 境界. ◆ 유(流) : 마음의 흐름.(如川之流－詩經) ◆ 성(性) : 본질.(天命謂之性－中庸)

출전 : 경덕전등록(景德傳燈錄)

감상 마음은 단 한 순간도 쉬지 않는다. 마음이란 1초에 6만 7,500번씩 진동하고 있는 우리의 의식을 말한다. 의식의 이 흐름은 저 영원불멸로부터 비롯되는 것이다. 그러므로 의식의 이 흐름을 따라 이 의식이 비롯되는 곳(본질, 法身)을 감지하게 되면 여기 이제는 슬플 것도 기쁠 것도 없다. 왜냐하면 슬픔도 영원불멸이요 기쁨도 영원불멸이기 때문이다.

문각(聞角)

오조법연(五祖法演, ?~1104)

아련한 뿔피리 소리 고성에서 들리나니
십릿길 산은 점점 아득해지네
이 한 가락의 무진한 정취여
무심한 길손의 애간장 다 녹이네.

幽幽寒角發孤城　十里山頭漸杳冥
一種是聲無限意　有堪聽與不堪聽

주 ◆ 문각(聞角) : 뿔피리 소리를 듣다. ◆ 유유(幽幽) : 깊고 먼 모양. 아련한 모양. ◆ 산두(山頭) : 산. 두(頭)는 어조사.

출전 : 보등록(普燈錄) 권 29

감상 시상(詩想)에 군더더기가 전혀 없다. 절제될 대로 절제된 수묵화(水墨畵) 한 폭을 보는 것 같다.

문불문(聞不聞)

삼산등래(三山燈來, 1614~1685)

잔나비 울고 새들 지저귀고
꽃잎은 떨어져 물에 흘러가네
소리 아닌 이 소리여
본래(眞)로 돌아가면 또한 이와 같네.

猿嘯鳥吟　落花流水
是聲非聲　歸眞亦爾

주 ◆ 역이(亦爾) : 또한 그러하다. 또한 이와 같다.

출전 : 오가종지찬요(五家宗旨纂要) 권하

감상 시정도 있고 선리(禪理)도 있다. 그리고 시상은 당차기 이를 데 없다.

문자규(聞子規)

두순학(杜荀鶴, 846~907)

초(楚)의 하늘 드넓고 달은 어스름 잠겼는데
두견새 우는 소리 애간장 다 녹이네.
피 흘리고 울어봤자 소용없으니
입 다물고 남은 봄이나 지내는 게 훨씬 나으리.

楚天空闊月沈輪　獨魂聲聲似告人
啼得血流無用處　不如緘口過殘春

주 ◆ 초천(楚天) : 초나라의 하늘. ◆ 독혼(獨魂) : 두견새, 촉(蜀)나라 망제(望帝)의 혼이 이 새가 되었다는 전설에서 유래됨. ◆ 제득(啼得) : 울다. 득(得)은 어조사. ◆ 불여(不如) : ~하는 것만 같지 못하다. ◆ 함구(緘口) : 입을 다물다.

출전: 당시절구(唐詩絕句)

감상 두견새를 주제로 한 이 시는 선어록에 자주 인용되는 시이다. 특히 제3구와 제4구가 곧잘 인용되고 있다. 그러나 그 의미는 시의 뜻과는 약간 다른 뜻으로 인용되고 있다.

문회당조심선사천화(聞 晦堂祖心禪師 遷化)

황정견(黃庭堅, 1045~1105)

바닷바람은 능가산을 후려치고 있나니
그대들은 지금 여기를 눈여겨보라
버들 한 줄기조차 잡을 수 없나니
바람은 옥 난간에 붐비고 있네.

海風吹落楞伽山　四海禪徒着眼看
一把柳絲收不得　和風搭在玉闌干

주 ◆ 천화(遷化) : ◆ 선승의 입적. ◆ 착안간(着眼看) : 눈여겨 봐라. ◆ 탑(搭) : (물건 따위를) 싣다.

출전 : 보등록(普燈錄) 권 23

감상 이 시는 시에 앞서 하나의 공안적(公案的)인 성격을 띠고 있다. 제3구와 제4구는 그대로 완벽한 하나의 공안이다.

반야송(般若頌)

영은청용(靈隱淸聳, 五代)

마하반야여
취할 것도 없고 버릴 것도 없네
만일 이 뜻을 알지 못하면
엄동 설한에 칼바람 불어오리.

摩訶般若　非取非捨
若人不會　風寒雪下

출전 : 전등록(傳燈錄) 권 25

감상 간단 명료하지만 직관적인 예지(般若)가 번뜩인다. 제 1 · 2구는 깨달음의 경지를, 제3 · 4구는 깨닫지 못한 고뇌의 상태를 읊고 있다.

반야송(般若頌)

천동여정(天童如淨, 1163~1228)

온몸 입이 되어 허공에 걸렸는가
동서남북 바람을 가리지 않고
바람과 더불어 반야를 노래하네
뎅그렁 뎅, 뎅그렁 뎅.

通身是口掛虛空　不管東西南北風
一等與渠談般若　滴丁東了滴丁東

주 ◆ 반야(般若) : 지혜. 깨달음을 얻는 지혜. ◆ 통신(通身) : 全身. ◆ 불관(不管) : 상관하지 않다. ◆ 적정동(滴丁東) : 풍경 소리의 형용(뎅그렁).

출전 : 여정화상어록(如淨和尙語錄)

감상 바람에 울리는 처마 끝의 풍경을 읊은 시다. 바람에 우는 풍경 소리를 반야(般若)의 음으로 듣는다는 것은 깊은 직관의 경지가 아니면 불가능하다. 일본 조동종의 개조인 도원(道元)은 여정의 이 반야송을 선시의 백미로 극찬하고 있다. 여정은 도원의 스승이었다.

백로자(白鷺鷥)

이백(李白, 706~762)

백로, 가을물에 내리네
외로 날아 서리 내리듯 하네
마음이 한가로워 날아가지 않고
모래톱에 홀로 마냥 서 있네.

白鷺下秋水　孤飛如墜霜
心閑且未去　獨立沙洲傍

주 ◆ 노자(鷺鷥) : 백로. ◆ 사주(沙洲) : 물가에 생긴 모래톱.

출전 : 이태백시집(李太白詩集)

감상 시상 · 시정 · 시어가 딱 맞아떨어진 작품이다. 이런 시를 우리말로(다른 나라 말로) 옮긴다는 것은 도저히 불가능하다. 옮겨 오면 설명문이 되기 때문이다. 한문(漢文)의 상징언어가 아니면 쓸 수 없는 시다.

백척간두(百尺竿頭)

장사경잠(長沙景岑, ?~840?)

백척간두에서 동요하지 않는 사람
비록 경지이긴 해도 아직 멀었네
백척간두에서 한 걸음 더 나아가야만
온 누리가 그냥 내 몸이 되네.

百尺竿頭不動人　雖然得入未爲眞
百尺竿頭須進步　十方世界是全身

출전 : 경덕전등록(景德傳燈錄) 권 10

감상 깨달음의 극치(백척간두)에서 한 걸음 더 나아가 다시 이 삶 속으로 돌아와야만 그때 비로서 깨달음은 완성된다. 즉 향상(向上)의 극치는 향하(向下)가 된다. 수행자들에게 귀감이 되는 선시다.

범천사(梵天寺見僧守詮小詩淸婉可愛次韻)

소식(蘇軾, 소동파. 1036~1101)

구름 밖으로 종소리만 들릴 뿐
구름 속에 묻힌 절은 안 보이네
유인(幽人)은 아직 돌아오지 않았거니
풀잎 이슬에 짚신 다 젖네
예 오직 산마루의 달만이
밤이면 밤마다 비쳐 오가네.

但聞烟外鍾　不見烟中寺
幽人行未歸　草露濕芒履
惟應山頭月　夜夜照來去

주 ◆ 유인(幽人) : 숨어 사는 隱者. ◆ 망리(芒履) : 짚신. ◆ 산두월(山頭月) : 산월(山月). 산마루에 떠 있는 달.

출전 : 동파집(東坡集)

감상 범천사의 승 수전(守詮)의 시를 보고 맘에 들어 차운(次韻)을 부쳐 지은 시다. 제1구 '단문(但聞)'과 제2구 '불견(不見)'이 빚어내는 오묘함을 보라.

법왕신(法王身)

수암요연(誰菴了演, ?~?)

쳐서 떨어뜨려 보니 다른 물건 아니었네
종횡무진 치달아도 먼지(번뇌) 일지 않으니
저 산하와 이 대지가
그대로 온통 법왕의 몸이었네.

撲落非他物　縱橫不是塵
山河並大地　全露法王身

주 ◆ 박락(撲落) : 쳐서 떨어뜨리다. ◆ 법왕신(法王身) : 法王의 몸, 즉 '절대진리'를 인격화한 것.

출전 : 속고존숙어요(續古尊宿語要) 권5

감상 선지(禪智)가 번뜩인다. 제1구 '박락(撲落)'과 제4구 '법왕신(法王身)'이 어우러져 멋진 한 마당을 연출하고 있다.

벽상시(壁上詩)

풍간(豊干, ?~?)

본래 한 물건도 없음이여
티끌 묻을 것 또한 없나니
만일 이 이치를 깨달았다면
두 눈을 부라리며 앉아 있을 필요가 없네.

本來無一物　亦無塵可拂
若能了達此　不用坐兀兀

주 ◆ 올올(兀兀) : 움직이지 않는 모양.(魂兀兀心亡-江淹)

출전 : 선시감상사전(禪詩鑑賞辭典)

감상 절대경지에서 읊은 시. 간략한 시구 속에 무한한 여운이 감돌고 있다.

본래무일물(本來無一物)

육조혜능(六祖慧能, 638~713)

이 몸은 보리수 아니요
마음 또한 거울 아니네
본래 아무것도 없거니
어디에 티끌이 묻겠는가.

身非菩提樹　心鏡亦非臺
本來無一物　何處有塵埃

주 ◆ 무일물(無一物) : 한 물건도 없다. 아무것도 없다.
◆ 하처(下處) : 어느 곳, 어디.

출전 : 조당집(祖堂集)

감상 이 시는 육조혜능의 시로서 신수의 입장(漸修)을 정면으로 비판하고 있다. 즉 이 육신을 '깨달음의 나무'니 이 마음을 '밝은 거울'이라 하는 생각 자체가 잘못된 편견이라는 것이다. 편견이라는 이 병이 있기 때문에 깨달음이라는 약이 필요한 것이다. 그러나 편견이 없다면 깨달음도 소용없다. 혜능의 이 '단도직입적인 수행법(頓悟)'은 일상을 거부한 표본이다.
그러나 "혜능은 다만 진리의 한쪽 면만을 보았을 뿐이다. 왜냐면 그는 진리의 본질적인 입장(體)을 보았을 뿐, 그 본질을 활성화시키는 현실감각(用)이 없었기 때문이다(有體無用). 그러기에 그는 '본래 청정한데 먼지를 닦을 필요가 있는가'라고 반문했던 것이다.(大鑑祇貝一雙眼 何者 大鑑貝理而無行 謂本來常淨 不假拂塵…… –『請益錄』 卷下 第九十九則 洞山鉢袋)"

봉설숙부용산(逢雪宿芙蓉山)

유장경(劉長卿, 710~785)

날 저물어 산은 멀고
추운 하늘 초가삼간은 조촐하네
사립문에 개 짖는 소리 들리더니
눈보라 속에 돌아오는 사람 있네.

日暮蒼山遠　天寒白屋貧
柴門聞犬吠　風雪夜歸人

주 ◆ 백옥(白屋) : 초가삼간. 가난한 서민의 집.

출전 : 유수책자집(劉隨冊子集)

감상 겨울, 눈 오는 저녁의 풍경을 읊고 있다.
시상에 무리가 없고 시정은 무르녹아 있다. 제1구 '일모(日暮)'와 제2구 '천한(天寒)', 제1구 '창산원(蒼山遠)'과 제2구 '백옥빈(白屋貧)'의 대칭이 좋다. 제3구 '문견폐(聞犬吠)'와 제4구 '야귀인(夜歸人)'에 이르면 시정은 까마득히 가 버린 날의 정취로 변한다.

봉정사(峰頂寺)

장호(張祜, 792~852)

달빛 밝기 물 같은 산마루의 절,
우러러 하늘 보며 돌 위를 가네
한밤, 깊은 회랑엔 말소리 멎고
솔가지 움직이며 학(鶴)의 소리 들려오네.

月明如水山頭寺　仰面看天石上行
夜半深廊人語定　一枝松動鶴來聲

주 ◆ 정(定) : 정지하다. 조용해지다.

출전 : 전당시(全唐詩)

감상 선시(仙詩)에 가까운 작품이다. 제4구는 완전히 선적(仙的)인 맛을 풍기는 구절이다.

불문문(不聞聞)

삼산등래(三山燈來, 1614~1685)

부지런히 소나무 밑에 이르렀다가
다시 그윽한 개울을 건너가네
산수(山水)에 취해 엉덩방아 찧으면서
가는 곳마다 한 바탕 자작극(自作劇)을 연출하네.

剛到長松下　又從幽澗過
蹉跎泉石裏　逐處演摩訶

주 ◆ 강도(剛到) : 부지런히 ~에 이르다. ◆ 차타(蹉跎) : 넘어지다. ◆ 천석(泉石) : 산수. ◆ 연마하(演摩訶) : 마하반야의 자작극을 연출하다.

출전 : 오가종지찬요(五家宗旨纂要) 권하

감상 선리(禪理)가 강한 시. 전편에 해학성이 넘친다. 특히 제4구의 '연마하(演摩訶)'는 멋진 시어다.

불문문(不聞聞)

천태덕소(天台德韶, 891~972)

학의 울음소리 목이 메고
복사꽃은 환하게 피어 웃고 있네
짚신에 대지팡이 벗삼아
온종일 서성이며 봄기운에 취하네.

陽鳥啼聲噎　桃花笑臉開
芒鞋靑竹杖　終日自徘徊

[주] ◆ 양조(陽鳥) : 鶴의 다른 이름. ◆ 열(噎) : 목이 메다. ◆ 검(臉) : 얼굴. ◆ 파혜(芒鞋) ; 짚신. ◆ 죽장(竹杖) : 대나무 지팡이

출전 : 인천안목(人天眼目)

[감상] 선시의 품격마저 뛰어넘은 초선시(超禪詩)다. 무위자연에 돌아간 작자의 여유로운 심정이 잘 드러나 있다. 그러나 제3구쯤에서 한 번 굽이쳤더라면…….

산거(山居)

감산덕청(憨山德清, 1546~1623)

봄 깊어 빗발 지나자 꽃잎은 져 날리니
상큼한 천상의 향기 옷깃에 스미네
한 조각 이 마음 둘 곳이 없어
지팡이에 기대어 저 구름 가는 것 바라보네.

春深雨過落花飛　冉冉天香上衲衣
一片閒心無處着　峰頭倚杖看雲歸

주 ◆ 염염(冉冉) : 향기가 나는 모양. ◆ 무처착(無處着) : 둘 곳이 없다. 착(着)은 어조사. ◆ 봉두(峯頭) : 산봉우리 모양의 지팡이.

출전 : 감산대사몽류전집(憨山大師夢遊全集) 권 49

감상 꽃 지는 봄의 어느 날, 한 노승이 지팡이에 기대어 구름 가는 것을 보고 있다. 한가롭기도 하고 또 쓸쓸하기도 한 그 모습이여, 이것이 인간의 진정한 모습이 아니겠는가. 수행자도 가슴을 가진 인간이기에 지는 꽃을 보면 그 무상감에 젖는 것이다.

산거(山居)

고월징(孤月澄, ?~?)

바윗가 물 곁에 와 머무나니
부귀영화의 헛된 꿈에서 일찍이 깨어났네
노승은 득도(得道)의 경지조차 잊어버린 채
저 산의 푸른빛(봄)과 노란빛(가을)에 내맡겼네.

自住丹巖綠水傍　了無榮辱與閑忙
老僧不會還源旨　一任靑山靑又黃

주 ◆ 환원지(還源旨) : 근원으로 돌아가려는 것, 즉 깨닫고자 하는 것.

출전 : 선종잡독해(禪宗雜毒海) 권8

감상 한산시풍(寒山詩風)의 작품이다. 고고한 기풍이 있고 도가적(道家的)인 냄새가 짙다.

산거(山居)

담연거사 종원(湛然居士 從源, 1190~1244)

눈 덮인 잣나무 저 짙푸른 자태
마지막 남은 꽃이 서릿발에 떨고 있네
그 어디에도 의지하지 않는 당당함이여
발 딛는 곳마다 모두가 도량이네.

眞柏最宜堆厚雪　危花終怯下輕霜
滔滔一點無依處　擧足方知盡道場

주 ◆ 위화(危花) : 높은 곳에 핀 꽃. ◆ 도량(道場) : 수행하는 것.

출전 : 담연거사집(湛然居士集)

감상 담연거사 종원의 본명은 야율초재(耶律楚才)이다. 그는 칭기즈칸의 행정 수석비서관으로서 칭기즈칸을 따라 서역 원정에 올랐던 인물이다. 서역 원정이 끝난 후에는 만송행수(萬松行秀)의 제자가 되어 선자의 길로 들어섰다. 여기 이 작품에는 그의 기백이 돋보이고 있다.

산거(山居)

선월관휴(禪月貫休, 832~912)

말로는 쉬었다 하나 마음 쉬기는 어렵네
시흥에 젖어 개울가에 홀로 앉았나니
초가삼간 여기에 사람 자취 끊기어
십리 소나무 그늘에 홀로 노닐고 있네
명월과 청풍은 선(禪)의 가풍 빛남이요
석양의 가을빛 또한 격외(格外)의 누각이네
마음은 아직 무심(無心)에 이르지 못하여
천만 갈래 마음이 물 따라 흘러가네.

難是言休便卽休　清吟孤坐碧溪頭
三間茅屋無人到　十里松陰獨自遊
明月清風宗炳社　夕陽秋色庾公樓
修心未到無心地　萬種千般逐水流

주 ◆ 계두(溪頭) : 개울. 두(頭)는 어조사. ◆ 종병사(宗炳社) : 종사병(宗社炳) : 종사(宗社)가 빛나다. 종사는 국가를 말함. 그러나 여기서는 선종(禪宗)을 뜻함. ◆ 유공루(庾公樓) : 유공(庾公)이 노닐던 누각. 강서성(江西省) 구강현(九江縣)에 있다. 진(晉)나라 유량(庾亮)이 정서장군(征西將軍)이 되어 세운 건물이라 함.

출전 : 전당시(全唐詩)

감상 거침없이 흐르는 시상(詩想)이 전편을 압도하고 있다. 시정(詩情)은 단정하고 겸허하다. 그리고 제7구와 제8구가 긴 여운을 남기고 있다.

산거(山居)

설암조흠(雪巖祖欽, ?~1287)

진종일 창가에 앉아 있나니
바위 앞 어린 죽순이 허리만큼 오르네
문득 깊은 산새 날아 등꽃 지나니
폭포 소리는 아스라이 돌다리를 건너오네.

竟日窓間坐寂寥　岩前稚筍欲齊腰
幽禽忽起藤花落　澗瀑飛聲渡石橋

주 ◆ 치순(稚筍) : 어린 죽순, 새로 나온 죽순.

출전 : 설암화상어록(雪巖和尙語錄)

감상 '정(定)'과 '동(動)'의 세계를 읊고 있다. 즉 제1구의 '정(定)'이 제2구에서는 '정적인 동(動)'으로 변하고, 제3구에 가서는 '파적(破的)인 동'으로, 제4구에서는 '동적인 동'으로 시정(詩情)은 거침없이 굽이쳐 흐르고 있다.

산거(山居)

요암청욕(了菴淸欲, 1288~1363)

한가로운 이 삶이여 시비에 오를 일 없거니
한 가지 향을 사르며 그 향기에 취하네
졸다 깨면 차가 있고 배고프면 밥 있나니
걸으면서 물을 보고 앉아선 구름을 보네.

閑居無事可評論　一炷淸香自得聞
睡起有茶飢有飯　行看流水坐看雲

주 ◆ 자득문(自得聞) : 스스로 향기를 맡다.

출전 : 요암청욕선사어록(了菴淸欲禪師語錄)

감상 은자의 삶을 읊은 시. 제3구와 제4구는 무위자연 속에 사는 선자(禪者)의 여유 있는 삶을 읊은 구절이다. 특히 제4구가 뛰어나다.

산거(山居)

작자미상

가을잎 물 따라 흘러가고
흰구름 산으로 들어오네
적적한 바위 곁 세 칸 집이여
사립문 진종일 열린 채 있네.

黃葉任從流水去　白雲曾便入山來
寥寥巖畔三間屋　兩片柴門竟日開

주 ◆ 요요(寥寥) : 적적 요요(寂寂 寥寥).

출전 : 선종잡독해(禪宗雜毒海) 권 7

감상 우리는 이 시에서 은자의 적적한 삶을 느끼고 있다. 동양의 이상향을 느끼고 있다.
사립문은 왜 열린 채 있는가.
……이 집을 찾아오는 이는 누구나 다 주인이기 때문이다.

산거우성(山居偶成)

감산덕청(憨山德淸, 1546~1623)

인간사 백년이여 부질없나니
한 조각 신심(身心)은 물에 어린 달 같네
홀로 깊고 깊은 만산(萬山) 속에서
솔문을 닫아걸고 박은 듯이 앉아 있네.

百年世事空花裏　一片身心水月間
獨許萬山深密處　晝長趺坐掩松關

주 ◆ 공화(空花) : 눈병이 나면 보이는 꽃 같은 무늬. '일체 없는 것'의 비유로 쓰임. ◆ 독허(獨許) : 홀로. 許는 어조사. ◆ 부좌(趺坐) : 결가부좌. 좌선할 때 앉는 자세.

출전 : 감산대사몽류전집(憨山大師夢遊全集) 권 49

감상 잔잔하게 흐르는 시상(詩想)과 시정(詩情)이 있다. 너무나 조용하기만 한 이 시에 문득 변화를 주는 것은 제4구이다. 제4구의 '주(晝)'자로 하여 이 시는 유현(幽玄)한 맛을 풍기게 되었다. 여기에서의 '만산심밀처(萬山深密處)'란 '자기 자신의 내면'을 상징하는 말이다.

산고수심(山高水深)

작자미상

중생과 부처가 서로 침해하지 않는 곳에
산은 절로 높고 물은 절로 깊네
이 세상 천차만별은 바로 이 소식이니
자고새 우는 곳에 꽃들은 피고 지네.

衆生諸佛不相侵　山自高兮水自深
萬別千差明底事　鷓鴣啼處百花新

주 ◆ 불상침(不相侵) : 서로 침해하지 않다. ◆ 자고(鷓鴣) : 자고새. 양자강 이남에 사는 새. 매추라기 비슷하다.

출전 : 인천안목(人天眼目) 권 3

감상 제1급의 선시. 제1구와 제2구의 대비가 돋보이고, 제3구와 제4구의 대칭이 절묘한 화음(和音)을 이루고 있다.

산당 정야(山堂靜夜)

야보도천(冶父道川, ?~?)

산집 고요한 밤에 홀로 앉았네
이 누리 한없이 적막하여라
무슨 일로 저 바람은 잠든 숲 흔들어서
한 소리 찬 기러기는 울며 가는가.

山堂靜夜坐無言　寂寂寥寥本自然
何事西風動林野　一聲寒雁唳長天

주 ◆ 산당(山堂) : 산집. ◆ 정야(靜夜) : 고요한 밤.

출전 : 금강경오가해(金剛經五家解)

감상 적막한 산집의 가을 밤 풍경을 읊은 시로서 너무나도 유명한 선시다. 제1구와 제2구는 번뇌망상의 바람이 불기 전의 본성의 세계를 읊고 있다. 제3구는 번뇌의 바람이 일어나는 상태요, 제4구는 생존의 고통과 고뇌가 물결치는 상태다.

산도(山桃)

허당 지우(虛堂智愚, 1185~1269)

따뜻한 봄날 산도화(山桃花)는 차례로 붉고
짝 지어 나는 나비들이 꽃 숲에 어지럽네.
돌연 일진광풍이 불자
나비들은 꽃가지에 숨어 흔적도 없네.

春暖山桃次第紅　翩翩胡蝶鬪芳叢
驀然一塵狂風至　輥入華枝不見蹤

㈜ ◆ 산도(山桃) : 산도화(山桃花), 벚꽃이 질 무렵 산에 피는 산복사꽃. ◆ 편편(翩翩) : 나비들이 나는 모습. ◆ 호접(胡蝶) : 나비. ◆ 맥연(驀然) : 갑자기. ◆ 곤입(輥入) : 굴러 들어가다.

출전 : 허당화상어록(虛堂和尙語錄)

감상 공안선시의 백미다. 제1구와 제2구는 봄의 풍경 묘사다. 그러나 제3구에 오면 돌연 일진광풍을 피하여 나비들이 꽃 속으로 숨어들어가 흔적도 없음을 읊고 있다. 원래 이 시는 『벽암록』 제24칙 「유철마대산(劉鐵磨臺山)」 공안을 읊은 공안선시다.

〈『벽암록』 제24칙 공안〉
비구니 유철마가 위산(潙山)을 찾아왔다. ㉠
위산 : 암소여, 그대 왔는가? ㉡
유철마 : 내일 오대산에서 큰 법회가 열리는데, 스님 가시겠습니까? ㉢
위산은 네 활개를 펴고 그대로 누워버렸다.
유철마는 즉시 가버렸다. ㉣

시의 제1구는 공안의 ㉠에, 제2구는 공안의 ㉡에, 제3구는 공안의 ㉢에 그리고 제4구는 공안의 마무리 ㉣에 해당한다.

산방춘사(山房春事)

잠삼(岑參, 715~770)

양원(梁園)의 해질 무렵 갈까마귀 어지러이 나니
눈에 잡히는 건 쓸쓸한 두세 채의 집뿐
정원의 나무는 집주인 떠난 줄 미처 모르고
봄이 오자 옛 시절의 꽃을 활짝 피웠네.

梁園日暮亂飛鴉　極目蕭條三兩家
庭樹不知人去盡　春來還發舊時花

주 ◆ 양원(梁園) : 梁 孝王의 莊園. 漢代에는 문인들이 모이던 중심지가 되었다. ◆ 아(鴉) : 까마귀. ◆ 극목(極目) : 시력이 미치는 한계. ◆ 소조(蕭條) : 쓸쓸한 모양.

출전 : 잠가주집(岑嘉州集)

감상 한때는 전성했던 장원(莊園)의 폐허를 읊은 시. 이 집에 살던 사람들은 모두 떠나 버렸지만 저 뜰 앞의 나무는 그것도 모르고 봄이 오자 활짝 꽃을 피워내고 있다. 이 꽃을 감상해 줄 사람들이 아직도 예 있는 줄 알고……. 제3구와 제4구를 보라. 얼마나 멋진 구절인가. 한 번 무릎을 탁! 칠 일이다.

산월(山月)

석옥청공(石屋清珙, 1272~1352)

돌아와서 발을 씻고 잠이 든 채로
달이 옮겨 가는 줄도 미처 알지 못했네
숲속의 새 우짖는 소리에 문득 눈 떠 보니
한 덩이 붉은 해가 솔가지에 걸렸네.

歸來洗足上牀睡　困重不知山月移
隔林幽鳥忽喚醒　一團紅日掛松枝

주 ◆ 상(牀) : 침상, 침대. ◆ 일단(一團) : 한 덩어리.

출전 : 석옥청공선사어록(石屋清珙禪師語錄)

감상 조주의 〈십이시가(十二詩歌)〉를 연상시키는 작품이다. 석옥청공은 고려 말의 선승 태고보우의 스승이다.

산인(山人)

작자미상

본시 산(山)사람이라
산중의 이야기 즐겨 하나니
오월의 솔바람 팔고 싶으나
그대들 값 모를까 그게 두렵네.

本是山中人　愛說山中話
五月賣松風　人間恐無價

주 ◆ 게송(偈頌) : 부처의 공덕을 찬미하는 노래. ◆ 본시(本是) : 본래. ◆ 애설(愛說) : 즐겨 말하다. ◆ 공무가(恐無價) : 값어치를 모를까 두려워하다.

출전 : 선종송고련주통집(禪宗頌古聯珠通集)

감상 저 솔바람(松風) 속에서 우주의 숨결을 듣는 이가 있는가 하면, 한 송이 꽃을 보면 그저 꺾어 가지려는 사람이 있다. 이처럼 하나의 신비한 현상을 사람들은 각자의 수준에 따라 달리 본다.

산중(山中)

왕유(王維, 701~761)

개울 맑아 돌이 희게 나왔고
날이 추워 붉은 잎 드무네
산길에는 원래 비가 없는데
허공 푸른 빛깔이 옷깃 적시네.

溪淸白石出　天寒紅葉稀
山路元無雨　空翠濕人衣

주 ◆ 공취(空翠) : 허공의 푸른 빛깔.

출전 : 왕우승집(王右丞集)

감상 산중의 맑은 기운을 읊고 있다. 제4구를 보라. '허공의 푸른 빛깔이 옷깃을 적신다'니……. 이 얼마나 정밀하고 섬세한 감성인가.

산중문답(山中問答)

이백(李白, 706~762)

왔 산에 사느냐고 묻는 그 말에
대답 대신 웃는 심정, 이리도 넉넉하네
복사꽃 물에 흘러 아득히 가니
인간 세상 아니어라 별유천지네.

問余何意棲碧山　笑而不答心自閑
桃花流水杳然去　別有天地非人間

주 ◆ 여(余) : 나, 자기. ◆ 하의(何意) : 왜, 무엇 때문에. ◆ 서(棲) : 살다.

출전 : 이태백시집(李太白詩集)

감상 너무나도 잘 알려진 작품이다. 제2구는 시인 자신의 넉넉한 심정을, 제3구는 무릉도원의 신비경(神秘境)을 읊은 것이다. 제1구의 물음에 대한 대답은 제4구의 '비인간(非人間)'이다. 이 시는 선시(禪詩)라기보다는 仙詩에 가깝다.

산행(山行)

두목(杜牧, 803~852)

저 멀리 가을 산으로 오르는 돌길은 기우는데
흰 구름 이는 곳에 인가(人家)가 있네.
수레를 멈추고 앉아 저무는 풍림(楓林)을 감상하나니
서리 찬 단풍잎은 이른 봄꽃보다 더 붉네.

遠上寒山石徑斜　白雲生處有人家
停車坐愛楓林晚　霜葉紅於二月花

주 ◆ 한산(寒山) : 쓸쓸한 가을 산. ◆ 이월화(二月花) : 이른 봄에 피는 꽃, 음력 2월에 피는 꽃.

출전 : 당시절구(唐詩絕句)

감상 두목의 시는 자연묘사가 선명하고 시상에 군더더기가 없다. 제4구는 많은 사람들의 입에서 오르내리는 구절이다. 두목은 이상은과 같은 시대(당말)에 살았으나 자연과의 교감과 풍류 쪽으로 시대의 절망감을 피해가려 했다.

산향만로(山香滿路)

삽계○익(霅溪○益, ?~?)

산향기 어지러이 길에 가득 날리네
이름 없는 꽃들이 풀숲에 흩어지나니
모를레라 봄바람 머언 이 뜻은
꾀꼬리 저 아니면 뉘에게 울게 하리.

拂拂山香滿路飛　野花零落草離披
春風無限深深意　不得黃鸝說與誰

주 ◆ 불불(拂拂) : 향기가 바람에 날려 퍼지는 모습. ◆ 야화(野花) : 들꽃, 들에 피는 꽃. ◆ 영락(零落) : 꽃이 떨어지다.(草木零落-禮記) ◆ 이피(離披) : 나뉘어 흩어지다. ◆ 황려(黃鸝) : 꾀꼬리. ◆ 부득~ 설여수(不得~說與誰) : ~가 아니면 누구와 더불어 말하겠느냐.

출전 : 선문염송(禪門拈頌)

감상 무루 녹은 봄기운을 읊은 시다. 꾀꼬리 울음소리를 빌어 봄의 정취를 마음껏 토해내고 있다.

산화(山花)

석옥청공(石屋淸珙, 1272~1352)

나무마다 가지마다 불타는 꽃들,
물결은 잔물결은 끝없이 퍼져가네
그대 만일 마음의 눈 크게 떴다면
굳이 이런 풍경까지 기다릴 것 없네.

幾樹山花紅灼灼　一池淸水綠漪漪
衲僧若具超宗眼　不待無情爲發機

주 ◆ 작작(灼灼) : 꽃이 찬란하게 핀 모양. ◆ 의의(漪漪) : 잔물결이 이는 모양.

출전 : 석옥청공선사어록(石屋淸珙禪師語錄)

감상 작품 전반에 구성력이 탄탄하고 선지(禪旨)가 돋보인다. 선의 철학적인 면(禪理)도 대단하다.

삼경월낙(三更月落)

투자의청(投子義靑, 1032~1083)

야삼경 달 지자 앞뒷산이 밝은데
옛길은 아득히 이끼 자국 덮였네
황금의 자물쇠 흔들어도 드러나지 않나니
푸른 파도 마음의 달 속에 토끼 한 마리 달리네.

三更月落兩山明　古道程遙苔滿生
金鏁搖時無手犯　碧波心月兎常行

주 ◆ 고도(古道) : 옛길. 오래된 길. ◆ 태(苔) : 이끼.(窮谷之汚生以靑苔－淮南子) ◆ 금쇄(金鏁) : 황금으로 만든 자물쇠, 황금으로 만든 사슬. 여기서는 禪의 깊은 비유로 쓰고 있다. ◆ 무수범(無手犯) : 상처내지 않다.

출전 : 선문염송(禪門拈頌) 552칙

감상 꽤 복잡하고 까다로운 작품이다. 제1 · 2구는 무르녹은 내적 경지를, 제3 · 4구는 관념이 지워져 버린 직관의 세계를 읊은 것이다.

삼계무법(三界無法)

설두중현(雪竇重顯, 980~1052)

온 누리 아무 것도 없는데
어느 곳에서 마음을 찾겠는가
흰구름 덮개 삼으니
흐르는 물은 비파 소리네
한 곡조 두 곡조 아는 이 없으니
비가 밤 연못 지나가니 가을 물 깊네.

三界無法　何處求心　白雲爲蓋　流泉作琴
一曲兩曲無人會　雨過夜塘秋水深

주 ◆ 삼계(三界) : 욕계(欲界), 색계(色界), 무색계(無色界).

출전 : 벽암록(碧巖錄) 37칙.

감상 눈뜬 이의 말은 눈뜬 이만이 알아들을 수 있다. 그러므로 눈뜬 이는 외로울 수밖에 없다. 거기 공감대가 없기 때문이다. 여기 마지막의 두 구절은 그런 외로운 심정을 읊은 것이다.

상천월낙(霜天月落)

설두중현(雪竇重顯, 980~1052)

보고 듣고 느끼는 이 작용은 하나가 아니겠는가
거울에 비친 산하는 거울 속에 없네
서리 찬 하늘, 달은 지고 밤은 깊은데
아아, 연못에 비친 이 그림자 누구와 함께 하리.

見聞覺知非一一　山河不在鏡中觀
霜天月落夜將半　誰共澄潭照影寒

주 ◆ 견(見) : 시각작용. ◆ 문(聞) : 청각작용. ◆ 각(覺) : 지각작용. ◆ 산하부재경중관(山河不在鏡中觀) : 평등이란 하나같이 수평적인 것이 아니라 高處高平等, 底處底平等을 말한다. 까마귀는 검은 대신 해오라기는 희고, 참새 다리 짧은 대신 황새 다리는 길다. 이처럼 개개의 사물이 그 자신에 알맞은 모습을 지닐 때 비로소 참 평등이 된다. ◆ 상천(霜天) : 서리 내리는 늦가을 하늘. ◆ 조영한(照影寒) : 그림자가 물에 비쳐 차갑다. 그림자가 차갑게 물에 비치다.

출전 : 벽암록(碧巖錄) 40칙.

감상 『벽암록(碧巖錄)』 제40번째 공안에 대한 시다.
육긍대부(陸亘大夫)가 말했다.

"'천지는 나와 한 뿌리요, 만물은 나와 한 몸이라'는 승조법사의 이 말은 참 기괴합니다."
남전(南泉)은 육긍대부의 이 말을 듣고 뜰의 꽃을 가리키며 육긍대부를 불러 이렇게 말했다.
"사람들은 이 꽃을 꿈속처럼 바라보고 있다네."

만물은 근원이 동일하면서 동시에 각각 나름대로의 독특한 특성과 형태를 갖고 있다. 그러므로 깨달은 이는 온갖 차별 속에서 동일성을 느끼며 동일성 속에서 다양한 개성의 차별을 느낀다. 그러므로 그에게 만물은, 모든 객관현상은 '나 자신이면서(不異) 동시에 나 자신이 아닌 것(不一)'이다.
……이것은 언어의 장난이 아니라 경지다. 그러므로 그는 유치한 것 속에서 고상한 것을 보며 또 고상한 것 속에서 유치한 것을 본다. 아니, 그는 지금 빛이 아니라 '빛과 그림자'를 동시에 보고 있다. 여기 이 시는 바로 그런 경지를 읊고 있는 것이다.

생멸불멸(生滅不滅)

대혜종고(大慧宗杲, 1089~1163)

생멸은 불멸이요
상주(常住)는 부주(不住)네
원각(圓覺)의 허공 밝거니
사물을 따라 곳곳에 나타나네.

生滅不滅　常住不住
圓覺空明　隨物現處

출전 : 승보정속전(僧寶正續傳) 권6

감상 시상(詩想)이 거침없고, 선정(禪情)이 약한 반면 선리(禪理)가 돋보인다.

서사(書事)

왕유(王維, 701~761)

옛 기와에 젖는 가랑비여
깊은 집 낮인데도 더디 열리네
앉아서 이끼빛을 보고 있나니
그 파란 기운이 옷에 오르려 하네.

輕陰閣小雨　深院晝慵開
坐看蒼苔色　欲上人衣來

주 ◆ 경음(輕陰) : 약간 흐림. ◆ 창태(蒼苔) : 푸른 이끼.
◆ 욕상(欲上) : 올라오려고 하다.

출전 : 왕우승집(王右丞集)

감상 제4구의 '욕상(欲上)'으로 인하여 이 작품은 정말 대단한 한 편의 선시가 되었다. 자연과 혼연일체가 된 시인 자신의 감성이 아니고서는 도저히 이런 시어는 쓸 수가 없다.

서호 백운선원(西湖白雲禪院)

소만수(蘇曼殊, 1884~1918)

흰구름 깊은 곳 석조봉(夕照峰)이 감쌌나니
한겨울 매화는 눈 속에 붉게 피었네
땅거미 내릴 무렵 깊이 선정(禪定)에 드나니
암자 앞 깊은 연못에는 머언 종소리 지네.

白雲深處擁雷峯　幾樹寒梅帶雪紅
齋罷垂垂深入定　庵前潭影落疎鐘

주 ◆ 뇌봉(雷峯) : 항주 서호(西湖)의 승경(勝景)인 석조봉(夕照峯)을 가리킴. ◆ 재파(齋罷) : 저녁을 먹고 나서. ◆ 수수(垂垂) : 축 처진 모양. 여기서는 '여유로움'의 뜻에 가깝다. ◆ 담영(潭影) : 깊은 연못의 색깔. ◆ 소종(疏鐘) : 머언 종소리.

출전 : 연자감시(燕子龕詩)

감상 시상(詩想) · 시어(詩語) · 시정(詩情)이 혼연일체가 되고 있다. 제4구에서는 형체와 소리가 절묘하게 조화를 이루고 있다(色聲無碍). 과연 천재 시인 소만수(蘇曼殊)의 작품답다.

석녀(石女)

습득(拾得, ?~?)

우물 밑에서는 붉은 티끌이 일고
높은 산에서는 파도가 치네
석녀가 돌 아이 낳고
거북털이 날로 자라네.

井底紅塵生　高山起波浪
石女生石兒　龜毛數寸長

주 ◆ 생(生) : 낳다.(生乎今之世－中庸) ◆ 구모(龜毛) : 거북털. 실재하지 않는 것을 말함. ◆ 장(長) : 자라다.(求得其養 無物不長－孟子)

출전 : 한산자시(寒山子詩)

감상 온종일 말을 해도 말한 바가 없고(不說說) 온종일 듣고 들어도 들었다는 생각이 없는(不聞聞) 그런 경지를 읊은 시다. 그런데 나는 왜 이렇게 말이 많고 들리는 것도 많은가?

석병로(石屛路)

만집중(滿執中, ?~?)

석병의 달은 물과 같고
석벽의 구름은 흐르지 않네
한가로이 베개에 기대었나니
천지는 한 가지 꿈속이네.

石屛月如水　石壁雲不動
閑中攲枕臥　天地同一夢

주 ◆ 석병(石屛) : 산의 깎아지른 바위벽. ◆ 기침(攲枕) : 베개를 모로 세워 기대어 있음.

출전 : 송시선(宋詩選)

감상 선승(禪僧)이 쓴 仙詩 같다. 극명한 시상과 선지(禪智)가 번뜩인다.

석상증가자(席上贈歌者)

정곡(鄭谷, ?~?)

꽃과 달빛 누각은 큰길에서 가까우니
맑은 노래 한가락이 물시계 소리에 뒤섞이네.
이 자리엔 강남의 나그네도 있을 것이니
봄바람을 향해 자고곡일랑 부르지 말게.

花月樓臺近九衢　清歌一曲倒金壺
座中亦有江南客　莫向春風唱鷓鴣

주 ◆ 구구(九衢) : 경사(京師), 한나라의 수도, 여기서는 번화하고 큰 길. ◆ 도(倒) : 뒤섞이다. ◆ 금호(金壺) : 물시계에 물을 받는 항아리. ◆ 강남객(江南客) : 강남의 길손. ◆ 자고(鷓鴣) : 자고곡(鷓鴣曲), 길 떠난 나그네에게 빨리 고향으로 돌아오라고 애원하는 구슬픈 노래.

출전 : 당시절구(唐詩絕句)

감상 내용은 고향을 그리는 노래지만 그러나 제3구와 제4구가 선어록에 종종 인용되고 있다. 『벽암록(碧巖錄)』 착어(着語)에도 이 두 구절이 인용되고 있다. 시의 흐름이 거침없고 평이하여 누구나 이해할 수 있는 작품이다.

석정(石井)

전기(錢起, 722~780)

복사꽃 돌우물에 비쳐
샘 밑은 온통 붉은빛이네
뉘 알리, 이 우물 밑으로
무릉도원 가는 길 있는 줄을.

片霞照石井　泉底桃花紅
那知幽石下　不與武陵通

주 ◆ 편하(片霞) : 복사꽃. ◆ 무릉(武陵) : 무릉도원(武陵桃源), 선경(仙境).

출전 : 전당시(全唐詩)

감상 환상적인 분위기가 작품 전체를 누비고 있다. 그리고 시상(詩想)의 전개가 치밀하기 이를 데 없다.

설행(雪行)

단하자순(丹霞子淳, 1064~1117)

달 속에 옥토끼 잉태하는 밤이요
해 속에서 금까마귀 알을 품는 아침이네
시커먼 곤륜산이 눈 위로 가니
몸짓마다 유리그릇 깨지는 소리.

月中玉兎夜懷胎　日裏金烏朝抱卵
黑漆崑崙踏雪行　轉身打破琉璃椀

주 ◆ 옥토(玉兎) : 달의 별칭. 달 속에 옥토끼가 있다는 전설에서 옴. ◆ 금오(金烏) : 해의 다른 이름. 해 속에 세 발 달린 금까마귀가 있다는 전설이 있다. ◆ 곤륜(崑崙) : 곤륜산. 옥이 많이 난다. 중국 江蘇省에 있음. ◆ 유리완(琉璃椀) : 유리로 만든 그릇. 여기서는 한 곳에 못박힌 고정관념에 비유했다.

출전 : 선문염송(禪門拈頌) 882칙

감상 조산(曹山)과 어떤 승의 문답을 읊은 송이다. 조산과 승의 문답 내용은 동산(洞山)의 오위송(五位頌)이다. 동산오위는 조동종(曹洞宗)의 가풍(家風)과 현리(玄理)를 간추린 내용이다. 글의 속뜻도 심오하고 화두 역시 깊고 깊은 바다 밑이다. 치서불도가

(致書不到家)의 조동가풍을 잘 나타낸 화두이며, 또 이 화두의 경지를 가장 적절하게 표현한 시라 하겠다.

섭공산화선(聶空山畵扇)

우집(虞集, 1272~1348)

길손이 오자 산비는 개울에 울고
길손이 가자 산노인은 취해 잠드네
꽃 밖에 구름은 피어 오르고
대숲 가에 가을달은 아련하네.

客來山雨鳴澗　客去山翁醉眠
花外晴雲靄靄　竹邊秋月娟娟

주 ◆ 애애(靄靄) : 구름이 피어 오르는 모양. ◆ 연연(娟娟) : (달빛이) 아련하다.

출전 : 도원유고(道園遺稿)

감상 원대(元代)의 시로서는 제1급에 속하는 작품이다.
제1구 '명간(鳴澗)'과 제2구 '취면(醉眠)'이 동(動)과 정(靜)의 상반되는 대칭을 이루고 있다. 제3구 '애애(靄靄)'와 제4구 '연연(娟娟)' 또한 절묘한 대칭을 이루고 있다.
'청운애애(晴雲靄靄)'와 '죽변추월(竹邊秋月)', 이 얼마나 멋진 대비인가.

소요음(逍遙吟)

정자자득(淨慈自得, ?~?)

버릴 것 다 버리니 본래 마음뿐
따스한 봄바람에 날은 점점 길어가네
창밖의 새 우는 소리 가늘게 부서지고
암화(岩花)가 떨어져 산방(山房)에 가득 쌓이네.

重重去盡自平常　春煖風和日漸長
戶外鳥啼聲細碎　岩花狼藉滿山房

주 ◆ 소요음(逍遙吟) : 유유자적하면서 (시 한 수를) 읊다. ◆ 중중(重重) : 거듭거듭. ◆ 세쇄(細碎) : 가늘게 부서지다. ◆ 암화(岩花) : 바위에 핀 꽃. ◆ 낭자(狼藉) : 어지럽게 흩어지다.

출전 : 남송원명선림승보전(南宋元明禪林僧寶傳) 권6

감상 시정(詩情)이 봄물결 되어 굽이치고 있다.
제3구 '성세쇄(聲細碎)'와 제4구 '만산방(滿山房)'이 어우러져 몰아(沒我)의 시정을 자아내고 있다.

송별(送別)

왕유(王維, 701~761)

말에 내려 술잔을 든 그대여
묻노니 어디로 가려는가
그대는 말하네. 뜻을 얻지 못하여
저 남산 기슭에 돌아가 묻혀 살려 한다고.
다만 가시게. 더 이상은 묻지 않겠네
그곳엔 흰구름만 다함 없겠지.

下馬飮君酒　問君何所之
君言不得意　歸臥南山陲
但去莫復問　白雲無盡時

주 ◆ 하소지(何所之) : 왜 가는가, 어디로 가는가. ◆ 귀와(歸臥) : 은거하다. ◆ 남산(南山) : 終南山(長安의 남쪽에 있다). ◆ 수(陲) : 주변, 부근. ◆ 막부문(莫復問) : 더 이상 묻지 않겠다.

출전 : 왕우승집(王右丞集)

감상 큰뜻을 펴지 못하고 낙향하는 벗을 보내며 지은 시다. 역시 제3구와 제4구는 길이 남을 구절이다. 길이 남아 우리의 가슴을 울릴 구절이다. 구스타프 말러는 이 시의 독일어역본을 읽고 영감을 받아 '대지의 노래'를 작곡했다고 한다.

송영철상인(送靈徹上人)

유장경(劉長卿, 710~785)

어두워 가는 죽림사,
머언 종소리 저무네
어깨 멘 삿갓이 석양빛에 물드나니
청산에 홀로 아득히 돌아가네.

蒼蒼竹林寺　杳杳鍾聲晩
荷笠帶夕陽　靑山獨歸遠

주 ◆ 영철(靈徹) : 당시의 이름 있던 시승(詩僧). ◆ 상인(上人) : 승에 대한 존칭. ◆ 창창(蒼蒼) : 어둑어둑한 모양. ◆ 묘묘(杳杳) : 그윽하고 먼 모양. ◆ 하(荷) : 어깨에 메다. ◆ 하립(荷笠) : 삿갓을 어깨에 메다.

출전 : 유수책자집(劉隨册子集)

감상 수묵화 한 폭이다. 제1구 '창창(蒼蒼)'과 제2구 '묘묘(杳杳)', 제3구 '대석양(帶夕陽)'과 제4구 '독귀원(獨歸遠)'이 절묘하게 대칭을 이루고 있다.

송인(送人)

왕건(王建, 768~830)

물가 정자에서 술잔 거두고
말이 다하자 각각 동과 서로 갈리네
고개 돌리매 서로 보이지 않으니
가을비 속에 수레는 멀어져 가고 있네.

河亭收酒器　語盡各西東
回首不相見　行車秋雨中

주 ◆ 하정(河亭) : 물가에 있는 정자.

출전 : 왕사마집(王司馬集)

감상 이별의 시로서 제1급에 속하는 작품이다. 제3구 '불상견(不相見)'과 제4구 '추우중(秋雨中)'이 딱 떨어지는 대비를 이루고 있다. 쓸쓸하기 이를 데 없는 이별의 심정은 이 두 구절(제3구, 제4구)을 통해서 남김없이 드러나고 있다.

수월(水月)

단하자순(丹霞子淳, 1064~1117)

달빛이 흘러 굽이쳐 산봉우리마다 차가운데
진흙소는 서서히 구름 속을 나오네
그대들 서래의 뜻 묻는다면
모태에서 태어나기 그 전이라 하리.

皎月流輝千嶂冷　泥牛徐步出雲煙
玄徒若問西來意　直指胞胎未出前

주 ◆ 서래의(西來意) : 달마대사가 서쪽에서 온 뜻. 禪의 본질.

출전 : 선시감상사전(禪詩鑑賞辭典)

감상 선(禪)이란 무엇인가. 나고 죽음(生死)의 차원에서 나고 죽음을 초월하는 것이다. 즉 모태에서 태어나기 전의 상태로 되돌아가는 것이다. 유난히 선의 철학적인 측면(禪理)이 강조된 시다.

숙건흥사(宿建興寺)

여인룡(呂人龍, ?~?)

해질 무렵 옛 절 길은 더욱 깊은데
만산의 늦가을 추위가 이네
부용의 잎 위엔 많은 비가 없는데
외로운 심정은 물방울 맺혀 새벽을 맞네.

路入招提晩更深　萬山秋老薄寒生
芙蓉枝上無多雨　自把孤懷滴到明

주 ◆ 초제(招提) : 절. ◆ 부용(芙蓉) : 연꽃. ◆ 명(明) : 날이 새다.

출전 : 풍산집(風山集)

감상 시상의 전개가 뛰어난 작품이다. 연잎 위엔 비가 오지 않았는데 새벽이 되어 거기 물방울이 맺히는 것은 시인 자신의 외로운 심정 때문이라니……. 이 얼마나 간절한 구절인가.

숙북산증유산주(宿北山贈唯山主)

삼의명우(三宜明盂, 1599~1665)

구름을 이고 있는 노송 위로 솔바람 파도 소리
개울을 이리 돌고 저리 굽어 풀집 한 채 앉아 있네
사립문 깊이 닫혀 봄이 왔으나 관심 없는 듯
산새만이 꽃가지를 오르내리며 어지러이 울고 있네.

載雲松老響晴濤　數轉谿灣見把茅
深閉竹籬春不管　亂啼山鳥踏花梢

주 ◆ 만(灣) : 물굽이. ◆ 파모(把茅) : 띠풀로 엮은 토굴.
◆ 불관(不管) : 관심이 없다.

출전 : 선종잡독해(禪宗雜毒海) 권 4

감상 인적 없는 산중, 은자(隱者)의 집을 그린 듯이 읊어내고 있다. 제3구 '심폐(深閉)'와 제4구 '난제(亂啼)'가 서로 상반되는 시정(詩情)을 자아내며 절묘한 조화를 이루고 있다.

숙영암(宿靈岩)

장지룡(張至龍, ?~?)

종루는 나무 끝으로 반쯤 솟았고
불단 위에선 생쥐가 등불을 희롱하네
날샐녘, 반석 위에 승은 선정에 들어
머리 가득 서리 내려 불러도 영 대답 없네.

樹杪鐘樓出半屋　佛床黠鼠弄殘燈
五更石上僧猶定　頭滿淸霜喚不應

주 ◆ 영암(靈岩) : 절의 이름인 듯. ◆ 수초(樹杪) : 나무 끝. ◆ 할서(黠鼠) : 생쥐. ◆ 오경(五更) : 날샐녘.

출전 : 운림산여(雲林刪餘)

감상 머리에 허옇게 서리 내렸는데도 모르고 깊이 선정에 든 어느 수행자의 모습을 읊고 있다. 시적(詩的)인 정서보다는 기록성이 강한 작품이다.

숙영취사(宿灵鷲寺)

양만리(楊萬里, 1127~1206)

삼복더위 땀 흘리며 산에 드니
서리 찬 대 바람 소리 흰 눈 쌓인 소나무네.
산의 맑고 차운 기운이 뼈에 스민 때문이니
서리도 눈도 없고 바람마저 없네.

暑中帶汗入山中　霜滿風篁雪滿松
只是山寒淸到骨　也無霜雪也無風

주 ◆ 풍황(風篁) : 대바람 소리, 죽풍(竹風). ◆ 산한(山寒) : 산의 서늘한 기운

출전 : 선시삼백수(禪詩三百首)

감상 시상(詩想)이 기발하고 거침없다. 자칫하면 산문이 돼버렸을 텐데 언어를 구사하는 시인의 노련함이 돋보인다. 마치 기발한 선문답을 보는 것 같다.

승자투창(蠅子透窓)

백운수단(白雲守端, 1025~1072)

불빛 따라 창문 틈으로 들어왔는데
들어온 곳 몰라 헤매고 있네
문득 들어온 곳을 되찾게 되면
이전의 잘못됨을 깨닫게 되리.

爲愛尋光紙上鑽　不能透處幾多般
忽然撞着來時路　始覺平生被眼瞞

주 ◆ 승자(蠅子) : 파리. ◆ 당착(撞着) : 서로 맞부딪침. 착(着)은 어조사.

출전 : 중국선시감상사전(中國禪詩鑒賞辭典)

감상 시상(詩想)과 시정(詩情)에 앞서 선의 철학성(禪理)이 강한 작품이다. 그 철학성으로 하여 널리 알려진 작품이다.

시도(示徒)

지옹(止翁, ?~?)

춘삼월 햇빛 저장할 곳 없나니
저 버들개지 위에 눈부시게 흩어져 있네
봄바람의 모습은 볼 수 없거니
물 따라 흘러가는 붉은 꽃잎만 보이네.

三月韶光沒處收　一時散在柳梢頭
可憐不見春風面　却看殘紅逐水流

주 ◆ 시도(示徒) : 제자들에게 보이다. 즉 제자들을 가르치다. ◆ 초두(梢頭) : 나무의 곁가지. ◆ 각간(却看) : 오히려 ~함을 보다.

출전 : 선종잡독해(禪宗雜毒海) 권 2

감상 멋진 작품이다. 제1구 '몰처수(沒處收 : 無)'와 제2구 '산재(散在 : 有)', 제3구 '불견(不見 : 無)'과 제4구 '축수류(逐水流 : 有)'를 보라. 무(無)와 유(有)가 빚어내는 입신(入神)의 경지가 바로 여기에 있다.

식후(食後)

백거이(白居易, 772~846)

식후에 한숨 잘 자고
일어나 차 한 잔 마시네
해그림자는 이미
서남쪽으로 기울어 가네
즐거운 사람 세월 가는 것 아깝다지만
근심 있는 이 더디 간다 짜증을 내네
그러나 여기 근심도 기쁨도 없는 이 있어
세월이사 가건 말건 오로지 그 흐름에 맡기네.

食罷一覺睡　起來兩甌茶
擧頭看日影　已復西南斜
樂人惜日促　憂人厭年賒
無憂無樂者　長短任生涯

주 ◆ 구(甌) : 찻잔. 茶碗. ◆ 사(賒) : 더디다. 멀다.

출전 : 백씨장경집(白氏長慶集)

감상 유유자적함을 즐기는 은자의 생활을 그린 시. 그러나 이런 시는 자칫하면 긴장감이 풀릴 위험이 있다.

신시보리수(身是菩提樹)

대통신수(大通神秀, 606~706)

이 몸은 보리수요
이 마음 밝은 거울이니
언제나 늘 부지런히 갈고 닦아
티끌 묻지 않도록 하라.

身是菩提樹　心如明鏡臺
時時勤拂拭　莫使有塵埃

주 ◆ 보리수(菩提樹) : 부처가 깨달음을 얻었다는 나무. ◆ 경대(鏡臺) : 밝은 거울. ◆ 시시(時時) : 언제나 늘. ◆ 막사유(莫使有) : 여기서는 (티끌이) '묻지 않도록 하라'. ◆ 진애(塵埃) : 티끌, 먼지.

출전 : 조당집(祖堂集)

감상 이 시는 대통신수의 오도송이다. 단계적인 수행법(漸修)의 전형적인 시구. 제1구에서는 이 육체를 '깨달음의 나무(보리수)'로, 제2구에서는 이 마음을 '밝은 거울'에 비기고 있다.
즉 우리의 몸과 마음은 깨달음의 무한한 가능성을 내포하고 있으므로 누구나 자신감을 갖고 진리의 길을 가라는 것이다. 제3

구와 제4구는 이 무한한 가능성을 묻어 두지 말고 부지런히 갈고 닦아서 새싹이 트고 빛을 발하게 하라는 가르침이다.

"(혜능이 본질 일변도적이었던 데 비하여) 신수는 본질과 그 활용면을 모두 꿰뚫고 있다. 왜냐면 신수는 '우리 본성은 본래 청정하지만 그러나 왜곡된 편견과 잘못된 습관으로 인하여 많은 굴절(먼지낌현상)이 생겼기 때문에 이 굴절을 바로잡아야만 비로소 본래 청정성이 드러난다(體用同時)는 것'을 깨달았기 때문이다.

본성은 본래 청정하여 닦을 것이 없지만 그러나 '닦을 것 없는 바로 그것'을 닦아야 하며 닦는다는 것(수행)은 '닦는다는 그 자체'가 바로 다름 아닌 본성의 역동화현상인 것이다.(大通雙眼圓明 大通已悟須修拂塵鏡朗 所以道 正雖正却偏 偏雖偏却圓…… –『請益錄』卷下 第九十九則 洞山鉢袋)"

신이오(辛夷塢)

왕유(王維, 701~761)

나무 끝에 부용화
산중에 붉게 피었네
개울 옆 인적 없는 집가에
어지러히 피었다 지네.

木末芙蓉花　山中發紅萼
澗戶寂無人　紛紛開且落

주 ◆ 신이(辛夷) : 목련꽃. ◆ 오(塢) : ① 작은 둑. ② 작은 마을. ◆ 부용화(芙蓉花) : 목련꽃. ◆ 악(萼) : 꽃받침. ◆ 홍악(紅萼) : 紅花. '花'를 쓰지 않고 '萼'을 쓴 것은 운을 맞추기 위해서임. ◆ 간호(澗戶) : 개울가에 있는 집. ◆ 분분(紛紛) : (꽃이) 어지러히 피었다 지는 것.

출전 : 왕우승집(王右丞集)

감상 너무나 깨끗하여 눈물이 날 것만 같은 작품이다. 제4구를 보라. 이 이상의 말이 무슨 필요 있겠는가.

심은자불우(尋 隱者不遇)

무본가도(無本賈島, 779~843)

소나무 아래 동자에게 물으니
스승은 약초 캐러 갔다네
다만 이 산속에 있긴 하지만
구름 깊어 그 있는 곳 알지 못하네.

松下問童子　言師採藥去
只在此山中　雲深不知處

주 ◆ 채약(採藥) : 약초를 캐다.

출전 : 장강집(長江集)

감상 이 시는 당시(唐詩) 가운데에서도 대표적인 시다. 작가인 가도(賈島)는 원래 승(僧)이었지만 한퇴지를 만나 저 유명한 퇴고(推敲)의 고사를 남기고 떠돌이 시인으로서 일생을 살았다.

십우도(十牛圖)

확암사원(廓庵師遠, ?~?)

〈1〉 심우(尋牛, 소를 찾아 나서다)

망망한 풀바다 헤치며 너를 찾아가노니
물굽이 멀고 산 첩첩하여 힘은 다했네.
두 눈빛 가물가물 꺼져갈 즈음
단풍나무엔 늦매미 울음이 물들고 있네.

茫茫撥草去追尋　水闊山遙路更深
力盡神疲無處覓　但聞楓樹晚蟬吟

[주] ◆ 망망(茫茫) : 넓고 멀고 아득한 모양. 여기서는 풀밭이 끝없이 퍼지는 모양.(茫乎不知其畔岸－蘇軾) ◆ 발(撥) : 여기서는 풀을 헤치다.(衣毋撥－禮記) ◆ 풍수(楓樹) : 단풍나무. ◆ 선음(蟬吟) : 매미 우는 소리.(蟬吟而不食－大戴禮)

출전 : 선종사부록(禪宗四部錄)

[감상] 소(牛)는 우리의 본마음.
잃어버린 본성을 찾아가는 데 열 단계로 구분했다.
원래는 〈십우도〉의 제목과 같이 각 시에 해당하는 그림이 곁들여 있었다. 『유교경(遺敎經)』에 보면 수행하는 것을 소 먹이는 것(牧牛)에 비유하고 있다. 『법화경(法華經)』에도 불승(佛乘)을 '큰 흰소가 이끄는 수레(大白牛車)'에 견주고 있다. 기타의 공안에도 가끔 소 이야기가 나온다.

〈2〉 견적 (見跡, 소 발자욱을 보다)

물가 나무 아래 발자취 많음이여
풀밭 가르며 가르며 가 보라 흔적 있는가
깊은 산 심심산골 그 깊이라도
하늘 덮는 콧구멍이라, 저를 어이 숨기리.

水邊林下跡偏多　芳草離披見也麽
縱是深山更深處　遼天鼻孔怎藏也

주 ◆ 편(偏) : '변(徧, 두루, 널리, 모두)'과 통용. ◆ 견야마(見也麽) : 보이는가. '마(麽)'는 속어의 조사로 의문을 나타낸다. '야(耶)'와 뜻이 같다. ◆ 종(縱) : 비록(縱江東父兄憐而王我我何面目見之－史記). ◆ 요천비공(遼天鼻孔) : 온 우주를 덮는 큰 콧구멍. ◆ 즘(怎) : 어찌. 고문(古文)의 '여하(如何)'와 동일(王孫心眼怎安排).

감상 마음의 흔적은 도처에 있다. 아니 이 누리 전체가 그대로 나 자신의 현현이다.

〈3〉 견우(見牛, 소를 발견하다)

금꾀꼬리 가지 위에 한 소리 소리요
햇빛 바람 흐름이여 버들 언덕 푸르렀네
다만 이것이라 피해 갈 곳 없노라
삼삼한 자태여 어찌 이를 그릴까나.

黃鶯枝上一聲聲　日暖風和岸柳靑
只此更無廻避處　森森頭角畵亂成

주 ◆ 삼삼(森森) : 무성한 모양, 왕성한 모양. 여기서는 '눈에 삼삼하다'의 뜻.(森奉璋以階列-潘岳).

감상 보이는 모든 것은, 그리고 들리는 모든 소리는 그대로 저 불멸의 가시화다. 나 자신의 객관화다.

〈4〉 득우(得牛, 소를 잡다)

몸과 마음 다 바쳐 그댈 잡았으나
사나운 그 마음 다스리기 어렵네
때로는 고원 위에 홀로 노닐다
구름밭 안개숲에 모습 감추네.

竭盡靜神獲得渠　心强力壯卒難除
有時纔到高原上　又入煙雲深處居

주 ◆ 갈진(竭盡) : 물 같은 것이 말라 다하다.(矢竭而弦絕-李華) ◆ 거(渠) : 지시사. 여기서는 소(牛)를 가리킨다. ◆ 졸(卒) : 마침내.(卒爲善士-孟子).

감상 우리의 마음은 지옥과 천국을 자유자재로 넘나든다. 천국인가 하면 지옥이요, 지옥인가 하면 어느새 극락이다.

〈5〉 목우 (牧牛, 소를 기르다)

채찍 치며 고삐 매어 그대를 지킴은
예 좇아 티끌에 물들까 두렵기 때문,
끄는 대로 내 따라 먹고 마시면
고삐 멍에 안 씌워도 종횡무진하리라.

鞭索時時不離身　恐伊縱步入埃塵
相將牧得純和也　羈鏁無拘自逐人

주 ◆ 편(鞭) : 채찍. ◆ 삭(索) : 노끈이나 새끼 따위. 굵은 것은 索, 가는 것은 繩이라 한다. 여기서는 소의 고삐(大者謂只索小者謂之繩-小爾雅). ◆ 기(羈) : 굴레. 마소의 얼굴을 얽는 줄(臣負羈紲-左傳). ◆ 쇄(鏁) : '索'과 통용. 고삐(去枷脫鏁-淨住子).

감상 그러나 무애자재한 이 마음이 관념의 틀에 갇히거나 오염되면 거기 고통이 따르게 되며 인위적인 조작이 있게 된다. 그러므로 우리는 언제 어디서든 새벽처럼 깨어 있어야 한다.

〈6〉 기우귀가(騎牛歸家, 소를 타고 집으로 돌아가다)

소 잔등에 구불구불 고향집 가네
흥겨운 피릿가락 저녁빛 뉘엿뉘엿
한 박자 한 곡조 끝없는 이 뜻
아는 이는 알고 있네, 어찌 말로 다하리.

騎牛迤邐欲還家　羌笛聲聲送晩霞
一拍一歌無限意　知音何必鼓唇牙

주 ◆ 이리(迤邐) : 산길이 구불구불 길게 이어진 모양. '리(邐)'는 길 따위가 구부러진 모양, '이(迤)'는 길게 이어진 모양. ◆ 강적(羌笛) : 속곡(俗曲). 즉 일정한 곡조 없이 흥나는 대로 부는 가락. ◆ 일박(一拍) : 한 박자. ◆ 지음(知音) : 서로의 뜻을 아는 사람. 거문고의 명장 백아(伯牙)가 거문고를 타면 자기(子期)만이 그 소리에 담긴 백아의 마음을 알았다는 고사가 있다. 여기에서 지음(知音)이란 말이 나왔다. ◆

고신아(鼓唇牙) : 입술과 어금니를 두드리다, 즉 말을 하다.

감상 내가 나에게로 돌아오면 그것이 바로 고향 아니고 무엇이리. 본성의 흐름을 따르라. 생명의 이 파장을 따르라.

〈7〉 망우존인(忘牛存人, 소를 잊고 사람만 있다)

그대와 함께 이미 고향집에 왔나니
그대는 없고 나마저 한가롭네
해가 이마 위에 오도록 늦잠 자나니
채찍과 멍에 따위 곳간에 던져 두네.

騎牛已得到家山　牛也空兮人也閑
紅日三竿猶作夢　鞭繩空頓草堂間

주 ◆ 홍일삼간(紅日三竿) : 긴 낮. 해가 낚싯대의 세 길이만큼 길어지다. ◆ 공돈(空頓) : 부질없이 ~에 던져 두다.(三日三夜不頓舍－史記)

감상 내가 나에게로 돌아오면 이제 '돌아온 나'도 없고 '돌아와야 할 나'도 없나니……. 느긋하게 늦잠이나 자야 할밖에…….

〈8〉 사람과 소를 모두 잊다(人牛俱忘)

채찍도 고삐도 사람도 소도 모두 없나니
거울 푸른 저 하늘에 티끌 어이 묻겠는가
활활 타는 이 불 속에 흰 눈 어이 머물랴
예까지 왔다면 길은 이제 끝났네.

鞭索人牛盡屬空　碧天遙濶信難通
紅爐焰上爭容雪　到此方能合祖宗

주 ◆ 신(信) : 서신.(多以爲登科之信－劇談錄) ◆ 방능(方能) : 바야흐로, 능히, 비로소. ◆ 조종(祖宗) : 조사(祖師)의 종지(宗旨), 선의 본질.

감상 주관인 '나'도 없고 객관인 '너'마저 없나니 여기 새파랗게 불타고 있는 직관만이 있을 뿐……. 그 절정만이 새벽이 되어 깨어나고 있을 뿐…….

〈9〉 본래로 돌아오다(返本還源)

집에 간다, 짐 챙긴다, 날뛰는 것은
눈먼 듯 귀먹은 듯 그보다는 못하이
이 몸에 앉아 이 몸을 보지 않나니

물 절로 아득하고 꽃 절로 붉은 것을.

返本還源已費功　爭如直下若盲聾
庵中不見庵前物　水自茫茫花自紅

주 ◆ 반본환원(返本還源) : 자신의 본성에 돌아오다. 깨닫다. ◆ 쟁여(爭如) : 어찌 ~함과 같겠느냐. ◆ 야(若) : ~과 같다. '如'와 통한다.(若網在綱－書經)

감상 사물은 이대로 완벽한데 내가 공연히 수선을 떨었던 것이다. 깨달음이니 도(道)니 외치며 다녔던 것이다.

〈10〉 입전수수 (入廛垂手, 거리(중생)로 들어가다)

맨발에 가슴 풀고 저자에 뛰어드네
흙먼지 쑥머릿단 두 뺨 가득 웃음바다
이것은 신선의 비결이 아니라
옛 나무에 꽃 피는 바로 그 소식이네.

露胸跣足入廛來　抹土塗灰笑滿顋
不用神仙眞秘訣　直敎枯木放花開

주 ◆ 선족(跣足) : 맨발. ◆ 전(廛) : 저잣거리. ◆ 시(顋) : 협야

(頻也). 빰. ◆ 직교(直敎) : 바로 ~을 가리키다.

감상 가야 한다. 울고 웃는 이 삶 속으로 다시 들어가야 한다. 이 삶 속에서 이 삶과 하나가 되어 그냥 굽이쳐야 한다. 삶, 이 자체가 새벽이 될 때까지, 하나의 위대한 침묵이 될 때까지…….

안락와(安樂窩)

소옹(邵雍, 1011~1077)

절반은 생각나고 절반은 생각나지 않는 잠깬 뒤
수심 있는 듯 수심 없는 권태로운 때네.
이불을 끌어안고 모로 누워 일어나려 하지 않는데
대발 밖에선 낙화가 어지러이 날고 있네.

半記不記夢醒後　似愁無愁情倦時
擁衾側臥未欲時　簾外洛花擾亂飛

출전 : 송시선(宋詩選)

감상 대단히 탐미적이면서도 심오하기 이를 데 없는 작품이다. 그러나 언뜻 보면 그저 평범한 시 같다는 생각이 든다.
제1구는 분별심이 일어나기 전의 세계, 즉 지도무난 유혐간택(至道無難 唯嫌揀擇)의 경지를 읊고 있다. 제2구에서는 호오(好惡)감정이 싹트기 전의 세계, 즉 단막증애(但莫憎愛)의 경지를 읊고 있다. 그리고 제3구, 제4구에서는 통연명백(洞然明白)의 경지, 즉, 기래끽반 곤래수면(飢來喫飯 困來睡眠)의 세계, 현성공안(現成公案)의 세계를 읊고 있다.

안리수미(眼裡須彌)

숭승○공(崇勝○珙, ?~?)

눈(眼) 속엔 수미산이 높이 솟아 있고
귓속엔 대해의 큰 물결이 이네
입 없는 저 사람 말문 열기 전
문밖에선 우레 소리 서릿발 꽂네.

眼裡須彌重嶪岌　耳中大海疊波瀾
無言童子未開口　門外雷聲早戰寒

주 ◆ 수미(須彌) : 이 세계의 중심에 있다는 높은 산. 히말라야의 카일라스(kailas) 산이 이 신화적인 산의 모델이라는 말이 있다. ◆ 업급(嶪岌) : 산이 높고 험준한 모양. ◆ 첩파란(疊波瀾) : 파도가 겹겹이 쌓이다.

출전 : 선문염송(禪門拈頌)

감상 개구즉착(開口卽着)이란 '말을 하려고 입을 여는 순간 빗나간다'는 말이다. 그것은 어떠한 사고로도 갈 수 없는 경지이기 때문이다. 오직 직관으로 체득해야 할 일이기 때문이다. 이 시는 그런 직관의 경지를 역설적으로 노래하고 있다.

안미횡설(岸眉橫雪)

천동정각(天童正覺, 1091~1157)

눈썹 언덕 서리 비껴
긴 눈에는 가을이요
입바다 물결북 쳐
혀의 배 파도 위라
부딪치면 무찌르는 그 용맹에다
장막 속의 신출귀몰 그 계략이네.

岸眉橫雪　河目含秋　海口鼓浪
航舌駕流　撥亂之手　太平之籌

주 ◆ 안미(岸眉) : 언덕처럼 길게 뻗은 눈썹. '岸'은 '眉'를 수식한다. ◆ 하목(河目) : '河'는 '目'을 수식한다. ◆ 해구(海口) : 바다같이 깊고 넓고 큰 입. ◆ 항설(航舌) : '航'은 '舌'의 자재로움을 나타낸다. ◆ 발란지수(撥亂之手) : 高帝가 群臣에게 말하였다. "짐은 미세한 것으로부터 시작하여 亂世를 뿌리치고 그것을 正에 되돌려서 천하를 평정한다."(漢書) ◆ 태평지주(太平之籌) : 張良이 장막 속에서 계책(籌)을 써서 천리 밖의 승리를 결정함. 여기서는 장량이 사용한 것과 같은 신출귀몰한 전략.

출전 : 종용록(從容錄)

감상 '안미횡설(岸眉橫雪)'이나 '하목함추(河目含秋)' 등은 빼어난 구이다. 응결과 고요함(靜)의 극치를 보여준다. 여기 비하면 제3구와 제4구의 '해구고랑(海口鼓浪)'이나 '항설가류(航舌駕流)'는 확산과 움직임(動)의 극이다. '고고정상립 심심해저행(高高頂上立 深深海底行)'이란 말은 바로 이런 경지를 말하는 것이다.

암거(庵居)

중교(仲皎, ?~?)

잔나비 울음소리 새벽이면 더욱 슬퍼
반 닫힌 사립문엔 흰구름이 들어오네
아이는 날 보고 왜 늦었는가 묻는데
간밤 매화꽃 봉오리는 반쯤 피어 있었네.

啼切孤猿曉更哀　柴門半掩白雲來
山童問我歸何晩　昨夜梅花一半開

[주] ◆ 일반개(一半開) : 절반만 피다. 반쯤 피다.

출전 : 중국선시감상사전(中國禪詩鑒賞辭典)

[감상] 시상(詩想)의 흐름에 풍류적인 데가 있다. 그런데 왜 쓸쓸한 비애감이 느껴지는 것일까?

야귀(夜歸)

석범숭(釋梵崇, ?~?)

날 저물어 지팡이 재촉하여 돌아오는 길
솔바람은 길을 따라 길게 들려오네
물 깊어 소리 끊겼다 이어지고
산은 어두워 검푸른 빛이네
종소리 바윗가에 은은하고
이슬 내려 풀내음 짙네
밤은 이리도 깊었는가
달빛은 빈 회랑(回廊)의 반을 적셨네.

暮策返溪寺　松風遵路長
水幽聲斷續　山暝色蒼茫
鍾隱空岩嚮　露滋群草香
歸來人已久　華月半虛廊

주 ◆ 야귀(夜歸) : 밤에 돌아오다. ◆ 책(策) : 지팡이.
◆ 준(遵) : 따라가다.

출전 : 중국선시감상사전(中國禪詩鑒賞辭典)

감상 밤 깊어 돌아오는 길, 산중(山中)의 정취를 읊은 시다. 무리 없는 시어와 구성력이 돋보인다. 제8구 '반허랑(半虛廊)'은 무한한 여운을 남기고 있다.

야반정전(夜半庭前)

심문담분(心聞曇賁, ?~?)

연꽃잎 달빛 향해 가슴을 열고 있네
버들잎 이마에 바람 무늬 지고 있네
깊은 밤 뜰 앞에서 춤추다가
날이 밝아 옷자락엔 분 냄새 짙네.

芙蓉月向懷中照　楊柳風來面上吹
夜半庭前柘枝舞　天明羅袖濕燕脂

주 ◆ 부용(芙蓉) : '연(蓮)'의 다른 이름. ◆ 자지무(柘枝舞) : 춤의 일종. ◆ 나수(羅袖) : 비단 옷소매. '나(羅)'는 '수(袖)'를 수식한다.

출전 : 선문염송(禪門拈頌) 368칙

감상 봄의 정취가 넘치는 시다. 시상(詩想)은 거침이 없고, 시정(詩情)은 물과 같이 흐르고 있다. 낭만적인 선시(禪情)의 걸작이다.

야승가(野僧歌)

장주나한(漳州羅漢, ?~?)

이 천지간에 일없는 길손이요
사람 가운데 돌중이 되었네
그대들 비웃거나 말거나
내 생애는 이런대로 당당하다네.

宇內爲閑客　人中作野僧
任從他笑我　隨處自騰騰

주 ◆ 야승(野僧) : 돌중, 재야의 승. ◆ 등등(騰騰) : 자신만만하다. 당당하다.

출전 : 전등록(傳燈錄) 권 11

감상 돌중(엉터리 승)의 당당함을 읊은 시. 돌중이면 어떻고 막중이면 어떠리. 가슴 속엔 언제나 새파란 불꽃이 타오르고 있는데…….

야우(夜雨)

백거이(白居易, 772~846)

귀뚜라미 울다 문득 멈추고
남은 등불 깜박이며 졸고 있네
창밖엔 밤비,
파초 잎에 먼저 소리 있네.

早蛩啼復歇　殘燈滅又明
隔窓知夜雨　芭蕉先有聲

주 ◆ 야우(夜雨) : 밤비. ◆ 공(蛩) : 귀뚜라미. ◆ 잔등(殘燈) : 꺼지려고 하는 등불.

출전 : 백씨장경집(白氏長慶集)

감상 품격 있는 작품이다. 제1구 '제부헐(啼復歇)'과 제2구 '멸우명(滅又明)', 제3구 '격창(隔窓)'과 제4구 '선유성(先有聲)'이 이 시에 우아한 멋을 더해 주고 있다.

야좌(夜坐)

천은원지(天隱圓至, 元 ?~?)

산 이마에 구름 걸리고
하늘에는 달빛 차갑네
가을 밤 홀로 앉아
차를 끓이며 새벽 종소리 기다리네.

半嶺薄雲縈　中天月色淸
秋來多夜坐　煮茗待鐘聲

주 ◆ 영(縈) : 얽히다. 얼기설기 감기다. ◆ 자명(煮茗) : 차를 끓이다. '명(茗)'은 늦게 딴 차를 말함.(早取曰茶 晩取曰茗-茶經). ◆ 야좌(夜坐) : 밤 좌선. 주로 9시 이후의 좌선을 가리킨다.

출전 : 선시감상사전(禪詩鑑賞辭典)

감상 선승의 가을 밤 풍경을 읊고 있다. 너무나도 맑고 적적하여 차라리 담담하다고나 할까. 제4구의 '대(待)'는 그런 심정을 잘 표현한 시어(詩語)다.

야청 장산인금(夜聽張山人琴)

고거(高居, 1336~1374)

빈 집 고요한 밤에 언 줄을 고르나니
학이 놀라서 울고 달은 하늘에 가득하네
한 곡조 추풍(秋風)을 듣는 이 적으니
뜰 가득 물든 잎만 쓸쓸히 지네.

虛堂夜靜理氷弦　別鶴驚啼月滿天
一曲秋風少人聽　滿庭黃葉自蕭然

주 ◆ 장산인(張山人) : '張'이라는 姓을 가진 山人. ◆ 이(理) : 여기서는 '거문고의 줄을 고르다'의 뜻임. ◆ 소연(蕭然) : 쓸쓸한 모양.

출전 : 고태사대전집(高太史大全集)

감상 제1급의 선시다. 제1구 '야정(夜靜 : 靜)'과 제2구 '경제(驚啼 : 動)'의 대칭을 보라. 그리고 제3구 '소인청(少人聽)'과 제4구 '자소연(自蕭然)'의 대비를 보라. 과연 39세로 요절한 천재의 작품답다.

여산연우(廬山煙雨)

소식(蘇軾, 소동파. 1036~1101)

여산의 안개비와 절강의 물결이여
가 보지 못했을 땐 천만 가지 한이었네
허나 그곳에 가 보니 별다른 것은 없고
여산의 안개비와 절강의 물결이었네.

廬山煙雨浙江潮　未到千般恨不消
到得還來無別事　廬山煙雨浙江潮

주 ◆ 절강(浙江) : 절강성에 있는 전당강(錢塘江)의 하류. ◆ 천반(千般) : 천 가지. ◆ 한불소(恨不消) : 한이 많다 ◆ 도득(到得) : 이르다. 다다르다. 득(得)은 어조사.

출전 : 동파집(東坡集)

감상 우리는 지금 하나의 오도송(悟道頌)을 보고 있다. 오도송 가운데에서도 제1급의 오도송을 보고 있다. 제3구 '무별사(無別事)'는 큰 깨달음(大覺)을 경험한 이가 아니면 감히 쓸 수 없는 구절이다.

염화미소(拈花微笑)

설두지감(雪竇智鑑, 1105~1192)

스승의 은밀한 말씀,
큰 제자(가섭)에게는 숨겨 두지 않았네
하룻밤 낙화 비(落花雨)에
성안 가득 유수(流水)의 향기여.

世尊有密語　迦葉不覆藏
一夜落花雨　滿城流水香

출전 : 어선어록(御選語錄) 40권

감상 염화미소의 경지를 읊은 시로, 제4구의 '유수향(流水香)'이 돋보인다.

영명원(1) (永明院 一)

담연거사 종원(湛然居士 從源, 1190~1244)

모래 바람 가르며 만리 원정길에 올랐나니
동서남북이 모두가 나의 집이네
마음은 저 텅 빈 가을하늘 같거니
올곧은 마음은 흰 연꽃이네.

從征萬里走風沙　南北東西總是家
落得胸中空索索　凝然心是白蓮花

주 ◆ 낙득(落得) : 떨어지다. 남아 있다. 득(得)은 어조사. ◆ 공삭삭(空索索) : 아무것도 남아 있지 않다.

출전 : 담연거사집(湛然居士集)

감상 『벽암록』과 더불어 쌍벽을 이루고 있는 『종용록(從容錄)』은 바로 담연거사인 야율초재의 주선에 의해서 판각되었다. 또한 만송행수가 『종용록』을 집필한 것도 야율초재의 끈질긴 간청에 의해서였다. 그러나 『종용록』은 알아도 야율초재의 이름을 아는 사람은 그다지 많지 않다.

영명원(2) (永明院 二)

담연거사 종원(湛然居士 從源, 1190~1244)

공문(空門)에 들어섰네 크나큰 마음이여
부귀 명리 뜬구름은 미련 없이 버렸네
거울을 마주한 이 텅 빈 마음 누가 알리
한 송이 우담발화 불 속에 피었네.

一入空門意暢哉　浮雲名利世忘懷
無心對鏡誰能識　優鉢羅花火裏開

주 ◆ 공문(空門) : 선문(禪門). 참선하는 수행자의 길에 들어섬.
◆ 우발라화(優鉢羅花) : 우담발화.

출전 : 담연거사집(湛然居士集)

감상 결국 야율초재는 서역 원정을 마치고 득도의 경지에 오르게 된다. 서역의 먼짓길에 말발굽을 진동시키던 당대의 거장이, 이제는 담담한 선수행자로 변신한 것이다.

영명지(永明旨)

영명연수(永明延壽, 904~975)

'영명의 뜻'을 알고져 하는가
문 앞의 저 호수를 보라
해가 뜨면 반짝이고
바람 불면 물결이 이네.

欲識永明旨　門前一池水
日照光明生　風來波浪起

주 ◆ 일지수(一池水) : 항주에 있는 서호(西湖). 이 서호 옆에 정자사(淨慈寺)가 있고, 이 정자사에서 영명연수는 종경록(宗鏡錄) 100권을 저술했다.

출전 : 연등회요(聯燈會要) 권 28

감상 송대(宋代) 초기에 혜성처럼 나타났던 선사, 영명연수의 시다. 보라, 영명연수의 이 종횡무진한 경지를. '해가 뜨면 빛나고 바람 불면 파도치는' 이 경지를.

영상일성 (嶺上一聲)

심문담분(心聞曇賁, ?~?)

산이 가로눕고 돌이 막혀 길 없는가 했더니
길이 굽어 개울 지며 또 한 마을 있네
고갯마루 비끼는 피리 소리 흐름 따라
저녁연기 어둑어둑 땅거미지네.

山橫石礙疑無路　地轉溪斜別有村
嶺上一聲橫笛響　暝煙斜日又黃昏

주 ◆ 산횡(山橫) : 산이 가로놓이다. ◆ 석애(石礙) : 돌이 길을 방해하다. ◆ 의(疑) : 걱정하다.(三人疑之－戰國策) ◆ 지전(地轉) : 地勢가 변하다.(轉栗輓輪 以爲之備－漢書) ◆ 계사(溪斜) : 개울이 엇비슷하게 흐르다.◆ 명연(暝煙) : 저녁연기.

출전 : 선문염송(禪門拈頌) 406칙

감상 이 시의 근거가 되는 공안 〈만법귀일(萬法歸一)〉은 다음과 같다.
어느 날 조주(趙州)에게 한 승이 찾아와서 물었다.
"모든 이치가 한 곳으로 돌아간다 합니다. 그렇다면 그 한 곳은 어디로 돌아가는 것입니까?"

조주 : 내가 청주(淸州)에 있을 때 옷 한 벌을 했다네. 그런데 그 옷의 무게가 일곱 근이나 되더군. (청주는 중국의 도시 이름임.)

여기 조주의 대답은 절대로 동문서답이 아니다. 사고의 티끌 한 오라기조차 일지 않는 그런 직관력으로부터 번개치듯 튀어나온 대답이다. 물음에 적중한 화살이다. 이것은 이해로써가 아니라 목숨을 내건 체험으로써만이 감지(感知)할 수 있는 것이다.

영춘(詠春)

감산덕청(憨山德淸, 1546~1623)

풀잎마다 가지마다 조사의 뜻 분명하니
봄숲에 꽃 피자 새소리 그윽하네
아침 빗발 지나가는 산은 씻은 듯하고
붉고 흰 가지마다 이슬이 맺혀 있네.

祖意明明百草頭　春林花發鳥聲幽
朝來雨過山如洗　紅白枝枝露未收

주 ◆ 조의(祖意) : 조사(祖師)의 뜻, 불멸(不滅)의 뜻. ◆ 명명(明明) : 분명하다. ◆ 백초두(百草頭) : 온갖풀. 두(頭)는 어조사.

출전 : 감산대사몽류전집(憨山大師夢遊全集) 권 49

감상 봄의 풍광을 읊은 시지만 그러나 깊은 선지(禪智)가 있는 작품이다. 제1구와 제2구에는 묵조풍(默照風)의 선지가 있다. 그리고 제3구와 제4구에는 거울같이 맑은 시정이 있다.

영화(詠花)

지현후각(知玄後覺, 874~?)

꽃 피니 가지 가득 붉은색이요
꽃 지니 가지마다 빈 허공이네
꽃 한 송이 가지 끝에 남아 있나니
내일이면 바람 따라 어디론지 가리라.

花開滿樹紅　花落萬枝空
唯餘一朶在　明日定隨風

출전 : 전당시(全唐詩)

감상 그 시정이 애잔하기 이를 데 없다.
제1구의 '개(開)와 홍(紅)', 제2구의 '낙(落)과 공(空)'의 대비를 보라. 그리고 제3구의 '일(一)'을 보라. 제4구의 '풍(風)'에서 그 시상은 절정에 이르고 있다. 한 폭의 그림으로 그렸더라면 아주 멋진 작품이 되었을 시다.

오도(悟道)

문수심도(文殊心道, ?~1129)

어제는 야차(夜叉)의 마음
오늘은 보살의 얼굴
보살과 야차가
백지 한 장 차이도 안 되네.

昨日夜叉心　今朝菩薩面
菩薩與夜叉　不隔一條線

주 ◆ 야차(夜叉) : 사람을 해치는 사나운 귀신.

출전 : 남송원명선림승보전(南宋元明禪林僧寶傳) 권6

감상 작자는 원래 백정이었는데 어느 날 문득 칼을 버리고 선자(禪者)의 길로 들어섰다고 한다. 제1구 '야차심(夜叉心)'은 백정으로 있을 때의 마음이고, 제2구 '보살면(菩薩面)'은 선자가 된 지금의 모습이다. 제3 · 4구는 백정과 선자가 둘이 아닌 각(覺)의 경지를 읊은 것이다.

오도송(悟道頌)

영운지근(靈雲志勤, ?~820?)

삼십 년 동안 검(劍)을 찾던 나그네
잎 지고 싹트는 것 그 얼마나 보았던가
이제 복사꽃 한 번 본 후로는
다시는 더 의심할 게 없어졌네.

三十年來尋劍客　幾回落葉又抽枝
自從一見桃花後　直至如今更不疑

주 ◆ 검(劍) : 여기서는 '지혜의 검'을 말한다. ◆ 추(抽) : 새싹이 트다. 나오다.(草以春抽－東哲)

출전 : 전등록(傳燈錄) 권 11

감상 선사 영운은 어느 날 만발한 복사꽃을 보고 깨달음을 얻었다. 그때 깨달음을 얻던 그 순간을 그는 아주 담담하게 읊고 있다. 이 시의 특징은 시적인 감흥을 완전히 배제했다는 데 있다.

오도송(悟道頌)

오조법연(五祖法演, ?~1104)

산자락 한 마지기 노는 밭이여
두 손을 모으고 어르신께 묻나이다
몇 번이나 되팔았다 다시 사곤 했는지요
저 솔바람 댓잎 소리 못내 그리워.

山前一片閑田地　叉手叮嚀問祖翁
幾度賣來還自買　爲憐松竹引淸風

주 ◆ 한전지(閑田地) : 경작을 하지 않은 밭.
◆ 정녕(叮嚀) : 간절하다.

출전 : 보선림승보전(補禪林僧寶傳)

감상 제1급의 오도송이다. 여기 '노는 밭(閑田)'이란 우리의 본성을 뜻한다. 이 환영(幻影)에 취하여 나 자신의 본성을 저버리기 몇 번이었던가. 그러나 아직도 우리의 가슴 속엔 고향(본성)에 대한 그리움으로 가득 차 있다. 왜냐하면 그곳은 내가 태어난 곳이며, 내가 마지막으로 돌아가야 할 곳이기 때문이다.

오도송(悟道頌)

천태덕소(天台德韶, 891~972)

통현봉 정상은
인간 세상 아니네
마음 밖에 사물이 없나니
눈에 가득 푸른 산이네.

通玄峰頂　不是人間
心外無法　滿目靑山

주 ◆ 통현봉(通玄峰) : 중국 천태산에 있는 봉우리 이름. ◆ 법(法) : ① 불멸의 진리, ② 이 현상계의 온갖 사물. 여기선 ②의 뜻임.

출전 : 선시감상사전(禪詩鑑賞辭典)

감상 이 시의 작자는 천태지의가 아니라 천태덕소(天台德韶, 891-972)이다. 그의 오도송인 이 시는 제4구로 하여 아주 멋진 작품이 되었다. 만목청산이란 눈 앞에 보이는 청산 자체가 마음의 '형상화'라는 뜻이다. 즉 마음이라는 무형에서 청산이라는 유형(有形)이 생겨났다는 뜻이다.

오도송(悟道頌)

향엄지한(香嚴智閑, ?~898)

작년의 가난은 가난이 아니요
올해의 가난이 진짜 가난이네
작년에는 송곳 꽂을 땅도 없더니
올해는 그 송곳조차 없어졌네.

去年貧未是貧　今年貧始是貧
去年無卓錐之地　今年錐也無

주 ◆ 탁추(卓錐) : 송곳을 꽂다.

출전 : 전등록(傳燈錄)

감상 가난이란 마음에 번뇌가 완전히 사라진 상태를 이른다. 즉 무욕한 상태를 말한다. 지난해에는 번뇌가 완전히 없다고, 무욕하다고 생각했는데, 그것은 진짜가 아니고 올해야말로 진정한 무욕의 상태가 되었다는 뜻이다. 또 작년에는 깨달았다는 희열감으로 불타고 있었다. 그러나 올해는 깨달았다는 그 희열감마저 사라져 버렸다.

오도송 증동림총장로(悟道頌 贈東林總長老)

소식(蘇軾, 소동파. 1036~1101)

개울물 소리 이 무진법문이요
산빛은 그대로 부처의 몸인 것을
어젯밤 깨달은 이 무진한 소식
어떻게 그대에게 설명할 수 있으리.

溪聲便是廣長舌　山色豈非淸淨身
夜來八萬四千偈　他日如何擧似人

주 ◆ 장광설(長廣舌) : 부처님의 팔만 사천 법문. ◆ 청정신(淸淨身) : 청정법신, 불멸(不滅)의 불신(佛身). ◆ 야래(夜來) : 지난 밤. 어젯밤부터 오늘 새벽까지(你因什麽 夜來尿牀, 〈趙州錄〉(下)). ◆ 거사(擧似) : 설명하다.

출전 : 동파집(東坡集)

감상 소동파의 오도시(悟道詩)로서 널리 알려진 작품이다. 특히 제1구와 제2구는 압권이다.

오도시(悟道詩)

모녀니(某女尼, ?~?)

진종일 봄을 찾았건만 봄은 없었네
산으로 들로 짚신이 다 닳도록 헤맸네
지쳐 돌아오는 길, 뜨락의 매화 향기에 미소짓나니
봄은 여기 매화 가지 위에 활짝 피었네.

盡日尋春不見春　芒鞵踏遍隴頭雲
歸來笑拈梅花嗅　春在枝頭已十分

주 ◆ 망혜(芒鞵) : 짚신. ◆ 농두(隴頭) : 언덕. 여기서는 산꼭대기(山頭)와 뜻이 통한다.

출전 : 학림옥로(鶴林玉露) 권6

감상 어느 이름 모를 여승(某女尼)의 오도시(悟道詩). 연연한 시정(詩情)이 가슴 깊이 스며든다. 선지(禪旨)를 드러낸 뛰어난 선시인 동시에 문학적이다. 제4구 '이십분(已十分)'은 정말 멋진 시어다.

와고게(蛙鼓偈)

부석통현(浮石通賢, 1593~1667)

와글와글 연못에 개구리 우는 소리
무진 법문이 역력하네
수행자들이여, 그대들께 이르노니
이후론 쓸데없이 선(禪)을 논하지 말라.

一池蛙鼓鬧塡塡　歷歷明明道口邊
報道五湖林下客　從今不心競談禪

주 ◆ 전전(塡塡) : 계속해서 울리는 북소리. 여기서는 '개구리 우는 소리'. ◆ 보도(報道) : 말하다. 알리다. ◆ 오호(五湖) : 천하, 온세상. ◆ 임하객(林下客) : 은자(隱者). 그러나 여기서는 선 수행자를 가리킨다. ◆ 종금(從今) : 지금부터는.

출전 : 선시감상사전(禪詩鑑賞辭典)

감상 작자는 지금 개구리 소리를 무진법문으로 듣고 있다. 이런 경지에 오면 선(禪)이, 깨달음이 무슨 소용 있으리. 이 모두가 잡소리에 불과한 것을.

요도인 걸송(姚道人乞頌)

천동정각(天童正覺, 1091~1157)

자비 방편의 일이여
먹고 잠자는 이대로가 수행이네
소리와 형상을 따라 자유롭기
쟁반 위에 구슬 구르는 것 같네.

慈悲方便事　觸處有工夫
應變隨聲色　團團盤走珠

주 ◆ 단단(團團) : 구슬이 굴러가는 모습.

출전 : 굉지선사광록(宏智禪師廣錄)

감상 무르녹을 대로 무르녹은 선승의 경지를 읊고 있다. 소리와 형상 속에서 걸림 없는 모습을 제4구는 남김없이 표현하고 있다.

우두(牛斗)

심문담분(心聞曇賁, ?~?)

저 별에 칼기운 길게 뻗나니
장화가 한번 보자 간담이 서늘했네
저 칼빛 꺾어타고 물 속으로 뛰어들 제
물위엔 벽력 소리 길게 울리네.

牛斗明邊釰氣橫　張華一見膽魂驚
乘時躍入池中去　波面空餘霹靂聲

주 ◆ 우두(牛斗) : 28宿의 하나. 견우성.(徘徊於牛斗之間-蘇軾) ◆ 장화(張華) : 명검(名劍)을 잘 식별했던 사람. ◆ 약입(躍入) : 힘차게 뛰어들어가다.

출전 : 선문염송(禪門拈頌) 661칙

감상 당대 제일의 『금강경』 권위자였던 덕산(德山)은 선사 용담(龍潭)을 찾아가서 깨달음을 얻은 다음, 지고 갔던 『금강경』 주석서를 모조리 태워 버렸다. 그는 마침내 언어를 뛰어넘어 버렸다. 여기 이 시는 그런 덕산의 심정을 읊은 작품이다.

우제(偶題)

도제(道濟, 1150~1209)

서호를 찾아와 홀로 배에 오르기 수십 번
사공은 날 알아보고 배삯을 받으려 않네
한 소리 새 울음에 유적(幽寂)은 깨어지고
산은 노을 곁에 길게 누웠네.

幾度西湖獨上船　篙師識我不論錢
一聲啼鳥破幽寂　正是山橫落照邊

주 ◆ 서호(西湖) : 중국 항주에 있는 호수. ◆ 고사(篙師) : 뱃사공.

출전 : 제공전전(濟公全傳)

감상 제3구, 제4구의 풍경 묘사가 뛰어나다.

운(雲)

곽진(郭震, ?~?)

모였다 흩어지고 갔다가 다시 오나니
길손은 지팡이에 기대어 그 모습 보네
알 수 없구나. 몸도 뿌리도 없는 것이
달을 가리고 별을 숨기며 만 가지로 변하네.

聚散虛空去復還　野人閑處倚笻看
不知身是無根物　蔽月遮星作萬般

주 ◆ 공(笻) : 대나무 지팡이. ◆ 부지(不知) : 알 수가 없다. ◆ 작만반(作萬般) : 만가지로 변하다.

출전 : 송시선(宋詩選)

감상 천변만화하는 구름의 모습을 읊은 시.
제3구 '무근물(無根物)'과 제4구 '작만반(作萬般)'이 대칭을 이루며 변화무쌍한 구름의 모습을 더욱 선명하게 드러내 보이고 있다. 구름은 흔히 번뇌망상에 비유되는데 시상이 시정을 앞지르고 있다.

운문 독좌(雲門獨坐)

육유(陸遊, 1125~1210)

산의 남과 북으로 아니 간 데가 없으니
되돌아봄에 육십칠 청명이 흘러갔네
지금은 늙고 쇠락해 가나니
홀로 앉아 향을 피우며 물소리 듣네.

山北山南處處行　回頭六十七淸明
如今老去摧頹甚　獨坐焚香聽水聲

주 ◆ 청명(淸明) : 春分의 다음. 양력 4월 5일경. '六七淸明'이란 육십칠 년의 뜻임. ◆ 여금(如今) : 지금. ◆ 최퇴(摧頹) : 늙어 가다.

출전 : 검남시고(劍南詩稿)

감상 한 선승이 67세를 바라보며 회고에 젖는 시다. 제4구 '독좌(獨坐)'와 '청수성(聽水聲)'이 이 시에 애틋한 정감을 불어넣고 있다. 무상감(無常感)이 짙게 배어 나오는 시다.

운수송(雲水頌)

포대화상(布袋和尙, ?~916)

발우 하나로 천가(千家)의 밥을 빌면서
외로운 몸은 만리를 떠도네
늘푸른 눈을 알아보는 이 드무니
저 흰구름에게 갈 길을 묻네.

一鉢千家飯　孤身萬里遊
靑目睹人少　問路白雲頭

주 ◆ 운수(雲水) : 구름같이, 물같이 걸림 없이 가다. 즉 선승을 가리킨다. ◆ 도(睹) : '覩'와 같은 글자. 바라보다. ◆ 청목(靑目) : 깨달은 이의 눈. ◆ 백운(白雲頭) : 흰구름. 두(頭)는 어조사

출전 : 전등록(傳燈錄) 권 27

감상 깨달은 이의 외로움을 읊은 시로서 선시의 백미에 속한다. 포대화상, 그는 포대 자루 하나를 어깨에 메고 일생 동안 떠돌던 수행자였다. 그런 그의 떠돌이 심정이 이 시에 남김없이 드러나 있다.

원산종(遠山鐘)

전기(錢起, 722~780)

바람은 산 밖으로 종소리를 보내고
운하(雲霞)는 옅은 물을 건너네
종소리 다한 곳을 알고 싶은가
새의 모습 사라진 곳, 저 하늘 끝이네.

風送出山鐘　雲霞度水淺
欲知聲盡處　鳥滅寥天遠

주 ◆ 원산 종(遠山 鐘) : 먼 산의 종소리. ◆ 운하(雲霞) : 구름과 안개.

출전 : 전당시(全唐詩)

감상 선지(禪智)와 시정이 잘 조화를 이루고 있다. 특히 제3구와 제4구에 이르러서는 선지로 시작하여 시정으로 끝을 맺는 거장의 솜씨가 엿보인다.

원정(怨情)

이백(李白, 706~762)

미인이 주렴을 들어올리네
오래 앉아 눈썹을 찡그리네
다만 눈물 흔적 보일 뿐,
누굴 원망하는지 알 수 없네.

美人捲珠簾　深坐嚬蛾眉
但見淚痕濕　不知心恨誰

주 ◆ 심좌(深坐) : 오랫동안 앉아 있다(久坐). ◆ 빈(嚬) : 찡그리다. 눈살을 찌푸리다.

출전 : 이태백시집(李太白詩集)

감상 그대로 한 폭의 '미인도(美人圖)'다. 제2구의 '빈(嚬)'과 제3구의 '견(見) · 흔(痕)'을 보라. 얼마나 절묘한 시어들인가.

유애사(遺愛寺)

백거이(白居易, 772~846)

개울가에 앉아 하염없이 돌을 보다가
꽃향기 따라 이저 곳을 헤매네
들리느니 온통 새 우는 소리요
곳곳마다 샘물 소리 흐르네.

弄石臨溪坐　尋花遠寺行
時時聞鳥語　處處是泉聲

[주] ◆ 유애사(遺愛寺) : 중국 강서성(江西省) 여산(廬山)의 향로봉(香爐峯) 북쪽에 있는 절. 이 절 부근에 白樂天의 草堂이 있었다.

출전 : 백씨장경집(白氏長慶集)

[감][상] 산속의 봄 풍경을 읊은 시. 깔끔한 언어의 구사력이 돋보인다.

은자(隱者)

죽암사규(竹庵士珪, 1083~1146)

백여 그루 대나무 심어
두세 칸의 풀집 마련했나니
개울 위로 겨우 난 길은
산의 능선을 가리지 않네
낙엽은 흐르다가 머물고
흰구름 바람 따라 오가네
평생이 다만 이와 같거니
은자(隱者, 道者)의 조촐한 살림살이네.

種竹百餘箇　結茅三兩間
才通溪上路　不碍屋頭山
黃葉水去住　白雲風往還
平生只如此　道者少機關

주 ◆ 도자(道者) : 은자(隱者). ◆ 재(才) : 겨우, 간신히. ◆ 소기관(少機關) : 조촐한 살림살이.

출전 : 승보정속전(僧寶正續傳) 권6

감상 조촐하기 이를 데 없는 은자의 삶이 눈에 잡히는 듯하다. 시상(詩想)은 깔끔하고 시의 구성력이 돋보인다.

의희라월(依俙蘿月)

천동정각(天童正覺, 1091~1157)

이 사람아 이 사람아 자네 날 알겠는가
어렴풋한 나월(蘿月)만이 낚싯바늘 모습이네
금은 보화 다 두고 무엇 때문에 떠도는가
나그네길 끝없어 근심만 쌓여 가네.

一喚回頭識我不　依俙蘿月又成鉤
千金之子纔流落　漠漠窮途有許愁

주 ◆ 의희(依俙) : 어렴풋함. 불분명함. ◆ 나월(蘿月) : 여라의 덩굴 틈으로 비치는 달(松風蘿月). ◆ 구(鉤) : 조각달의 형용. 마치 낚싯바늘과 같다. ◆ 천금지자(千金之子) : 부잣집 아들. ◆ 유락(流落) : 떠돌이 생활을 하다. ◆ 막막(漠漠) : 아득하다. ◆ 궁도(窮途) : 궁핍한 나그네길. ◆ 유허수(有許愁) : 근심이 있다. 허(許)는 어조사.

출전 : 종용록(從容錄)

감상 『법화경』에 이런 이야기가 있다.
가난한 사람이 친구의 초대를 받아 갔다가 술에 만취했다. 친구는 먼 곳으로 출장가면서 이 사람 옷깃 속에 보배를 숨겨 주고 갔다. 이 사람은 그것도 모르고 객지로 떠돌며 빌어먹고 다니다가 친구를 다시 만났다. 그제서야 자기 옷섶에 보배가 있었음을 알았다. 마찬가지다. 우리는 지금 자신의 마음속에 있는 그 무진장한 보배를 팽개치고 밖을 향해 구걸을 하고 있다.

일단진풍(一段眞風)

천동정각(天童正覺, 1091~1157)

이 한 장면의 진풍경을 보았는가
은밀한 조화의 할미가 북을 놀려서
옛 비단결에 봄의 모습 짜 넣는데
저 동군(東君)이 이미 누설했음을 어이하리.

一段眞風見也麽　綿綿化母理機梭
織成古錦含春象　無奈東君漏泄何

주 ◆ 일단(一段) : 한 장면. ◆ 견야마(見也麽) : 보느냐. '마(麽)'는 속어의 조사로서 의문을 나타낸다. '야(耶)'와 통용. ◆ 면면(綿綿) : 죽 이어져서 끊어지지 않는 모양(連綿). 세밀한 모양. 치밀한 모양(綿日月而不衰-張衡. 綿三百里-柳宗元). ◆ 화모(化母) : 만물을 생성, 변화시키는 조화의 어머니. 우주의 질서를 있게 하는 법칙을 의인화하여 어머니라 함. '화(化)'는 조화, 변화.(可與言化-呂氏春秋) ◆ 이(理) : 깁다. 수선하다. 여기서는 베를 짜다.(法斁而不知理-劉基) ◆ 기(機) : 베틀(其母投杼下機踰牆而走-史記). ◆ 사(梭) : 베 짜는 북(網得一梭-普書). ◆ 고금(古錦) : 오래된 비단. ◆ 함(含) : 입에 무엇을 머금고 있다. 포함하고 있다. 내포하고 있다(含哺鼓腹-史記). ◆ 동군(東君) : 青帝. 봄을 맡았다는 동쪽의 신.(平秩東作-書經) ◆ 무내~하(無奈~何) : ~

했음을 어찌하겠는가.

출전 : 종용록(從容錄)

감상 아주 심오하고 섬세한 선시다.
선(禪)의 가장 심오한 경지를 읊어낸 시로서 타의 추종을 불허하고 있다. 깨달음의 경지가 천동정각(天童正覺)만큼 깊었던 선승도 흔치 않다.
이 시는 『종용록』 제1번째의 공안 내용을 읊은 시다.
부처님이 어느 날 설법하기 위하여 자리에 올랐다. 그때 문수보살이 설법이 끝나는 북을 치며 말했다.
"잘 봐라, 깨달은 분의 가르침을. 깨달은 분의 가르침은 이와 같나니."
문수보살의 이 말을 들은 부처님은 단 한 마디의 말도 없이 그대로 설법상에서 내려와 버렸다.

시의 제1구는 설법하기 위해 자리에 오르는 부처를, 제2구와 제3구는 언어가 나오기 이전에 이미 설법을 끝내고 중생제도까지 마쳐 버린 부처의 모습을, 그리고 제4구는 문수보살의 실수를 읊은 것이다.
왜 문수보살이 실수를 했단 말인가. 문수보살이 실수한 곳이 어디인가.

일홍사수(一泓死水)

감산덕청(憨山德淸, 1546~1623)

고여 있는 물에 물결은 전혀 없는데
언덕에는 적막이여 눈부신 갈꽃이여
인기척에 날아가는 놀란 새 한 마리
차가운 빛과 갈꽃그림자 함께 춤추네.

一泓死水靜無波　繞岸蘆花寂寞皤
聲及潭邊驚鳥起　寒光翠影共婆娑

주 ◆ 일홍사수(一泓死水) : 고여 있는 깊은 물. ◆ 파(皤) : 빛이 하얗다. 흰빛을 띠다. ◆ 파사(婆娑) : 춤추는 모습.

출전 : 감산대사몽류전집(憨山大師夢遊全集)

감상 그저 평범한 산문에 그쳤을 작품인데 제4구로 인하여 눈부신 시가 되었다. 제1구와 제2구는 정(靜)의 세계를, 제3구와 제4구는 동(動)의 세계를 읊고 있다.

임종게(臨終偈)

경당각원(鏡堂覺圓, 1244~1306)

육십삼 년 동안
단 한 마디 말도 하지 않았네
바람 따라 물 따라 왔다 가나니
하늘에는 다만 달이 떠 있네.

甲子六十三　無法與人說
任運自去來　天上只一月

주 ◆ 임운(任運) : 가는 대로 내맡기다.

출전 : 선시감상사전(禪詩鑑賞辭典)

감상 나는, 나 자신의 본질은 언제나 여기 있다. 나고 죽는 것은, 왔다 가는 것은 다만 내 육체뿐.

임종게(臨終偈)

대위선과(大潙善果, 1079~1152)

올 때는 문득 오고
갈 때는 미련 없이 가네
하늘을 후려쳐 뚫어 버리고
대지를 뒤집어엎네.

要行便行　要去便去
撞破天關　掀翻地軸

주 ◆ 당파(撞破) : 때려 부수다. ◆ 천관(天關) : 하늘. ◆ 흔번(掀翻) : 번쩍 들어 뒤집어엎다. ◆ 지축(地軸)은 대지.

출전 : 승보정속전(僧寶正續傳) 권 5

감상 간단 명료하지만 선지(禪智)가 번뜩이는 임종게다.

임종게(臨終偈)

만송행수(萬松行秀, 1166~1246)

팔십일 년 동안
이 한 마디뿐
여러분 잘들 있게
부디 잘못 알지 말라.

八十一年　只此一語
珍重諸人　切莫錯擧

주 ◆ 진중(珍重) : 헤어질 때의 인사말. '잘 있게' 또는 '안녕히 계십시오'. ◆ 절막(切莫) : 부디 ~하지 말라.

출전 : 고문집(古文集)

감상 임종게로서는 빼어난 작품이다. 간략하면서도 무한한 뜻을 품고 있는 것이 마치 부석사 무량수전 앞에서 보는 저 끝없는 산선(山線)과도 같다. 원산무한벽층층(遠山無限碧層層).

임종게(臨終偈)

무준사범(無準師範, 1178~1249)

올 때는 빈손으로 왔다가
갈 때는 알몸으로 가는 것
다시 이 밖의 것을 묻는다면
천태산에는 돌이 있다 하리라.

來時空索索　去也赤條條
更要問端的　天台有石頭

주 ◆ 삭삭(索索) : 흩어져 없어지는 모양. ◆ 적조조(赤條條) : 赤裸裸. 아무 숨김이 없이 본모양 그대로를 드러내다. ◆ 석두(石頭) : 돌. 두(頭)는 어조사.

출전 : 무준사범선사어록(無準師範禪師語錄)

감상 겉보기에는 담담하지만 그러나 선지가 뛰어난 작품이다. 제4구를 보라. 아무나 쓸 수 없는 구절이다.

임종게(臨終偈)

보본혜원(報本慧元, 1037~1091)

쉰다섯 해 환영(幻影)의 이 육신이여
사방 팔방으로 쏘다니며 뉘와 친했던고
흰구름은 천산 밖에서 다하고
만리 가을하늘엔 조각달이 새롭네.

五十五年夢幻身　東西南北孰爲親
白雲散盡千山外　萬里秋空片月新

출전 : 선림승보전(禪林僧寶傳) 권 29

감상 매우 품격 있는 임종의 시이다.

임종게(臨終偈)

부용도개(芙蓉道楷, 1043~1118)

내 나이 일흔여섯
세상인연 다했네
살아서는 천당을 좋아하지 않았고
죽어서는 지옥을 겁내지 않네.

吾年七十六　世緣今已足
生不愛天堂　死不怕地獄

출전 : 선림승보전(禪林僧寶傳) 권 17

감상 당당하기 이를 데 없다. 죽음조차도 지옥조차도 두려워하지 않는 이 배짱은 도대체 어디서 생겨났는가.

임종게(臨終偈)

석창법공(石窓法恭, 1102~1181)

분명한 이 한 글귀여
더 이상 머뭇거림은 없네
차가운 못에는 달이 젖어 있고
옛 나루터는 안개 속에 지워져 가네.

當陽一句　更無回互
月落寒潭　烟迷古渡

주 ◆ 당양(當陽) : 분명하다. ◆ 회호(回互) : 여기서는 '설명을 하다', '주석을 붙이다'의 뜻.

출전 : 총림성사(叢林盛事) 권하

감상 선리(禪理)와 선정(禪情)이 풍부하기 이를 데 없다. 죽음조차도 여기에 와선 이제 한 마당의 풍류(風流)가 되고 있다.

임종게(臨終偈)

송원숭악(松源崇嶽, 1132~1202)

와도 오는 곳 없고
가도 가는 곳 없나니
문득 이 경지마저 뛰어넘자
불조(佛祖)도 몸둘 바를 모르네.

來無所來　去無所去
瞥轉玄關　佛祖罔措

주 ◆ 현관(玄關) : 현묘한 관문, 선의 경지. ◆ 망조(罔措) : 어쩔 줄 모르다.

출전 : 남송원명선림승보전(南宋元明禪林僧寶傳) 권6

감상 선지(禪旨)가 시정을 압도하고 있다.

임종게(臨終偈)

수산성념(首山省念, 926~993)

저 백은의 세계 눈부시어
이 누리가 온통 한 진리네
밝음과 어둠마저 이를 수 없는 곳
오후의 햇살에 전신이 드러나네.

白銀世界金色旻　情與非情共一眞
明暗盡時都不照　日輪午後示全身

주 ◆ 민(旻) : 하늘(天) 또는 가을하늘. ◆ 정(情) : 有情. 생물에 대한 총칭. ◆ 비정(非情) : 無情. 무생물에 대한 총칭.

출전 : 전등록(傳燈錄) 권 13

감상 시상이 장중하고 시정이 여유롭다. 거대한 파도가 밀려오는 것 같다.

임종게(臨終偈)

승상 왕수거사(丞相 王隨居士, ?~?)

화당에는 등불이 꺼지나니
탄지(彈指)의 이 소식 누구에게 전하리
가고 머무는 것 본래 그대로이니
봄바람은 지금 잔설(殘雪)을 쓸고 있네.

畵堂燈已滅　彈指向誰說
去住本尋常　春風掃殘雪

주 ◆ 화당(畵堂) : 그림으로 장식한 방, 잘 꾸며 놓은 방.

출전 : 보등록(普燈錄) 권 22

감상 선승이 아닌 재상의 임종게라는 점에서 특이한 시다. 죽음 앞에서 이렇게 넉넉할 수 있는 것은 정말 대단한 경지다. 제4구를 통해 우리는 잔잔히 번져가는 선정(禪情)을 느낄 수 있다.

임종게(臨終偈)

승조(僧肇, 374~414)

육체는 내 것이 아니요
오온 또한 내 소유가 아니네
흰 칼날이 목에 와 번뜩이나니
봄바람 베는 것과 같네.

四大非我有　五蘊本來空
以首臨白刃　猶如斬春風

주 ◆ 사대(四大) : 육체(물질)를 구성하고 있는 네 가지 요소, 즉 흙 · 물 · 불 · 바람. ◆ 오온(五蘊) : 객관현상과 이를 느끼는 주관작용 일체. 色(색채와 형태) · 受(감수작용) · 想(사고작용) · 行(행위) · 識(식별작용).

출전 : 전등록(傳燈錄)

감상 승조는 구마라집 삼장의 수제자였다. 여기 승조의 〈임종게〉는 '흰 칼날'이 시사하고 있듯이, 관리가 되라는 왕명을 거역한 죄로 처형당할 때 읊은 것이라 한다. 죽음을 초월한 한 구도자의 면모를 엿볼 수 있는 작품이다.

임종게(臨終偈)

열당조은(悅堂祖誾, 1234~1308)

인연 따라 왔다가
인연이 다하여 가네
수미산을 후려쳐 꺾어 버리니
허공만이 홀로 드러나 있네.

緣會而來　緣散而去
撞倒須彌　虛空獨露

주 ◆ 당도(撞倒) : 쳐서 쓰러트리다.

출전 : 남송원명선림승보전(南宋元明禪林僧寶傳) 8권

감상 선기(禪氣)가 넘치는 작품이다. 제1구와 제2구의 평범한 시상이 제3구와 제4구의 기백으로 하여 힘차게 되살아나고 있다.

임종게(臨終偈)

오석세우(烏石世愚, 1301~1370)

태어남은 본래 태어남이 아니요
죽음 또한 본래 죽음 아니네
두 손을 뿌리치고 문득 돌아가노니
하늘엔 둥근 달만 외로이 떠 있네.

生本不生　滅本不滅
擦手便行　一天明月

주 ◆ 찰(擦) : 뿌리치다.

출전 : 남송원명선림승보전(南宋元明禪林僧寶傳) 권 11

감상 청정하기 이를 데 없다. 제1구, 제2구는 다소 설명적이다. 그러나 제3구, 제4구의 활발한 기백으로 하여 시의 전체 분위기가 되살아나고 있다.

임종게(臨終偈)

원수행단(元叟行端, 1255~1341)

나고 죽음이 없는데
어찌 가고 옴이 있으리
빙하에서 불길이 솟고
무쇠나무에서 꽃이 피네.

本無生滅　焉有去來
氷河發燄　鐵樹華開

주 ◆ 언(焉) : 어찌.(焉得護草-詩經)

출전 : 선시감상사전(禪詩鑑賞辭典)

감상 제1구와 제2구는 다소 설명적이다. 그러나 제3구와 제4구는 사고(思考)의 벽을 뚫고 지나간 경지를 읊은 구절이다.

임종게(臨終偈)

원오극근(圜悟克勤, 1063~1135)

아무것도 해 놓은 것 없거니
임종게를 남길 이유가 없네
오직 인연에 따를 뿐이니
모두들 잘 있게.

已徹無功　不必留頌
聊爾應緣　珍重珍重

주 ◆ 진중(珍重) : 헤어질 때 인사말. 잘 있게. 원래 뜻은 '몸조심하십시오.'

출전 : 승보정속전(僧寶正續傳) 권 4

감상 가장 겸손하고 솔직한 임종게다. 그렇다. 굳이 형식을 갖춰 임종게를 남길 필요가 있겠는가. 부질없는 짓이다. 그저 인연 따라 조용히 떠나갈 뿐이다. "잘들 있게." 이 한 마디만 남긴 채…….

임종게(臨終偈)

천동정각(天童正覺, 1091~1157)

꿈 같고 환영 같은
아아, 육십칠 년이여
흰 새 날아가고 물안개 걷히니
가을물이 하늘에 닿았네.

夢幻空花　六十七年
白鳥煙沒　秋水天連

주 ◆ 공화(空花) : 눈병이 난 사람에게 보이는 꽃 같은 무늬. 흔히 실재하지 않는 것을 비유할 때 이 말을 사용한다.

출전 : 굉지선사광록(宏智禪師廣錄)

감상 천동정각 선사의 임종게로서 최고의 걸작이다. '흰 새(白鳥)'는 지적인 번뇌(迷理惑)를, '물안개(煙)'는 감정적인 번뇌(迷事惑)를 뜻한다.

임종게(臨終偈)

초석범기(楚石梵琦, 1296~1370)

본래 마음 비고 밝아
나고 죽음이 없네
나무말이 밤에 울고
서쪽에서 해가 뜨네.

眞性圓明　本無生滅
木馬夜鳴　西山日出

주 ◆ 진성(眞性) : 본성.

출전 : 초석범기선사어록(楚石梵琦禪師語錄)

감상 일생 동안의 수행을 통해서 얻은 경지는 제3구와 제4구에서 남김없이 드러나고 있다. 시상은 간결하지만 그러나 끝맺음이 당차다.

자견(自遣)

이백(李白, 706~762)

술을 마주하니 어느덧 날이 저물어
꽃잎은 옷 가득 떨어졌네
취하여 일어나 계월(溪月)을 밟고 가나니
새들 돌아가고 사람 또한 드무네.

對酒不覺瞑　落花盈我衣
醉起步溪月　鳥還人亦稀

주 ◆ 자견(自遣) : 스스로 자신의 심정을 달래다. ◆ 계월(溪月) : 개울에 비친 달. ◆ 희(稀) : 드물다.

출전 : 이태백시집(李太白詩集)

감상 이 역시 제1급에 속하는 이백의 시다. 제1구 '불각명(不覺瞑)'과 제2구 '영아의(盈我衣)', 제3구 '보계월(步溪月)'과 제4구 '인역희(人亦稀)'가 신비로운 대칭을 이루고 있다. 계월(溪月)을 밟고 가는 시인 자신의 기척이 있기 때문에 '인역희(人亦稀)'의 '희(稀)'자를 쓴 것이다.

저주서간(滁州西澗)

위응물(韋應物, 736~?)

물가에 나가 그윽이 풀을 보나니
나뭇가지 깊은 곳 꾀꼬리 우네
봄물결 비를 머금어 저녁 무렵이면 급하나니
나루터엔 사람 없고 배만 홀로 매여 있네.

獨憐幽草澗邊生　上有黃鸝深樹鳴
春潮帶雨晩來急　野渡無人舟自横

주 ◆ 저주(滁州) : 安徽省에 있는 양자강의 支流. ◆ 서간(西澗) : 저주성 서쪽에 있는 시냇물. ◆ 황려(黃鸝) : 꾀꼬리.

출전 : 위소주집(韋蘇州集)

감상 시정이 넘치는 작품이다. 제3구, 제4구에 이르면 춘정(春情)에 겨워 설레는 시인의 감성이 나룻배가 되어 봄물결 속을 일렁이고 있다. 제4구는 절창이다.

전원락(田園樂)

왕유(王維, 701~761)

복사꽃 연붉은 빛 간밤 비에 젖어 있고
버들 푸른 가지에 봄안개 어리네
꽃잎은 시나브로 지고 있는데
꾀꼬리 울음 속에 나그네는 졸고 있네.

桃紅復含宿雨　柳綠更帶春煙
花落家童未掃　鶯啼山客猶眠

주 ◆ 숙우(宿雨) : 간밤부터 오는 비. ◆ 춘연(春煙) : 봄안개. 봄에 끼는 안개나 연기 같은 기운. ◆ 가동(家童) : 심부름하는 아이. ◆ 앵(鶯) : 꾀꼬리.

출전 : 왕우승집(王右丞集)

감상 아주 무르녹은 작품이다. 차라리 요염하다고나 할까. 동양미의 극치는 바로 이런 풍경을 두고 하는 말이다.

절구(絕句)

두보(杜甫, 712~770)

강물이 퍼러니 새 더욱 희고
산이 푸르니 꽃은 불타려 하네
올봄도 또 이렇게 지나가는가
어느 날이 고향에 돌아갈 해인가.

江碧鳥逾白　山青花欲燃
今春看又過　何日是歸年

주 ◆ 욕연(欲燃) : 불타려고 하다. 연(燃) : 연(然)의 속자, 불에 타다.

출전 : 만수당인절구(萬首唐人絕句) 제1권

감상 이 망향시(望鄕詩)는 두보의 대표작 가운데 하나다. 제1구와 제2구의 풍경 묘사는 그 색채감이 아름답기 그지없다. '강벽(江碧)'과 '조유백(鳥逾白)', '산청(山青)'과 '화(花)'의 대비가 눈부시다. 그러나 제3구의 반전에서는 고향을 그리는 시인의 마음이 애잔하게 밀려온다. 제4구는 절망적이다. 고향에 돌아갈 날은 멀고 멀다는 절망감으로 마무리를 하고 있다. 여기서의 고향을 '본성으로의 귀환'으로 본다면 이 시는 우리 모두의 시가 된다. 본연의 고향으로 돌아가고자 하는 우리 모두의 염원이 된다. 선시(禪詩)로서도 전혀 손색이 없다.

절구(絕句)

빙탄(憑坦, ?~?)

산허리 한 가닥 흰구름이여
어느 곳으로부터 일어왔는가
작은 다리 건너 찾아봤지만
바람에 흔적도 없이 사라져 갔네.

山腰一抹雲　雲起知何處
急渡小橋尋　天風忽吹去

주 ◆ 천풍(天風) : 하늘 높이 부는 센 바람.

출전 : 송시선(宋詩選)

감상 재치 있고 기지가 번뜩이는 작품이다. 군더더기가 전혀 없고 시상(詩想)이 발랄하다.

정각사만귀증익산장로(正覺寺晚歸贈益山長老)

살도자(薩都刺, 1300~?)

죽고(粥鼓) 소리도 이어 사라진 다음
날이 저물어 사립문 닫네
길손을 보낼 때 달빛은 땅에 젖고
산을 나오자 구름이 옷에 가득하네
등불 켜자 개 짖는 소리 들리고
소나무 어둡자 반딧불 나네
깊은 밤 회랑은 길어 고요한데
매번 이 무렵이면 홀로 돌아오네.

粥鼓聲已破　日暮掩柴扉
送客月在地　出山雲滿衣
燈明聞犬吠　松暗見螢飛
深夜長廊靜　多應獨自歸

주 ◆ 죽고(粥鼓) : 저녁 식사를 알리는 북소리. ◆ 시비(柴扉) : 사립문. ◆ 장로(長老) : 덕망이 높은 승려.

출전 : 안문집(雁門集)

감상 잔잔한 시정(詩情)과 관조의 여운이 감도는 작품이다.

정사대우(精舍對雨)

대숙륜(戴叔倫, 732~789)

공문은 적적하여 이 한 몸 한가롭고
저 개울 가는비에 객의 번뇌 씻기네
흰구름 향한 정은 다함 없나니
꾀꼬리 봄에 취한 거기 맡기네.

空門寂寂澹吾身　溪雨微微洗客塵
臥向白雲情未盡　任他黃鳥醉芳春

주 ◆ 정사(精舍) : 절. ◆ 공문(空門) : 선문(禪門) 또는 절. ◆ 담(澹) : 담박하다. ◆ 황조(黃鳥) : 꾀꼬리.

출전 : 전당시(全唐詩)

감상 옛 절, 비 오는 날의 서정을 읊은 시.
시정은 잔잔하게 흐르고 있다. 제4구의 '임타(任他)'로 하여 이 시는 활기를 되찾고 있다.

정야사(靜夜思)

이백(李白, 706~762)

침상 앞 달빛,
웬 서리 이리 흰가
고개 들어 산월을 바라보고
고개 숙여 고향을 생각하네.

牀前看月光　疑是地上霜
擧頭望山月　低頭思故鄕

주 ◆ 상(牀) : 침상, 침대. ◆ 산월(山月) : 산에 걸린 달, 산을 배경으로 떠 있는 달.

출전 : 이태백시집(李太白詩集)

감상 시상이 너무 맑아 차라리 슬퍼진다.
제1구 '간월광(看月光)'과 제2구 '지상상(地上霜)'에서 우리는 시정의 신선한 충격을 맛보게 된다. 그리고 제3구 '거두망(擧頭望)'과 제4구 '저두사(低頭思)'에서는 압축될 대로 압축된 시어와 만나게 된다. 이백(李白)이 아니었더라면 이 여섯 자 속에 담긴 내용을 표현하기 위하여 몇 천 글자를 낭비했을 것이다.

정혜사(游杭州佛目山淨慧寺)

진관(秦觀, 1049~1100)

오 리 굽은 솔길에
천 년의 옛 도량이네
개울 소리 산그림자 더불어
승방으로 들어오네.

五里喬松徑　千年古道場
泉聲與嵐影　收拾入僧房

[주] ◆ 교송경(喬松徑) : 굽은 소나무 길. ◆ 남영(嵐影) : 山影. 산그림자.

출전 : 회해집(淮海集)

[감상] 시상은 장중하고 시정은 섬세하기 이를 데 없다. 제4구의 '입(入)'자로 하여 이 시는 멋진 선시가 되었다.

제승방(題僧房)

왕창령(王昌齡, 698~756)

종려나무꽃 뜰에 가득하고
이끼는 한가로운 방으로 드네
피차가 서로 말이 없나니
공중에는 천상의 향이 흐르네.

棕櫚花滿院　苔蘇入閑房
彼此名言絶　空中聞異香

주 ◆ 종려(棕櫚) : 종려나무. 야자과에 속함. ◆ 태소(苔蘇) : 이끼. ◆ 문(聞) : 냄새를 맡다. 여기서는 향기가 나다. ◆ 이향(異香) : 특이한 향기.

출전 : 왕창령시집(王昌齡詩集)

감상 선승의 방을 찾아가 읊은 시다. 제1·2구는 승방(僧房)의 묘사요, 제3·4구는 무언(無言)으로 교감하고 있는 주인과 나그네의 내면 묘사다. 제4구의 '이향(異香)'은 바로 주인과 나그네의 '심향(心香)'을 의미하는 것이다. 제4구의 '문(聞)'자가 멋지다. 시상이 신비롭다.

제최일인산정(題崔逸人山亭)

전기(錢起, 722~780)

약초 길에 붉은 이끼는 깊고
산창엔 푸른 산기운 가득하네
부러워라 그대는 꽃 아래 취하여
나비가 되어 꿈속을 날고 있는가.

藥徑深紅蘚　山窓滿翠微
羨君花下醉　蝴蝶夢中飛

주 ◆ 일인(逸人) : 세속을 초월한 은자. ◆ 홍선(紅蘚) : 붉은 이끼. ◆ 선(羨) : 부러워하다. ◆ 호접몽(蝴蝶夢) : 장자가 꿈에 나비가 되어 날아다닌 고사.

출전 : 전당시(全唐詩)

감상 아주 탐미적이다. 제1구, 제2구는 정경의 묘사를 통해서 시인 자신의 심미안(審美眼)을 드러내 보이고 있다.
그리고 제3구, 제4구에 이르러서는 장자풍의 허무미(虛無美)가 극을 이루고 있다.

제파산사후선원(題破山寺後禪院)

상건(常建, 708~765)

새벽, 옛 절에 드니
첫 햇살 숲을 비추네
대숲 길 그윽한 곳으로 나 있고
선방은 꽃과 나무로 깊네
산빛은 새를 기쁘게 하고
담영(潭影)은 사람의 마음을 비게 하네
만뢰는 고요한데
오직 풍경 소리 울림만 있네.

淸晨入古寺　初日照高林
竹徑通幽處　禪房花木深
山光悅鳥性　潭影空人心
萬籟此都寂　但餘鍾磬音

주 ◆ 죽경(竹徑) : 대나무 숲 사이로 난 오솔길. ◆ 담영(潭影) : 깊은 연못의 색깔. 검푸른 빛.

출전 : 상건집(常建集)

감상 잔잔한 시정 속에 무상감이 흐르고 있다.

제화(題畫)

소만수(蘇曼殊, 1884~1918)

바다 하늘은 넓고 연못은 깊은데
솔그늘 아래 내려와 솔바람 거문고 소리를 듣네
내일이면 또 바람 따라 어디로 가려는가
저 흰구름 더불어 그저 무심(無心)할 뿐이네.

海天空闊九皐深　飛下松陰聽鼓琴
明日飄然又何處　白雲與爾共無心

주 ◆ 해천(海天) : ① 바다 위의 하늘. ② 바다와 하늘. ◆ 구고(九皐) : 깊고 으슥한 沼나 연못. ◆ 표연(飄然) : 바람이 불다.

출전 : 연자감시(燕子龕詩)

감상 물 따라 구름 따라 정처 없이 떠도는 이의 심정을 읊은 시. 시의 도처에서 시정과 선리(禪理)가 뒤얽혀 굽이치고 있다. 운수납자(雲水衲者)의 무심한 행각이 제4구에서 남김없이 드러나고 있다.

제화시 (題畫詩)

석극신(釋克新, ?~1368?)

서리 내린 강산에 나뭇잎은 비었는데
천암(千岩)의 긴 대나무에 밤바람 이네
연화봉 위의 정처 없는 길손,
달빛 속에 홀로 생황을 불고 있네.

霜落江山木葉空　千岩修竹夜生風
蓮花峰頂巢雲客　獨自吹笙明月中

주 ◆ 수죽(修竹) : 긴 대나무. ◆ 소운객(巢雲客) : 정처 없이 떠도는 나그네. ◆ 생(笙) : 笙篁. 관악기의 한 가지.

출전 : 원석집(元釋集)

감상 신비로운 분위기가 감도는 작품이다. 제1구와 제2구는 정경 묘사요, 제3구와 제4구는 정경을 빌려 시인 자신의 내면세계를 읊고 있다. 제4구는 특히 선경(仙境)의 극치를 읊고 있다. 선시(仙詩)로서도 수작이요 선시(禪詩)로서도 제1급에 속하는 작품이다.

조매(早梅)

석림도원(石林道源, ?~?)

나무마다 가지마다 잎 다 졌는데
남쪽 가지에 꽃 한 송이 홀로 피었네
그 향기 물 따라 멀리 흐르고
꽃그늘 야인가(野人家)를 길게 덮었네.

萬樹寒無色　南枝獨有花
香聞流水處　影落野人家

주 ◆ 향문(香聞) : 향기가 나다. ◆ 야인가(野人家) : 평범하게 묻혀 사는 은자의 집.

출전 : 선시감상사전(禪詩鑑賞辭典)

감상 엄동 설한에 피어난 매화꽃을 읊은 시. 제4구가 돋보인다.

조명간(鳥鳴澗)

왕유(王維, 701~761)

사람은 한가롭고 계화(桂花)는 지고
밤은 고요하고 봄산은 비었네
달 뜨자 산새 놀라서
봄물가에서 우짖고 있네.

人閑桂花落　夜靜春山空
月出驚山鳥　時鳴春澗中

주 ◆ 계화(桂花) : 계수나무 꽃. ◆ 간(澗) : 산골에 흐르는 물.

출전 : 왕우승집(王右丞集)

감상 제1급 선시다. 제1 · 2구는 '정(靜)'의 세계다. 제3구 '월출(月出)'은 정(靜)을 통한 직관의 분출(覺)이다. 이 직관의 분출이 있은 다음에는 삶과 더불어 굽이치는 '동(動)'의 세계다. 제3구 '경산조(驚山鳥)'와 제4구 '시명간(時鳴澗)'은 그런 동(動)의 세계다.
시정과 시어, 선(禪)의 깊은 체험이 한데 어우러져 이렇게 멋진 한 편의 시가 태어난 것이다.

조학사 구송(趙學士求頌)

천동정각(天童正覺, 1091~1157)

홀로 드높고 신령스러운 것이여
일체 여래가 모두 여기서 나왔네
미친 마음 쉬면 곧 볼 수 있나니
가을물 맑은 하늘, 밝은 달이 떠 있네.

身前身後獨靈靈　一切如來出此經
歇盡狂心便相見　水秋天淨月亭亭

주 ◆ 정정(亭亭) : 우뚝 솟아 밝은 모양, 아름다운 모양.

출전 : 굉지선사광록(宏智禪師廣錄)

감상 격조 높은 작품이다. 내용이 다분히 교훈적이지만 결코 교훈에 떨어지지 않은 것은 제4구의 눈부신 시상(詩想) 때문이다.

종산(鍾山)

왕안석(王安石, 1021~1086)

개울은 소리 없이 대밭을 감고 흐르나니
대밭 가 화초는 봄기운에 취했네
풀집 처마를 보며 진종일 앉아 있나니
새 한 마리 울지 않아 산 더욱 깊네.

澗水無聲遶竹流　竹西花草弄春柔
茅簷相對坐終日　一鳥不鳴山更幽

주 ◆ 종산(鍾山) : 강소성(江蘇省) 남경(南京)에 있는 산. 왕안석(王安石)이 만년에 이 산에 은거했다. ◆ 간수(澗水) : 개울. ◆ 죽서(竹西) : 대밭의 가장자리. ◆ 모첨(茅簷) : 풀집 처마.

출전 : 임천집(臨川集)

감상 시상은 거침없이 흐르고 있다. 제3구의 '정(靜)'을 이어받는 제4구 역시 '정(靜)'이다. 그러나 제4구의 '정(靜)'은 '불명(不鳴)'이라는 단어의 '명(鳴)'자로 하여 '동적인 정(靜)', 즉 '반어적(反語的)인 동(動)'이 되었다.
'새 한 마리 울지 않아 산 더욱 깊네(一鳥不鳴山更幽).' ……거장

왕안석이 아니면 이런 파격적인 시어는 감히 쓸 수 없다. 아마도 왕안석은 사정(謝貞)의 저 유명한 시구 "바람 없이 꽃은 지고 / 새 울어 산 더욱 깊네(風定花猶落 鳥鳴山更幽)"에 의도적으로 맞서기 위해서 이 구절을 쓴 것 같다.

주중야좌(舟中夜坐)

백거이(白居易, 772~846)

비 갠 못가엔 맑은 경치 많고
다리 아래 서늘한 바람이 오네
가을학 한 쌍, 배 한 척이여
밤 깊어 달빛 속에 서로 벗하네.

潭邊霽後多淸景　橋下凉來足好風
秋鶴一雙船一隻　夜深相伴月明中

주 ◆ 주중야좌(舟中夜坐) : 밤 배에 앉아서. ◆ 제(霽) : 비가 개다.

출전 : 백씨장경집(白氏長慶集)

감상 작품을 감싸고 있는 분위기가 신비롭다. 제4구 '상반(相伴)'으로 하여 이 시는 그대로 한 폭의 그림이 되고 있다.

죽리관(竹里館)

왕유(王維, 701~761)

대숲에 홀로 앉아
거문고 뜯고 길게 소리내어 읊네
깊은 숲 사람들 알지 못하니
밝은 달이 와 서로 비추고 있네.

獨坐幽篁裏　彈琴復長嘯
深林人不知　明月來相照

주 ◆ 죽리관(竹里館) : 대숲 속에 있는 집. ◆ 유황(幽篁) : 깊은 대나무 숲속. ◆ 탄금(彈琴) : 거문고를 뜯다. ◆ 장소(長嘯) : 詩歌 등을 길게 소리내어 읊다.

출전 : 왕우승집(王右丞集)

감상 역시 좋은 작품이다. 제4구의 '명월래상조(明月來相照)'는 선의 높은 경지를 읊은 구절이다. 여기 '상조(相照 : 서로 비추고 있네)'란 '달빛이 사람을 비추고, 사람이 달을 비춰 준다'는 말이다. 말하자면 달과 사람이 혼연일체가 된 무아(無我)의 경지다.

죽영(竹影)

야보도천(冶父道川, ?~?)

어머님 적삼 빌려 입고 어머님께 절하나니
예의는 이것으로 충분하네
대 그림자가 뜰을 쓰나 먼지 전혀 일지 않고
저 달이 물을 뚫고 들어갔으나 그 흔적 없네.

借婆衫子拜婆門　禮數周旋已十分
竹影掃階塵不動　月穿潭底水無痕

주 ◆ 차(借) : ① 빌려 오다. ② 빌려 주다. 여기서는 ①의 뜻. (借交報仇-史記) ◆ 파삼자(婆衫子) : 노파의 적삼. '子'는 접미사(枕子, 燕子, 衲子). ◆ 파문(婆門) : 노파의 문전. ◆ 예수주선이십분(禮數周旋已十分) : 예는 이것으로 충분하다. ◆ 천(穿) : ① 위에서 아래로 뚫어 내려가다. ② 가로로 관통하다. 여기서는 ①의 뜻.

출전 : 금강경오가해(金剛經五家解)

감상 선시 중 백미에 속하는 작품이다. 제1구와 제2구는 예의 범절의 파격적인 실례를 읊은 곳이다. 제3구와 제4구는 이 삶 속에서 흔적을 남기지 않는 경지를 읊은 곳이다. 특히 제3구는 선미(禪味)와 시정(詩情)이 넘치는 대목이다.

즉물계신송(卽物契神頌)

회암지소(晦巖智昭, ?~1188?)

부지런히 갈고 닦은 보람 있어
옛 어른들 깨달으신 그 이치에 닿았네
미묘하기 그지없음은 과연 무엇이던가
개울가 저 소나무에 서북풍이 불고 있네.

勤求勝積功　理契古人同
同得妙何處　澗松西北風

주 ◆ 이계(理契) : 이치에 들어맞다.

출전 : 인천안목(人天眼目) 권 4

감상 선지(禪智)가 무르익어 솔바람으로 흔들리고 있다. 예까지 오기 위해서는 얼마나 많은 고뇌와 고행이 뒤따랐던가. ……그렇다. 흐르는 물도 공짜가 없는 법이다.

차운고금상인(次韻古琴上人)

주권(周權, 1295~?)

지팡이 끌며 가는 구름 속의 절
어둑한 옛집에선 이내가 피어 오르네
물이 얼었으나 겨울 냇가는 미끄럽지 않고
산비에 밤의 종소리 잠기네
술익은 마을은 가까이 있고
매화꽃 피는 언덕은 깊네
솔바람 천고의 뜻이여
길손은 그 맑은 가락을 듣네.

曳杖雲中寺　嵐生古殿陰
泉氷冬澗澁　山雨夜鐘沈
酒熟村家近　梅開野岸深
松風千古意　留客聽淸琴

주 ◆ 고금상인(古琴上人) : 僧名, 즉 古琴이라는 선승. ◆ 예장(曳杖) : 지팡이를 끌다. ◆ 남(嵐) : 이내. ◆ 천빙(泉氷) : 개울이 얼다. ◆ 삽(澁) : 미끄럽지 않음. ◆ 유객(留客) : 손님을 머물게 함. 손님, 나그네.

출전 : 차산집(此山集)

감상 시상이 소박하기 이를 데 없다.

천척사륜(千尺絲綸)

선자덕성(船子德誠, 생몰미상)

천길 낚싯줄을 똑바로 내리네
한 물결이 흔들리자 일만 물결 뒤따르네
밤은 깊고 물은 차가워 고기는 물지 않나니
배에 가득 부질없이 달빛만 싣고 돌아가네.

千尺絲綸直下垂　一波纔動萬波隨
夜靜水寒魚不食　滿船空載月明歸

주 ◆ 사륜(絲綸) : 소칙(詔勅)의 아칭(雅稱). 여기서는 전하여 낚싯줄로 쓰이고 있다. ◆ 직하수(直下垂) : 똑바로 내리다. ◆ 재동(纔動) : 움직이자마자. ◆ 공재(空載) : 부질없이~만 싣고. ◆ 월명(月明) : 달빛.

출전 : 금강경오가해(金剛經五家解)

감상 우리는 지금 중국 선시 가운데 최고의 걸작을 대하고 있다. 제1구가 남성적이라면 제2구는 여성적이다. 제3구의 절묘한 전환은 제4구에 가서 무한한 여운을 남기고 있다. 시정과 시상과 시어와 선지(禪智)가 무르녹을 대로 녹은 작품이다. 이 시는 야보도천의 시로 알려져 있으나 당대(唐代) 선승인 선자덕성(船子德誠) 선사의 시(詩)다.

철우 효후(鐵牛哮吼)

야보도천(冶父道川, ?~?)

여러 해 돌말(石馬)이 빛을 토하고,
쇠소(鐵牛)가 울면서 장강으로 들어가네
허공의 고함 소리여 자취마저 없나니
어느 사이 몸을 숨겨 북두에 들었는가.

多年石馬放毫光　鐵牛哮吼入長江
虛空一喝無蹤跡　不覺潛身北斗藏

주 ◆ 방(放) : 빛을 놓다. 빛을 비추다. 발사하다.(無令矰繳放－王績) ◆ 호광(毫光) : 佛身에서 빛이 사방으로 퍼짐을 말함. 여기서는 돌말(石馬)의 몸에서 나온 빛이 사방으로 퍼짐을 말한다. ◆ 철우(鐵牛) : 무쇠로 만든 소. ◆ 효후(哮吼) : 아우성치다, 으르렁거리다. ◆ 일할(一喝) : 큰 고함 소리. 선가에서 선사가 납자(참선하는 사람)를 가르칠 때 납자에게 큰 깨달음의 계기를 주기 위해서 쓰는 한 방법이다. 특히 임제(臨濟) 선사의 할은 유명했다. ◆ 불각(不覺) : 어느새, 나도 모르는 새. ◆ 잠신(潛身) : 몸을 숨기고 나타내지 않다. ◆ 북두(北斗) : 북두칠성.

출전 : 금강경오가해(金剛經五家解)

감상 원래가 선문(禪門)의 말은 너무 억측이 심한데 이 시가 전형적인 예이다. '돌말(石馬)이 빛을 토한다'는 말도 어불성설이고, '무쇠소(鐵牛)가 울부짖으면서 장강으로 들어간다'는 말도 이해할 수 없다. 그러나 이런 시는 이해가 아니라 직관으로 파악해야 한다.

제2구의 '장강(長江)'은 '창랑(滄浪)'의 잘못인 것 같다. 음운학상으로 '강(江)'은 '강운(江韻)'이요 '양운(陽韻)'이 아니기 때문이다.

청야음(淸夜吟)

소옹(邵雍, 1011~1077)

달이 중천에 뜬 곳이요
바람이 수면에 오는 때네.
이처럼 맑고 그윽한 뜻을
아는 사람 많지 않을 것이네.

月到天心處　風來水面時
一般淸意味　料得小人知

주 ◆ 천심(天心) : 중천(中天), 하늘의 중앙. ◆ 일반(一般) : 이와 같이(如是), 이처럼. ◆ 요득(料得) : 할 것이다. 득(得)은 어조사. ◆ 소인지(小人知) : 소인지(少人知)로도 쓴다. ~하는 사람이 적다.

출전 : 송시선(宋詩選)

감상 선리(禪理)와 선취(禪趣)가 무르녹은 작품이다. 제1구는 청정본연〔淸淨本然 : 체(体)〕의 세계를 제2구는 수류득묘〔隨流得妙 : 용(用)〕의 세계를 읊은 것이다. 제3구, 제4구는 지음인(知音人)이 적음을 한탄하는 작자의 심경을 읊은 것이다.

체로당당(體露堂堂)

삽계○익(霅溪○益, ?~?)

이 몸이 드러남에 잎 가지 다 말랐네
한 줄기 성근 빗발 차갑게 지나는 곳
오는 해엔 다시 어린 가지 돋아와
봄바람에 흔들려 끊임없으리.

體露堂堂葉已凋　一番踈雨轉蕭蕭
來年更有新條在　惱亂春風卒未休

주 ◆ 당당(堂堂) : 형세가 盛大한 모양, 儀容이 훌륭한 모양, 씩씩한 모양, 숨김 없는 모양. 여기서는 네 가지 뜻을 모두 포함하고 있다. ◆ 소우(踈雨) : 성근 빗발. ◆ 소소(蕭蕭) : 바람이 부는 모양. 轉해서 빗발이 날리는 모양.(風蕭蕭兮易水寒-史記) ◆ 뇌란(惱亂) : 여기서는 어지럽게 흔들리다의 뜻. ◆ 졸미휴(卒未休) : 좀처럼 쉬지 않다.

출전 : 선문염송(禪門拈頌)

감상 이 시의 근거가 되는 공안 〈체로금풍(體露金風)〉은 다음과 같다.
어떤 승이 운문(雲門)에게 물었다.
"나무 마르고 잎 지는 이곳까지 오면 어떻습니까."

운문은 말했다. "음, 그 마른 나무가 가을바람에 드러났네(體露金風)."

……그렇다. 정말 살아 있기 위해서는 크게 한 번 죽어 봐야 한다. 저 침묵의 밑바닥까지 침잠해 봐야 한다.

그러질 않고는 삶이, 이 삶이 무엇인지 알 수가 없다. 왜냐면 삶, 이 자체가 되지 않고는 삶을 알 수 없기 때문이다.

촌야(村夜)

백거이(白居易, 772~846)

가을풀 우거진 곳에 풀벌레 울고
길에는 사람의 흔적 끊겼네
문밖에 나가 홀로 들판을 바라보니
메밀꽃은 달빛 속에 흰 눈 같네.

霜草蒼蒼蟲切切　村南村北行人絶
獨出前門望野田　月明蕎麥花如雪

주 ◆ 창창(蒼蒼) : 무성한 모양. ◆ 절절(切切) : 슬프게 우는 풀벌레 소리의 형용. ◆ 전문(前門) : 正門. ◆ 교맥(蕎麥) : 메밀. 여름부터 가을에 걸쳐 흰 꽃이 핀다.

출전 : 백씨장경집(白氏長慶集)

감상 시 전체에 흐르는 시상은 신비롭기 그지없다. '달빛이 메밀꽃에 젖어 마치 흰 눈과 같다'니……, 이 얼마나 섬세한 감성인가.

추야기구원외(秋夜寄邱員外)

위응물(韋應物, 736~?)

이 가을 밤 그대 생각에
시 한수 읊조리며 마냥 서성이네
빈 산에 솔방울 떨어지나니
그대도 응당 잠 못 이루리.

懷君屬秋夜　散步詠凉天
空山松子落　幽人應未眠

주 ◆ 구원외(邱員外) : 작자의 친구인 邱丹을 말함. ◆ 송자(松子) : 솔방울. ◆ 유인(幽人) : 隱者. 구단을 가리킴.

출전 : 위소주집(韋蘇州集)

감상 당시(唐詩)로서 이미 널리 알려진 작품이다. 제3구 '공산송자락(空山松子落)'은 절창이다. 빈 산(空山)에 솔방울 떨어지나니(松子落)……. 솔방울 떨어지고 난 다음의 산은 더욱 고요하기만 하다.
공산송자락(空山松子落)……, 이것은 정경 묘사에 앞서 분명 하나의 경지다.

추풍인(秋風引)

유우석(劉禹錫, 772~842)

어느 곳에서 가을바람 불어오는가.
기러기 떼를 쓸쓸히 보내네.
오늘 아침 문득 정수(庭樹)에 들어오니
나그네 제일 먼저 그 소리 듣네.

何處秋風至　蕭蕭送雁群
朝來入庭樹　孤客最先聞

주 ◆ 인(引) : 시의 한 가지. ◆ 소소(蕭蕭) : 쓸쓸한 모양. ◆ 조래(朝來) : 아침 일찍부터. ◆ 정수(庭樹) : 정원에 있는 나무.

출전 : 당시절구(唐詩絕句)

감상 가을, 쓸쓸한 나그네를 주제로 한 이 시는 특히 제3구의 반전이 기막히다. 그리고 제4구의 '최선문(最先聞)'의 세 글자가 없었다면 그저 감상적인 시로 전락해 버렸을 것이다. 우리는 이 시에서 외로이 자신의 길을 가고 있는 한 수행자의 모습을 느낄 수가 있다. 이제 또 가을이 오겠지. '추풍인(秋風引)'의 계절이 오겠지. 자, 어디론가 떠날 준비를 하자.

추효(秋曉)

도전(道全, ?~?)

단풍잎 바람 불고 풀잎 물결 이는데
구름 무거운 하늘가, 기러기 행렬은 낮네
어느 곳 수촌의 사람 이리도 일찍 일어났는가
노 젓는 소리 달을 흔들며 다리 밑을 지나가네.

飄飄楓葉草萋萋　雲壓天邊雁陣低
何處水村人起早　櫓聲搖月過橋西

주 ◆ 추효(秋曉) : 가을 새벽. ◆ 처처(萋萋) : 풀이 무성한 모양. ◆ 안진(雁陣) : 雁行. 줄지어 날아가는 기러기 행렬. ◆ 수촌(水村) : 물가에 있는 마을.

출전 : 송시선(宋詩選)

감상 가을 새벽의 정취를 육중한 필치로 그려내고 있다. 제2구 '압(壓)'과 '저(低)' 그리고 제4구 '요월(搖月)'이 돋보인다.

춘효(春曉)

맹호연(孟浩然, 689~740)

봄잠에 문득 깨었네
처처에 새 우는 소리
지난 밤 비바람에
꽃들은 다 져 버렸네.

春眠不覺曉　處處聞啼鳥
夜來風雨聲　花落知多少

주 ◆ 춘효(春曉) : 봄날 새벽, 아침. ◆ 야래(夜來) : 어젯밤, 간밤, 지난 밤. ◆ 다소(多少) : 많이. 소(少)는 어조사.

출전 : 맹호연집(孟浩然集)

감상 개인의 감정을 전혀 개입시키지 않으면서도 내면의 정서를 여과시켜 읊고 있다. 맹호연의 이 시는 '선시'로서보다도 '당시(唐詩)'로서 이미 널리 알려진 작품이다. 제1구의 '불각(不覺)', 제2구의 '문(聞)', 제3구의 '성(聲)', 제4구의 '지(知)'가 어우러져 한 편의 멋진 시가 되었다.

출산(出山)

오조법연(五祖法演, ?~1104)

흰 구름과 이별하고 산을 나오니
눈에 가득 홍진(紅塵)이 앞을 가린다.
성(城) 안엔 좋은 일 없다고 말하지 말라.
티끌마다 한 나라요, 한 누대로다.

白雲相送出山來　滿眼紅塵撥不開
莫謂城中無好事　一塵一刹一樓臺

주 ◆ 홍진(紅塵) : 번잡한 속세. ◆ 막위(莫謂) : ~라고 말하지 말라. ◆ 일찰(一刹) : 하나의 나라, 하나의 영역, 하나의 독특한 영역.

출전 : 선시삼백수(禪詩三百首)

감상 호방한 기상이 돋보이는 시다. 제1구와 제2구에서는 선승의 냄새가 나서 짜증스럽다. 그러나 제3구에 오면 그 반전이 가히 볼 만하다. 선승의 냄새라곤 간데없고 번뇌망상의 바다 속으로 힘차게 뛰어드는 한 구도자가 있다. 울고 웃는 이 삶 자체가 깨달음이 역동하는 현상이라고 보는 깊은 안목이 있다. 모처럼 속 시원한 선시를 만났다.

출산(出山)

진여의(陳與義, 1090~1139)

빈 산, 나무꾼의 도끼 소리 메아리치는데
고갯마루 너머에 인가(人家)가 있네
해지자 연못엔 나무그림자 비치고
달빛개울 바람에 꽃이 흔들리네.

山空樵斧響　隔嶺有人家
日落潭照樹　川明風動花

주 ◆ 초(樵) : 나무꾼.

출전 : 간재집(簡齋集)

감상 제1구는 두보(杜甫)의 시 〈벌목정정산경유(伐木丁丁山更幽)〉가 떠오르는 구절이다. 그러나 제4구 '천명(川明)'과 '풍동화(風動花)'로 하여 이 시는 신비롭기 이를 데 없는 분위기를 자아내고 있다.

출산음(出山吟)

서호청순(西湖淸淳, ?~?)

호방하게 읊조리며 푸른 산기운 속을 내려오나니
더 이상 그 어느 것도 마음에 두고 싶지 않네
누군가 하산(下山)의 뜻 묻는다면
누더기 한 벌과 지팡이를 들어 보이리.

浪宕閑吟下翠微　更無一法可思惟
有人問我出山意　藜杖頭挑破衲衣

주 ◆ 탕(宕) : '蕩'과 같은 글자. 방탕하다. 자유롭다. ◆ 유인(有人) : 어떤 사람. ◆ 려장두(藜杖頭) : 명아주 지팡이. 두(頭)는 어조사. ◆ 파납의(破衲衣) : 누더기 옷.

출전 : 감산운와기담(感山雲臥紀談) 권상

감상 자신과의 싸움에서 사경(死境)을 넘은 다음 산(자기 자신)을 나오는 이의 넉넉한 심정을 읊은 시다. 제4구는 한 소식을 한 자신의 경지를 나타내 보이는 대목이다.

취미산거(翠微山居)

충막(冲邈, ?~?)

한 연못의 연잎으로 옷은 이에 넉넉하고
저 산의 송홧가루로 식량은 충분하네
세인들에게 나 있는 곳 알려진다면
이 풀집 옮겨 더 깊이 들어가리라.

一池荷葉衣無盡　數樹松花食有餘
郤被世人知去處　更移茅屋作深居

주 ◆ 모옥(茅屋) : 띠 풀로 엮은 집. 초가집.

출전 : 취미집(翠微集)

감상 은자시풍(隱者詩風)으로서는 제1급 선시다. 왜 이토록 이 세상을 피해 가고 있는가. 단순한 현실 도피라고 경솔하게 결론을 내리지 말라. 가슴에 손을 얹고 곰곰이 생각해 봐야 할 작품이다.

취승도(醉僧圖)

회소(懷素, ?~?)

술은 언제나 떨어지지 않으니
소나무 가지엔 왼종일 술 한 병 걸려 있네
초성(草聖)의 광기가 한 번 꿈틀대면
저 그림 속의 바로 그 취승(醉僧)이 되네.

人人送酒不曾沽　終日松間挂一壺
草聖欲成狂便發　眞堪畵入醉僧圖

주 ◆ 고(沽) : 여기서는 '술을 사다'. ◆ 진감(眞堪) : 정말로. 참으로.

출전 : 선시감상사전(禪詩鑑賞辭典)

감상 회소는 술을 좋아했고 특히 초서(草書)에 능했다. 술에 취하면 긴 머리칼에 먹을 적셔 아무 곳에나 마구 초서를 쓰곤 했다. 그는 스스로를 '초서의 도를 통한 성인(草聖)'이라 했다.

표표일엽(飄飄一葉)

천동정각(天童正覺, 1091~1157)

산은 높은 대로 새의 다리 낮은 대로
무애자재 서로서로 얽히는 것 하나 없네
문 앞 저 이는 먼지 누가 쓸어 다하리
은자의 마음은 안타깝기만 하네
배는 가을물 거울 속을 건너가나니
양 언덕의 갈대꽃, 흰 눈인 듯 눈부시네
만선(滿船)의 어부 마음 저자에 있어
일엽편주는 나부끼듯 물결 위를 떠가네.

森羅萬象許琤瑽　透脫無方礙眼睛
掃彼門庭誰有力　隱人胸次自成情
船橫野渡涵秋碧　棹入蘆花照雪明
串錦老漁懷就市　飄飄一葉浪頭行

주 ◆ 쟁영(琤瑽) : 산의 높은 모양. 여기서는 삼라만상 개개의 특성을 말함. ◆ 흉차(胸次) : 胸中.(喜怒哀樂不入胸次-莊子). 표표(飄飄) : 바람이 부는 소리. ◆ 낭두(浪頭) : 물결.

출전 : 종용록(從容錄)

감상 임제종의 가풍이 언어적이라면, 천동정각을 낳은 조동종의 가풍은 명상적이다. 묵조(默照)란 원래 심묵적조(深默寂照)에서 온 말이다. '깊은 침묵 속에 앉아 고요히 비쳐 본다.' 그것은 생각할 수 없는 곳을 생각하는 일이다. 『종용록』 제11칙 공안의 경지를 읊어낸 천동정각의 이 시는 조동선(曹洞禪)의 심묵(深默)과 적조(寂照)를 잘 보여주는 작품이다.

풍교야박(楓橋夜泊)

장계(張繼, ?~?)

달 지자 까마귀 울고 서리는 하늘에 찬데
강풍(江楓)과 고기잡이불, 선잠에 졸며 바라보네
고소성 밖 머언 한산사
야밤의 종소리 객선(客船)에 이르네.

月落烏啼霜滿天　江楓漁火對愁眠
姑蘇城外寒山寺　夜半鐘聲到客船

주 ◆ 풍교(楓橋) : 江西省 蘇州에 있는 다리. ◆ 야박(夜泊) : 밤에 배를 나루에 매어 놓는 것. ◆ 강풍(江楓) : 강 언덕의 단풍나무. ◆ 어화(漁火) : 고기를 잡기 위해 띄우는 불. ◆ 수면(愁眠) : 설치는 잠, 선잠. ◆ 고소성(姑蘇城) : 蘇州城. ◆ 한산사(寒山寺) : 楓橋 부근에 있는 절. 寒山 拾得이 이곳에 머물렀다는 전설이 있다. ◆ 야반(夜半) : 한밤중. ◆ 객선(客船) : 여행중에 있는 배.

출전 : 전당시(全唐詩)

감상 당시(唐詩)로서 이미 잘 알려진 작품이다.
제1구의 시상은 '낙(落) · 제(啼) · 만(滿)'을 통해서 장중하게 전개되고 있다. 그러나 제2구의 섬세함과 결합되면서 이 제1구의 장중미는 유현(幽玄)한 시정으로 변하고 있다. 제3구에 이르면 시상은 굽이쳐 문득 하나의 현실로 돌아온다.
제3구의 이 완충미를 기반으로 결구(結句 : 제4구)는 이 시의 절정을 이루고 있다. 특히 '도(到)'자 앞에서는 아아, 귀신조차도 감탄하지 않을 수 없을 것이다. 생각해 보라. 종소리가 '이른다(到)'는 표현을 누가 할 수 있었는가. 이 '도(到)'자를 통해서 종소리는 하나의 산 생명 개체화되고 있다. 가히 입신지경(入神之境)이라 하지 않을 수 없다.

풍쟁(風箏)

고병(高騈, ?~?)

고요한 밤 현(絃)의 소리 허공에 울려
그 곡조 오가는 바람에 맡겨 버렸네.
곡조가 엇비슷해 들을 만했었는데
또다시 다른 곡조로 옮겨가 버리네.

夜靜絃聲響碧空　宮商信任往來風
依稀似曲才堪聽　又被移將別調中[1)]

주 ◆ 풍쟁(風箏) : 풍경, 처마 끝에 매달아 바람이 불면 소리가 난다. ◆ 궁상(宮商) : 궁상각치우(宮商角徵羽)의 오음(五音), 음률(音律). ◆ 신임(信任) : 믿고 모두 맡기다. ◆ 의희(依稀) : 비슷하다. ◆ 재감청(才堪聽) : 이제 겨우 들을 만하다. ◆ 이장(移將) : 옮겨 가다.

출전 : 만수당인절구(萬首唐人絕句) 47권

감상 풍경을 주제로 한 작품이다. 제1구에서 풍경 소리를 '현(絃)이 울리는 소리'라고 쓴 것은 작은 종 모양의 우리나라 풍경

1) 우피풍취별조중(又被風吹別調中)으로 쓰기도 한다.

과 많은 현 줄이 매달린 중국식 풍경이 다르기 때문일 것이다. 풍경의 가운데에 있는 횡십자〔橫十字〕의 홈통이 빙 둘러 있는 현 줄에 부딪치며 맑은 소리가 나는 것이 중국식 풍경이다. 제3구, 제4구는 선의 어록에 자주 인용되는 문구다. 『벽암록』에서는 제4구의 '이장(移將)'을 '풍취(風吹)'로 바꿔 쓰고 있는데 풍취가 훨씬 시적이다. '풍취'로 바꿔서 제4구를 옮겨보면 이렇게 된다. '바람 불자 또다시 곡조가 변하네.'

한산시 1 (寒山詩 1)

한산(寒山, ?~?)

어떤 사람이 한산의 길을 묻네
그러나 한산에는 길이 없나니
여름에도 얼음은 녹지 않고
해는 떠올라도 안개만 자욱하네
나 같으면 어떻게고 갈 수 있지만
그대 마음 내 마음 같지 않은 걸
만일 그대 마음 내 마음과 같다면
어느덧 이 산속에 이르리라.

人問寒山道　寒山路不通
夏天氷未釋　日出霧朦朧
似我他由屆　與君心不同
君心若似我　還得到其中

㈜ ◆ 하천(夏天) : 여름. ◆ 빙미석(氷未釋) : 얼음이 녹지 않다. ◆ 몽롱(朦朧) : 안개가 끼어 어둠침침한 모양.(朦朧烟霧曉-李嶠) ◆ 계(屆) : 이르다. 다다르다.(無遠弗屆-書經) ◆ 약사아(若似我) : 만일 나와 같다면.

출전 : 한산자시(寒山子詩)

감상 범속한 사람의 접근을 불허하는 한산의 경지를 읊고 있다. 그러나 배후에는 안개 같은 비애감이 있다. 이 비애감으로 하여 이 시는 수행자들에게 공감을 불러 일으키고 있다.

한산시 2 (寒山詩 2)

한산(寒山, ?~?)

말을 달려 옛 성을 지나가나니
허물어진 저 모습 나그네 가슴 흔드네
높고 낮은 성벽은 무너졌는데
크고 작은 옛 무덤만 있네
외롭게 흔들리는 다북쑥 그림자
길게 우는 무덤 곁 바람 소리……
슬프다, 어찌 모두 속골(俗骨)뿐인가
선사(仙史)에 남을 이름 하나 없네.

驅馬度荒城　荒城動客情
高低舊雉堞　大小古墳塋
自振孤蓬影　長凝拱木聲
所嘆皆俗骨　仙史更無名

주 ◆ 구마(驅馬) : 말을 몰다.(驅馬出關門-魏徵) ◆ 도(度) : (물 같은 곳을) 건너가다. 여기서는 지나가다.(度江河-漢書) ◆ 황성(荒城) : 허물어진 옛 성. ◆ 치첩(雉堞) : 성 위에 낮게 쌓은 담. ◆ 응(凝) : 길고 나직하게 들리는 소리. ◆ 고분영(古墳塋) : 옛 무덤. ◆ 공목성(拱木聲) : 무덤가의 나무 바람 소리(墓木聲). ◆ 속골(俗骨) : 평범한 속인. ◆ 선사(仙史) :

신선의 반열에 오른 사람을 기록한 책.

출전 : 한산자시(寒山子詩)

감상 인생무상을 뼈저리게 느끼며 읊은 시다. 선시라기보다는 차라리 '허무의 시'라고 해야 옳을 것이다.

가을날 당신은 낙엽 한 장이 되어 보십시오. 그리하여 가장 깊은 곳에서 당신의 모습과 만나십시오. 아아, 거기에는 백골의 싸늘함만이 뒹굴 뿐입니다. 저 긴 무덤의 행렬은 무엇을 말하고 있는 것입니까. 그것은 결국 미래의 내 모습입니다. 그러나 우리는, 무덤은 결코 내가 가야 할 곳이 아닌 걸로 여기고 천년을 살려는 꿈을 꾸고 있습니다. 여기에서 비극은 시작됩니다.

한산시 3 (寒山詩 3)

한산(寒山, ?~?)

별들은 널려 있고 밤은 밝고 깊었는데
바위에 외로운 등불 달은 아직 남아 있네
뚜렷이 찬 광명 이지러짐 없거니
하늘에 걸려 있는 이 내 마음이네.

衆星羅列夜明深　岩點孤燈月未沈
圓滿光華不磨瑩　挂在青天是我心

주 ◆ 중성(衆星) : 별의 복수. ◆ 나열(羅列) : 널려 있다.(羅生兮堂下－楚辭) ◆ 암점고등(岩點孤燈) : 바위에 점 찍힌 듯 켜 있는 등불. 여기서의 '點'자는 뒤의 '孤燈'을 살려 주는 절구. '點'자로 인하여 '孤燈'은 생명을 얻었다. ◆ 광화(光華) : 달빛.(月出之光－詩經) ◆ 괘재(挂在) : 걸려 있다.

출전 : 한산자시(寒山子詩)

감상 한산(寒山)의 선시는 대부분 인생의 덧없음이나 산중의 즐거움을 읊은 것이다. 그의 그러한 풍(風)은 도가(道家)의 흔적이 뚜렷하다. 그러나 여기 이 선시는 한산(寒山)의 작품에서도 보기 드문 작품이라 할 수 있다. 우선 외면적이던 그의 시 소재가 외면을 트집으로 하여 내면화하고 있기 때문이다.

한월(寒月)

단하자순(丹霞子淳, 1064~1117)

추운 달 아련히 먼 봉우리에 걸리면
넓고넓은 저 호수에 달빛 덮이네
어부의 노래에 놀란 모래톱의 백로가
갈꽃 차고 날아가 그 흔적 없네.

寒月依依上遠峰　平湖萬頃練光封
漁歌驚起汀沙鷺　飛出蘆花不見蹤

주 ◆ 의의(依依) : 추운 달이 먼 산봉우리에 걸리는 것을 보는 사람의 심정을 나타내는 말이다. '안타까이 사모함' 또는 그와 비슷한 감정의 농도를 말한다. ◆ 평호(平湖) : 넓은 호수. '平'은 형용사. ◆ 만경(萬頃) : 넓음을 표현할 때 쓰는 말. 萬頃滄波. 頃은 넓이의 단위다.(一碧萬頃－范仲淹) ◆ 연광(練光) : 달빛이 수면에 퍼지는 모습. 달빛 짜이는 것이 마치 비단이 짜이는 것 같다는 표현이다.(春曝練－周禮) ◆ 정사(汀沙) : 물가의 모래펄. 물가의 평지.(汀曲舟已隱－謝靈運) ◆ 비출(飛出) : 박차고 날아가다.

출전 : 선문염송(禪門拈頌) 896칙

감상 쓸쓸하고 맑은 가을밤 풍경을 빌어 자신의 내면을 읊고 있다. 제4구의 '不見蹤'이 돋보인다.

한전(閒田)

야옹동(野翁同, ?~?)

밭이랑은 일찍이 갈아 본 적 없고
종자라곤 뿌려 본 일조차 없는 이 밭뙈기
그러나 지금 가을걷이 한창이니
절반은 청풍이요 절반은 구름이네.

秦不耕兮漢不耘　钁頭邊事杳無聞
年來也有收成望　半合淸風半合雲

주 ◆ 한전(閒田) : 농사를 짓지 않는 노는 밭. ◆ 진(秦) : 진나라. ◆ 한(漢) : 한나라. ◆ 곽두(钁頭) : 괭이.

출전 : 선종잡독해(禪宗雜毒海) 권 7

감상 '한전(閒田)'은 우리의 본성(本性)을 뜻한다. 저 무위자연의 흐름에 내맡길 때 우리의 본성은 비로소 본래의 빛을 발하게 된다. 바람(淸風)과 구름(雲)의 오묘한 조화력을 되찾게 된다. 자칫하면 교훈적일 수 있는 작품을 이처럼 한 편의 멋진 시로 읊어냈다는 것은 놀라운 일이다.

한중(閑中)

첨본(詹本, ?~?)

만사를 물어도 도무지 알지 못하고
이 산중에서 그저 한잔 술과 벗하네
바위를 쓴 다음 솔바람에 앉으니
녹음이 두건과 옷깃에 가득하네.

萬事問不知　山中一樽酒
掃石坐松風　綠陰滿巾袖

주 ◆ 일존주(一樽酒) : 한잔의 술.

출전 : 송시선(宋詩選)

감상 시상은 호방하고 시정은 청정하기 이를 데 없다. 전형적인 은자풍(隱者風)의 시.

할려(瞎驢)

밀암함걸(密庵咸傑, 1118~1186)

출득(出得)과 미출시(未出時)가 어떻게 다른가
눈먼 나귀 무리지어 마음밭은 난장판이네
지금 바다는 숫돌같이 평평한데
갈피리만 바람 맞서 어지러이 울고 있네.

出得何如未出時　瞎驢成隊喪全機
而今四海平如砥　蘆管迎風撩亂吹

주 ◆ 할려(瞎驢) : 눈먼 나귀. ◆ 출득(出得) : (명상의 상태에서) 나오다. ◆ 하여(何如) : ① 어떠냐, 어떤고. ② 어찌, 어떻게. 여기서는 ①의 뜻. ◆ 미출(未出) : (명상의 상태에서) 아직 나오지 않다. ◆ 이금(而今) : 自今. 지금. ◆ 사해(四海) : 사방의 바다, 온 세계. ◆ 지(砥) : 숫돌. ◆ 노관(蘆管) : 蘆笛. 갈대 피리.

출전 : 선문염송(禪門拈頌)

감상 우리는 우리 자신의 주관적인 인식에 따라 동일한 것을 각기 다르게 느끼고 있다. 그러나 좀더 높은 경지에서 보면 선정의 상태와 일상의 상태는 둘이 아니다. 그러나 우리는 이를 둘로 보고 있다. 여기에서 고뇌는 시작된다.

해산기흥(海山寄興)

대혈중혐(大歇仲謙, 1174~1244)

선정(禪定)에서 깨어난 오후의 창은 낮에도 침침하니
눈길 닿는 곳마다 텅 비어 응결되는 이 마음이네
저 날새가 내 마음 아는지
버들 푸른 그늘 속에서 애타게 울고 있네.

午窓定起晝沈沈　觸目虛凝一片心
好鳥關關知我意　盡情啼破綠楊陰

주 ◆ 침침(沈沈) : 조용한 모양. ◆ 관관(關關) : 새가 우는 소리.
◆ 제파(啼破) : 울다. 파(破)는 어조사.

출전 : 선종잡독해(禪宗雜毒海) 권 4

감상 선지(禪智)에 앞서 시정(詩情)이 돋보이는 작품이다. 제2구는 응집된 선심(禪心)이요, 제3구와 제4구는 무르익을 대로 익은 시정이다.

화자강(華子岡)

배적(裵迪, 716~?)

해지자 솔바람 일고
돌아오는 길 풀 끝에 이슬 말랐네
구름 그늘은 발자국에 고이고
나뭇가지 풀잎은 옷자락을 날리네.

落日松風起　還家草露晞
雲光侵履迹　山翠拂人衣

주 ◆ 화자강(華子岡) : 선인(仙人) 화자기(華子期)가 살던 언덕(岡). 사영운(謝靈運)의 〈화자강(華子岡)〉이란 시가 있는데 그 시에서 영감을 얻은 것 같다. 왕유(王維)의 시 〈귀망천작(歸輞川作)〉에 화답한 작품. ◆ 희(晞) : 마르다. ◆ 산취(山翠) : 산의 나무와 풀잎.

출전 : 전당시(全唐詩)

감상 제3구 '침(侵)'과 제4구 '불(拂)'이 대비를 이루며 미묘한 선정(禪情)을 자아내고 있다. 작자는 왕유(王維)와 친분이 두터웠던 사람이다.

황학루송맹호연지광릉(黃鶴樓送孟浩然之廣陵)

이백(李白, 706~762)

황학루 서쪽으로 그댈 보내나니
안개꽃 피는 삼월 양주로 내려가네
외로운 돛폭 먼 그림자 푸른 허공에서 다하고
오직 장강만이 하늘 끝으로 아스라이 흐르네.

故人西辭黃鶴樓　煙花三月下楊州
孤帆遠影碧空盡　惟見長江天際流

주 ◆ 맹호연(孟浩然) : 盛唐의 자연파 시인. ◆ 고인(故人) : 절친한 벗. ◆ 황학루(黃鶴樓) : 湖北省 黃鶴山 서북쪽 강가에 있는 누각.

출전 : 이태백시집(李太白詩集)

감상 시상은 장중하고 시정은 섬세하기 이를 데 없다. 제3구, 제4구는 절창이다. '벽공진(碧空盡)'과 '천제류(天際流)'의 대칭을 보라.

회상여우인별(淮上與友人別)

정곡(鄭谷, ?~?)

버들 푸른 양자강의 봄
버들 꽃은 가는 사람을 수심 어리게 하네.
풍적(風笛) 소리 몇 가락에 정자는 저무는데
그대는 소상으로 나는 진으로 가네.

揚子江頭楊柳春　楊花愁殺渡江人
數聲風笛離亭晚　君向蕭湘我向秦

주 ◆ 회(淮) : 회수(淮水), 강 이름, 하남성에서 발원, 강소성을 거쳐 황하로 들어간다. ◆ 강두(江頭) : 강, 두(頭)는 어조사. ◆ 수살(愁殺) : 수심에 잠기다. 살(殺)은 강조 어미. ◆ 풍적(風笛) : 바람 속의 피리 소리. ◆ 이정(離亭) : 이별하는 정자. ◆ 소상(蕭湘)과 진(秦) : 둘 다 지명으로서 서로 정반대 방향에 있다.

출전 : 당시절구(唐詩絕句)

감상 이별시의 절창이다. 제3구와 제4구가 『벽암록(碧巖錄)』에 인용되고 있다. 제3구의 '풍적(風笛)'으로 하여 이 시는 긴 여운을 남기고 있다.

후산묘(緱山廟)

허혼(許渾, 791~854)

왕자가 젓대를 불자 달이 대(臺)에 가득하니
옥저 소리 구르는 곳, 학(鶴)이 배회하네
옥저 소리 멎자 학은 어디론가 날아가 버리고
산 아래 벽도(碧桃)나무엔 봄이 절로 열리네.

王子吹簫月滿臺　王簫淸轉鶴徘徊
曲終飛去不知處　山下碧桃春自開

주 ◆ 대(臺) : 높은 곳에 있는 정자. ◆ 벽도(碧桃) : 복숭아나무의 일종. 흰 꽃이 피며 열매는 매우 작아 먹지는 못함.

출전 : 정묘집(丁卯集)

감상 아, 이 얼마나 신비로운 선경(仙境)인가. 이 시(특히 제3구와 제4구)에서 우리는 노자(老子)가 말한 저 무위자연의 극치를 느낄 수 있다. 제2구 '청전(淸轉)'과 '배회(徘徊)', 제3구 '부지처(不知處)'와 제4구 '춘자개(春自開)'가 어우러져 빚어내는 이 시정을 보라. 이곳을 두고 또 어디 가서 선경을 찾는단 말인가.

제2부

한국의 선시

강시정명(降示正明)

보월거사 정관(普月居士 正觀, ?~?)

오고 가고 다시 지나가면서
한 번은 춤추고 한 번은 노래하네
구름 낀 저 하늘에 갈바람 불지 않으면
조각달의 그 빛을 어이 볼 수 있으리.

而來而去又而過　一番舞兮一番歌
雲天若無西風冷　其於片月本光何

주 ◆ 일번(一番) : 한 번은.

출전 : 관세음보살 묘응시현 제중감로(觀世音菩薩妙應示現濟衆甘露)

감상 제3구, 제4구를 수행자여, 그대 목숨보다 더 소중하게 간직하고 눈먼 듯 귀먹은 듯 이 한세상 살아가라.
이보다 더 간절한 가르침이 어디 있으리.

곡교산(哭喬山)

청허휴정(淸虛休靜, 1520~1604)

저무는 가을하늘 저 멀리
서산은 몇 만 겹이나 겹쳐 있는가
슬픔은 슬픔에 겹쳐 이 슬픔 끝이 없나니
외로운 봉우리에 기대어 눈시울 적시네.

日落秋天遠　西山幾萬重
哀哀哀不盡　垂淚倚孤峰

주 ◆ 의(倚) : 기대다.

출전 : 청허당집(淸虛堂集)

감상 교산(喬山)이라는 선승을 애도하는 시.
시정은 슬픔으로 굽이치고 있지만 그러나 그 음색(音色)이 장중하다. 보라. 제4구를 보라. 장엄한 이 슬픔을 보라.

과고사(過古寺)

청허휴정(淸虛休靜, 1520~1604)

적적한 폐허의 집
꽃잎은 져 석 자 깊이네
봄바람은 왔다 가고
달빛은 사람의 마음을 적시네.

寂寂閑虛院　落花三尺深
東風來又去　月色傷人心

출전 : 청허당집(淸虛堂集)

감상 옛 절을 지나며 읊은 시. 폐허가 된 옛 절을 읊었는데 이렇게 탐미적일 수가 있을까.
'꽃잎은 져 석 자 깊이요 봄바람은 스스로 왔다 간다'니 그저 한숨밖에 나오지 않는다. 이 구절이 너무 좋아서.

과고사(過古寺二)

청허휴정(淸虛休靜, 1520~1604)

꽃 지는 곳 옛 절문 깊이 닫혔고
봄 따라온 나그네 돌아갈 줄 모르네
바람은 둥우리의 학(鶴)그림자 흔들고
구름은 좌선하는 옷깃 적시네.

花落僧長閉　春尋客不歸
風搖巢鶴影　雲濕坐禪衣

주 ◆ 승장폐(僧長閉) : 절문이 오랫동안 닫혀 있다. ◆ 춘심객(春尋客) : 봄을 찾는 나그네. ◆ 요(搖) : 흔들다. 흔들리다.(搖者不定－管子) ◆ 소학(巢鶴) : 학의 둥우리. ◆ 습(濕) : 젖다.(猶惡濕而居下也－孟子)

출전 : 청허당집(淸虛堂集)

감상 서산대사 청허휴정의 시는 지극히 고요로움과 유리같이 어리는 선기(禪氣), 그리고 신비로움에 가까운 발상이 있다. 제1구에서는 무언지 모를, 그런 애틋하고도 짙은 여운을 가져다 준다. 제2구도 얼마나 좋은지 모르겠다. 봄을 따라(尋은 원칙적으로 '찾아'라 해야 하지만 여기서는 '따라'로 해야 그 맛이 한결 돋보인다)온 나그네 한 사람, 그 봄에 취하여 돌아갈 길을 잃었구나. 서산스님 한 번 큰절합니다. 때묻고 구겨진 이 마음절이지만 너그러이 받아 주십시오. 제3구의 '요(搖)'와 제4구의 '습(濕)'은 오랫동안의 좌선에서 닦여지고 닦여진 서산의 직관력이다.

과동경(過東京)

청허휴정(淸虛休靜, 1520~1604)

만리 머나먼 길 한 나그네 와서
누각에 올라 젓대 소리 듣나니
천년의 옛 도읍지여
소나무와 달이 차갑게 서로 비추네.

萬里一僧來　登樓聞客嘯
千年故國都　松月冷相照

주 ◆ 동경(東京) : 고려시대 경주의 이름.

출전 : 청허당집(淸虛堂集)

감상 신라의 옛 도읍지 경주를 지나며 읊은 시.
시상은 잔잔하지만 그러나 무궁한 여운이 감돌고 있다. 제3구와 제4구로 하여…….

과봉성문오계(過鳳城聞午鷄)

청허휴정(淸虛休靜, 1520~1604)

백발이어도 마음은 늙지 않는다고
옛 사람은 이미 말했네
지금 대낮에 닭 우는 소리 듣나니
대장부의 할 일을 다 마쳤네.

髮白非心白　古人曾漏洩
今聽一聲鷄　丈夫能事畢

주 ◆ 능사(能事) : 능히 해야 할 의무.

출전 : 청허당집(淸虛堂集)

감상 서산의 오도송(悟道頌)으로 알려진 시다.
그는 어느 마을을 지나가다가 대낮에 닭 우는 소리를 듣고 문득 깨달음을 얻었다고 한다.

과요천(過蓼川)

청허휴정(淸虛休靜, 1520~1604)

먼 숲에 저녁연기 일고
푸른 물가 사람은 낚싯대를 거두네
외기러기 가을하늘로 날아가자
갈까마귀떼 낙조를 따라 내리네.

遠樹起村烟　碧波人捲釣
一鴈入秋空　千鴉下落照

주 ◆ 아(鴉) : 갈까마귀.

출전 : 청허당집(淸虛堂集)

감상 가을 저녁의 풍경을 스케치하듯 그려내고 있다. 시정은 결구(제4구)에서 절정을 이루고 있다.

과저사문금(過邸舍聞琴)

청허휴정(淸虛休靜, 1520~1604)

눈인 듯 고운 손 어지러이 움직이니
가락은 끝났으나 정은 남았네
가을 강물 거울빛으로 열려서
푸른 산봉우리 그려내네.

白雪亂纖手　曲終情未終
秋江開鏡色　畫出數靑峯

주 ◆ 저사(邸舍) : 여관, 여인숙.(因留客邸—宋史) ◆ 섬수(纖手) : 섬섬옥수, 가냘프고 고운 여자의 손, 미인의 손. ◆ 경색(鏡色) : 고요한 수면. 거울에 비유함.

출전 : 청허당집(淸虛堂集)

감상 오랜 옛날 호랑이 담배 먹던 시절에 강원도 어느 고을에 한 원님이 있었다. 원의 딸과 원의 머슴의 아들이 눈이 맞았다. 이를 안 원은 화가 머리끝까지 뻗쳐서 산의 굴 깊숙이 이 두 연놈들을 오랏줄에 묶어 가두어 버렸다. 두 남녀는 묶인 채 하나가 되어 죽었다. 이후 이 고을에 새로 부임해 오는 원은 모조리 눈이 멀어 버리는 것이었다.

인간에게 있어서 사랑이란 마음과 마음이 서로 비추임을 말한다. 이 그리움빛은 몸이라는 구체적인 모습으로 결합되어 비로소 완전한 것이 된다. 두 마음이 묶여진 몸의 만남은, 만남 이상의 것으로 승화된다. 이를 자각하지 못할 때 인간의 문명은 '눈먼 문명'이 된다. 육신은 사랑을 담는 그릇이지만 일단 사랑의 결합일 때 몸은 몸이기에 앞서 본질적인 것의 가장 따뜻한 표현이다. 아아 제2구를 보라, 얼마나 멋진가.
'가락은 끝났으나 정(情)은 남았네.'

당(唐)의 시인 전기(錢起)의 시에 "곡종인불견 강상수봉청(曲終人不見 江上數峯靑)"이란 구절이 있다.

과함양(過咸陽)

사명유정(四溟惟政, 1544~1610)

눈앞의 옛 산천은 어제 같건만
우거진 풀, 찬 연기에 인가는 안 보이네
새벽서리 성 밑 길에 말을 세우니
언 구름 마른 나무에 까마귀 울고 있네.

眼中如昨舊山河　蔓草寒烟不見家
立馬早霜城下路　凍雲枯木有啼鴉

주 ◆ 만초(蔓草) : 널리 퍼진 풀, 덩굴이 뻗는 풀, 잡풀. ◆ 제아(啼鴉) : 까마귀가 울다.

출전 : 사명당대사집(四溟堂大師集)

감상 함양(咸陽)을 지나가며 읊은 시.
임진왜란의 난리에 황폐된 함양성의 모습이 너무 애절하다. 제4구를 보라. 두보(杜甫)조차 감히 쓸 수 없는 구절이다.

금강진음(錦江津吟)

원감충지(圓鑑冲止, 1226~1292)

석양빛 산그림자 모랫벌에 드리울 제
떨어진 삿갓, 지팡이 짚고 나루터에 이르렀네
강물은 유유히 흐르고 산빛은 아득한데
이 가을빛 쓸쓸함을 어이 견디리.

夕陽峰影落汀洲　破笠枯藤立渡頭
江水悠悠山杳杳　不堪秋色動人愁

주 ◆ 정주(汀洲) : 강의 얕은 곳에 모래가 쌓여 섬처럼 된 곳. ◆ 도두(渡頭) : 나루터. ◆ 유유(悠悠) : 느리게 흐르다. ◆ 묘묘(杳杳) : 아득히 멀다. ◆ 불감(不堪) : 견딜 수가 없다.

출전 : 해동조계제육세 원감국사가송(海東曹溪第六世圓鑑國師歌頌)

감상 금강의 어느 나루터에서 읊은 시다. 늦가을의 쓸쓸한 정경이 남김없이 잘 드러나 있다.

급우(急雨)

함홍치능(涵弘致能, 1805~1878)

바람을 좇아 점 찍히듯 뿌렸더니
어느새 은(銀)죽순이 산 가득 에워싸네
개울 옆 늙은 나무엔 매미 소리 그치고
누각엔 맑은 바람 그윽이 불어오네.

始逐風頭點點稀　忽看銀竹滿山圍
溪邊老樹蟬聲歇　一檻淸幽暑氣微

주 ◆ 급우(急雨) : 급한 비, 소나기. ◆ 풍두(風頭) : 바람. ◆ 은죽(銀竹) : 은죽순. 빗발의 형용. ◆ 선(蟬) : 매미. ◆ 헐(歇) : 멈추다. 그치다. ◆ 서기미(暑氣微) : 더운 기운이 미약해지다.

출전 : 함홍당집(涵弘堂集)

감상 여름날 소나기 한 줄 퍼부을 때의 그 심경과 정경을 절묘하게 읊고 있다.
보라. 제1구의 '점점희(點點稀)'와 제2구의 '만산위(滿山圍)', 그리고 제3구의 '선성헐(蟬聲歇)'과 제4구의 '서기미(暑氣微)'의 그 절묘한 대칭을…….

낙중즉사(洛中卽事)

청허휴정(淸虛休靜, 1520~1604)

봄빛은 어디로 가고 있는가
장안의 저 백만가이네
산승이 문 닫고 앉으면
뜰의 꽃 저 홀로 지네.

春色歸何處　長安百萬家
山僧掩門坐　空落一庭花

주 ◆ 엄(掩) : 문을 닫다.

출전 : 청허당집(淸虛堂集)

감상 제3구, 제4구는 절창이다. 그러나 제3구와 제4구를 각각 떼어놓으면 그저 평범한 산문에 지나지 않는다. 그런데 이 두 구절을 묶어 놓으면 멋진 시구가 되는 것은 제3구의 '엄(掩)'자와 제4구의 '낙(落)'자 때문이다. 이 두 글자가 빚어내는 상반된 느낌 때문이다.

남명야박(南溟夜泊)

청허휴정(淸虛休靜, 1520~1604)

바다는 날뛰어 은산이 찢어지고
바람은 머물러 푸른 옥이 흐르네
뱃전은 천상의 집과 같나니
앉아서 달과 별을 거두네.

海躍銀山裂　風停碧玉流
船如天上屋　星月坐中收

주 ◆ 약(躍) : 여기서는 '파도가 세게 치다'. ◆ 정(停) : 여기서는 '바람이 자다'.

출전 : 청허당집(淸虛堂集)

감상 시어는 응축될 대로 응축되어 차라리 루비알과도 같다. 제3 · 4구도 좋지만 제1 · 2구도 멋지다.

답선화문(答禪和問)

청허휴정(淸虛休靜, 1520~1604)

처마 끝에 산비 듣고
창 앞엔 등불 하나 외롭네
한 번 보면 다 알 것을
구구하게 더 물을 건 없네.

簷外鳴山雨　窓前點客燈
一參相見了　何必問三乘

주 ◆ 첨(簷) : 처마. ◆ 삼승(三乘) : 수행의 입장을 세 갈래로 나눈 것. 小乘 · 中乘 · 大乘.

출전 : 청허당집(淸虛堂集)

감상 선(禪)의 본질을 단적으로 보인 작품이다. 시상의 섬세하기가 이를 데 없다.

대영(對影)

진각혜심(眞覺慧諶, 1178~1234)

못가에 홀로 앉았네
물밑 한 사내와 서로 만났네
둘이 보며 말없이 미소 짓는 건
그 마음과 이 마음 서로 비치기 때문.

池邊獨自坐　池底偶逢僧
默默笑相視　知君語不應

주 ◆ 독자좌(獨自坐) : 혼자 앉다. ◆ 어불응(語不應) : 말이 없다.

출전 : 무의자시집(無衣子詩集)

감상 못에 비치는 자기 자신의 그림자와 서로 만나 묵묵히 미소 짓고 있다. 왜 미소 짓고 있는가. 둘은 서로가 서로를 너무나 잘 알고 있기 때문이다.
'나와 그림자' ……이 얼마나 다정한 이름인가. 그러나 혜심(慧諶)이 아니고서는 누가 이런 심정을 읊을 수 있단 말인가.

만의(晩意)

매월당 김시습(梅月堂 金時習, 1435~1493)

천봉만학 저 너머
외로운 구름 새 홀로 돌아가네
금년은 이 절에서 머문다만
내년에는 어느 산으로 갈지……
바람잔 송창(松窓)은 고요하고
향불 꺼진 선실은 한가롭네
이 생은 이미 내 몫이 아님이여
물 가는 곳 구름 따라 흘러가리라.

萬壑千峰外　孤雲獨鳥還
此年居是寺　來歲向何山
風息松窓靜　香銷禪室閑
此生吾已斷　棲迹水雲間

주 ◆ 소(銷) : 꺼지다. 없어지다.(虹銷雨霽－王勃) ◆ 이단(已斷) : 이미(已) 결단을 내리다, 즉 떠도는 나그네로 살겠다고 이미 결심했다.

출전 : 매월당시 사유록(梅月堂詩四遊錄)

감상 선자(禪子)의 길은 바늘 하나 꽂을 만한 땅도 없는 가난이다. 바람이 부는 대로, 물결이 이는 대로 인연 따라 이곳 저곳 떠돌면서 오직 자기를 찾는 것만이 선자(禪子)가 가야 할 길이다. 바랑 하나 메고 지팡이 짚고 송락(松落)의 삿갓 쓰고 산에서 산으로 숨어 다니며 참선정진에만 몰두하는 것이 선자(禪子)의 이상적인 생활이다. 어느 만큼 공부가 익어지면 또한 인연 닿는 사람들을 만나서 그들의 잠을 깨워 주는 것이 선자의 사명이다. 향기도 없는 꽃이 구태여 바람 앞에 서서 자기의 무향(無香)을 남에게 풍기는 그런 짓을 선가(禪家)는 금하고 있다. 오직 자기 자신 깊이깊이 닦아갈 것, 그리하여 그 향기가 누리에 저절로 퍼져 울리게 할 것, 그러나 마지막에는 이 향기의 흔적마저 지워 버릴 것.
그러나 요즈음은 세상인심이 험악하기 때문에 선자 노릇도 꽤 힘든 모양이다.

몽견대비보살(夢見大悲菩薩)

진각혜심(眞覺慧諶, 1178~1234)

관세음 관세음
간절한 그 마음에 절하나이다
손에는 글자 없는 도장을 들어
내 콧구멍 깊이 그 도장 찍으셨네
어찌 그 도장에만 글자 없으리
그 몸 또한 찾을 길 없네
그러나 언제나 여기를 떠나지 않아
맑은 바람이 대숲을 흔드네.

稽首觀世音　大悲老婆心
手提無文印　印我鼻孔深
豈惟印無文　身亦無處尋
而常不離此　淸風散竹林

주 ◆ 대비보살(大悲菩薩) : 관세음보살. ◆ 계수(稽首) : 머리 숙여 인사함. ◆ 무문인(無文印) : 글자 없는 도장. 여기서는 '깨달음' 또는 그 '진리'.

출전 : 무의자시집(無衣子詩集)

감상 꿈에 관세음보살을 친견하고 지은 시다.
제7구와 제8구를 보라. 진각국사 혜심의 혜안(慧眼)이 얼마나 밝은가를 알 수 있을 것이다.

몽과이백묘(夢過李白墓)

청허휴정(淸虛休靜, 1520~1604)

유유히 천고의 한을 품고 지나는 길손
산은 푸르고 구름은 희어 고개 돌리네
그날 술잔 들던 그 사람은 어디 갔는가
아득한 저 하늘에서 달이 오네.

過客悠悠千古恨　山靑雲白首空回
當年把酒人何去　杳杳長天月自來

주 ◆ 유유(悠悠) : ① 아득하고 먼 모양. ② 가는 모양. ③ 침착하고 여유 있는 모양. ④ 흘러가는 모양. 여기서는 종합적인 뜻으로 쓰이고 있다. ◆ 파주(把酒) : 술잔을 잡다. 술을 마시다.

출전 : 청허당집(淸虛堂集)

감상 서산대사 청허휴정의 시정은 저 당(唐)의 시인 이백(李白)의 그것과 서로 통하는 데가 있다. 여기 서산이 꿈에 이백의 묘를 지나며 시를 읊고 있다. 이백이 좋아하는 술과 달을 들고서…….

무위일색(無位一色)

소요태능(逍遙太能, 1562~1649)

'도'를 닦기 위해서 경전 공부 하느니
경전은 다만 이 내 마음속에 있네
문득 고향길 들어서면
고개 돌린 하늘가 외기러기 내리네.

學道先須究聖經　聖經只在我心頭
驀然踏着家中路　回首長空落鴈秋

주 ◆ 성경(聖經) : 성스러운 경전. ◆ 심두(心頭) : 마음. 두(頭)는 어조사. ◆ 맥연(驀然) : 갑자기. 불현듯. ◆ 답착(踏着) : 밟다. 길에 들어서다. '着'은 조사.

출전 : 소요당집(逍遙堂集)

감상 시상에 여유가 있다. 제1, 제2구의 상투적인 말이 제3, 제4구로 하여 생생한 시어로 되살아나고 있다.

무제(無題)

소요태능(逍遙太能, 1562~1649)

달빛물결 절벽에 부딪고
솔바람 맑은 소리 보내오네
여기에서 깨닫지 못한다면
배은망덕이다 배은망덕이다.

月波飜石壁　松籟送淸音
於斯若不會　孤負老婆心

주 ◆ 어사(於斯) : 여기에서. ◆ 고부(孤負) : 背負. 배반하다. 은혜를 등져 버리다.

출전 : 소요당집(逍遙堂集)

감상 깨달음은 단도직입적이다. 곰곰이 생각하거나 지레짐작으로 알 수 있는 세계가 아니다. 그러므로 척! 하면 아는 것은 깨달음이요, 곰곰이 쥐어짜서 아는 것은 이치적으로 이해한 것이다. '깨닫는 것'과 '이해하는 것', 그것은 진짜 떡과 그림떡의 차이이다.

문수면목(文殊面目)

소요태능(逍遙太能, 1562~1649)

흰구름 끊긴 곳, 푸른 산이요
해가 지는 하늘가 새는 홀로 돌아오네
세월 밖의 그대 모습 언제나 뵈오니
목련꽃 피는 날에 물은 흐르네.

白雲斷處是靑山　日沒天邊鳥獨還
劫外慈容常觸目　木蘭花發水潺潺

주 ◆ 목란(木蘭) : 목련꽃.

출전 : 소요당집(逍遙堂集)

감상 만쥬스리(manjusri, 文殊舍利),
그는 '지혜로 이 세상을 정복한 성자'다.
아니 소요대사 태능, 그 자신이다.
'목련꽃 피는 날에 물이 흐르는', 소요대사 태능 그 자신이다.

방적객(訪謫客)

청허휴정(淸虛休靜, 1520~1604)

봄이 가니 산꽃은 지고
두견이는 '돌아가라' 슬피 우네
하늘가 외로운 나그네여
흰구름 가는 것만 멍하니 보네.

春去山花落　子規勸人歸
天涯幾多客　空望白雲飛

주 ◆ 적객(謫客) : 귀양살이하는 사람. ◆ 자규(子規) : 두견새.

출전 : 청허당집(淸虛堂集)

감상 하늘가 외로운 나그네여, 뭣 때문에 흰구름 가는 것만 멍하니 보고 있는가. ……갈 수 없기 때문이다. 너무 멀어 고향에 갈 수 없기 때문이다.

법흥진(法興陳)

청매인오(青梅印悟, 1548~1623)

강물은 깃발의 그림자로 출렁이고
산은 검의 빛을 띠어 저리 높네
내 살던 곳 되돌아 생각하노니
천봉엔 조각달이 외로이 걸려 있네.

江含旗影動　山帶釼光高
却憶曾棲息　千峯片月孤

주 ◆ 진(陳) : 군대가 진을 치고 머물러 있는 곳. 여기서는 僧兵의 진영인 듯.

출전 : 청매집(青梅集)

감상 아마 법흥(法興)의 진영(陳營)에서 읊은 시인가 보다. 제1구와 제2구는 출병을 앞둔 승병(僧兵)들의 용맹스러움을, 제3구와 제4구는 산에 사는 선승의 쓸쓸한 심정을 읊고 있다.

부휴자(浮休子)

청허휴정(淸虛休靜, 1520~1604)

떠날 때 말없이 서로 보나니
계수열매 어지러이 지고 있네
소매를 날리며 문득 돌아가니
온 산엔 속절없이 흰구름만 이네.

臨行情脉脉　桂子落紛紛
拂袖忽歸去　萬山空白雲

주 ◆ 맥맥(脉脉) : 서로 보는 모양, 끊이지 않는 모양. ◆ 계자(桂子) : 계수나무 열매. ◆ 만산(萬山) : 많은 산. 온산.

출전 : 청허당집(淸虛堂集)

감상 사제(舍弟) 부휴선수(浮休善修)를 보내며 읊은 시다.
사제를 보내는 사형의 태도와 사형을 떠나가는 사제의 거동이 마치 하나의 선문답 같다.
전혀 군살이 없고 감정의 표출이 없다.

산거집구(山居集句)

매월당 김시습(梅月堂 金時習, 1435~1493)

두견화꽃 지는 돌난간이여
곳곳마다 내 집이라 보는 눈도 넉넉하네
진종일 꽃에게 물어 봐도 꽃은 말이 없어
반 열린 창, 실비 속에 청산을 보고 있네.

杜鵑花落石欄干　處處虛堂望眼寬
盡日問花花不語　半窓微雨看靑山

주 ◆ 집구(集句) : 古人의 시구를 짜맞춰 하나의 시를 만드는 시의 형식.

출전 : 매월당시 사유록(梅月堂詩四遊錄)

감상 그 가슴에는 풀지 못할 천추의 한(恨)을 간직한 채 '반 열린 창, 실비 속에 청산을 보고 있는 사람', 그는 누구인가. 매월당이다. 매월당이 된 나 자신이요 그대 자신이다.

산행즉사(山行卽事)

매월당 김시습(梅月堂 金時習, 1435~1493)

아이는 잠자리 잡고 노인은 울타리 고치는 곳
작은 냇가 봄물에 가마우지 목욕하네
푸른 산도 다한 곳, 돌아갈 길은 멀어
지팡이 어깨에 메고 하염없이 서 있네.

兒捕蜻蜓翁補籬　小溪春水浴鸕鶿
青山斷處歸程遠　橫擔烏藤一箇枝

주 ◆ 청정(蜻蜓) : 잠자리. ◆ 노자(鸕鶿) : 가마우지. 냇가에서 고기를 잡아먹고 사는 물새의 한 가지. ◆ 귀정(歸程) : 歸路(돌아갈 길). ◆ 오등(烏藤) : 검은 등나무 지팡이.

출전 : 매월당시 사유록(梅月堂詩四遊錄)

감상 지친 나그네의 심정.
희망도 절망도 다 없어진 나그네의 외로운 심정.

삼몽사(三夢詞)

청허휴정(淸虛休靜, 1520~1604)

주인이 길손에게 꿈 이야기하고
길손도 주인에게 꿈 이야기하네
지금 꿈 이야기 하고 있는 이 두 나그네
이 또한 꿈속의 사람들이네.

主人夢說客　客夢說主人
今說二夢客　亦是夢中人

주 ◆ 사(詞) : 詩. 詩文의 총칭.

출전 : 청허당집(淸虛堂集)

감상 꿈속에 꿈 이야기하고 있는 이 역시 꿈이라면, 꿈속에 꿈이요 그 꿈속에 또 꿈이니. 이 첩첩산을 어이 넘으리. 내 어이 넘으리.

상춘(傷春)

청허휴정(淸虛休靜, 1520~1604)

버드나무 가지 위에 꾀꼬리 소리 매끄럽고
하늘에 나부끼는 제비의 춤 비꼈네
오직 애석한 건 봄바람이니
뜰 가득 꽃잎은 비 오듯 지네.

語柳鶯聲滑　飄天燕舞斜
春風惟可惜　吹落滿園花

주 ◆ 상춘(傷春) : 봄이 가는 것을 안타까워하다.

출전 : 청허당집(淸虛堂集)

감상 봄이 가는구나, 봄이 가는구나
뜰 가득 꽃잎 뿌리며
젊은 날이 가는구나.

상춘(賞春)

환성지안(喚惺志安, 1664~1729)

지팡이 끌며 깊은 골 따라
홀로 배회하며 봄을 감상하네
오는 길 소매 가득 꽃의 향기여
나비 한 마리 나를 따라 멀리서 오네.

曳杖尋幽逕　徘徊獨賞春
歸來香滿袖　蝴蝶遠隨人

주 ◆ 예(曳) : (지팡이 등을) 끌다. ◆ 유경(幽逕) : 깊고 그윽한 산길. ◆ 상춘(賞春) : 봄을 감상하다. ◆ 수(袖) : 옷소매. ◆ 원수인(遠隨人) : 멀리서 사람을 따라오다.

출전 : 환성시집(喚惺詩集)

감상 벗이여, 이처럼 무르녹은 봄을 본 일이 있는가. 옷에 가득 밴 꽃의 향기를 쫓아 나비 한 마리가 사람을 따라오고 있다니…….
봄은, 봄의 정취는 이에서 다하는구나.

새의현법사(賽義玄法師)

소요태능(逍遙太能, 1562~1649)

삼라만상 덧없이 사라져 가나니
허공에 새 날아가나 그 흔적은 없네
저 허공마저 내 머물 곳 아니거니
바람 앞에 빗소리를 내고 있는 저 소나무 여겨 보라.

森羅萬像同歸幻　鳥過長空覓沒蹤
虛空不是藏身處　看取風前帶雨松

주 ◆ 새(賽) : 제사를 지내다. ◆ 멱몰종(覓沒蹤) : 자취를 찾을 수가 없다.

출전 : 소요당집(逍遙堂集)

감상 '정극광통달(靜極光通達)'이란 말이 있다. '고요가 그 극에 이르면 눈부신 행위의 빛살로 터져 나온다'는 뜻이다.
여기 이 시를 보라. 허공마저 뛰어넘은 곳에서 바람 맞아 빗소리 내고 있는 저 소나무를 보라.

석춘(惜春)

청허휴정(淸虛休靜, 1520~1604)

꽃잎은 져 천 조각 만 조각이요
산새는 울어 두세 소리네
만일 시와 술이 없었더라면
이 좋은 풍경 놓쳤으리.

落花千萬片　啼鳥兩三聲
若無詩與酒　應殺好風情

주 ◆ 살(殺) : 여기서는 '~을 놓치다'의 뜻.

출전 : 청허당집(淸虛堂集)

감상 꽃잎 비 오듯 지는 봄날, 산새는 저리 울고 있다. 이런 풍광 앞에서 취하지 않으면 내 어이하리. 이 정경 자체가, 이 분위기 자체가 바로 시(詩)인 것을…….

소림단비(少林斷臂)

청매인오(青梅印悟, 1548~1623)

서릿발 같은 칼날 휘둘러 봄바람 베어냄에
흰 눈 쌓인 빈 뜰에 잎은 져 붉네
이 소식을 그대여 알겠는가
반 바퀴 차가운 달이 서쪽 봉우리에 걸려 있네.

一揮霜刀斬春風　雪滿空庭落葉紅
這裏是非才辨了　半輪寒月枕西峯

주 ◆ 소림단비(少林斷臂) : 少林寺에 주석하고 있던 달마대사를 찾아가 법(道)을 물었으나 거절당하자 왼팔을 베어 올림으로써 깨달음을 얻게 되었다는 慧可大師의 이야기. ◆ 휘(揮) : 휘두르다.(手揮白陽刀 淸晝殺仇家－李白) ◆ 상도(霜刀) : 서릿기운 감도는 칼날. 霜은 刀를 수식한다. ◆ 설만공정(雪滿空庭) : 가득 찼는데(雪滿) 텅 비었다(空庭)……? 이는 말 밖의 이치거니 내 어찌 주둥아릴 놀려대리오. ◆ 저리(這裏) : 여기. 이. ◆ 시비재변료(是非才辨了) : 是非를 겨우 논하다. 시비를 논할 수 없는 곳에서 시비를 논하려 하기 때문에 '겨우(才)'라는 말을 쓰고 있는 것이다. 了는 '끝내다'라는 동사로서 어떤 행동이나 일의 종결을 뜻한다.

출전 : 청매집(青梅集)

감상 제1구에서는 칼을 뽑아 왼팔을 베는 혜가의 모습이요, 제2구에서는 흰 눈 위에 떨어지는 혜가의 팔에 대한 묘사다. 이 얼마나 멋진가. '눈이 가득 쌓인 빈 뜰(雪滿空庭)'에, 피는 붉은 잎이 되어 마구 떨어지고 있다. 붉은색과 흰 눈, 그리고 가득함과 텅 빔…….
시각적으로도 아름다움의 극치요, 철학적으로도 최고의 경지(가득함과 동시에 텅 빔 : 眞空妙有)요, 또 감상적으로도 이에 더한 절정이 어디 있겠는가.
그대여, 살아 있다는 것은, 그 살아 있음이 고마운 것은 바로 이런 순간을 두고 하는 말이다.
'설만공정락엽홍(雪滿空庭落葉紅)…….' 불과 일곱 자의 시구에서 탐미적인 아름다움과 희열을 느낄 수 있는 바로 이 순간을 두고 하는 말이다. 제3구와 제4구는 제2구의 감흥을 잇는 여흥(餘興)이다.

송별(送別)

청매인오(靑梅印悟, 1548~1623)

외로 난 길, 그대는 멀리 작아져 가고
온 산에 낙엽만 쌓이네
어느 때 그대 생각 견디기 어려운가
해질 무렵 까마귀 울며 지나갈 때네.

一路歸人遠　千山落木多
相思何處苦　殘照過啼鴉

주 ◆ 천산(千山) : 많은 산. ◆ 낙목(落木) : 낙엽. ◆ 잔조(殘照) : 지는 햇빛.

출전 : 청매집(靑梅集)

감상 이별의 시. 제4구의 극적인 변화로 하여 시 전체가 되살아나고 있다.

송우상인유방(送牛上人遊方)

매월당 김시습(梅月堂 金時習, 1435~1493)

등나무 지팡이 하나로
바람 따라 어디로 가는가
첩첩산 잎 지는 나무숲이요
푸른 이끼에 짚신이 다 낡았네
떡갈나무 잎은 산길에 가득하고
온갖 새소리 들려오네
해가 지면 흰구름 속 문빗장 두드리나니
산의 중턱에는 쓸쓸히 비가 내리네.

手錫一介藤　飄然何處去
楓城千萬疊　碧苔濺芒履
槲葉滿山徑　幽鳥聲無數
暮扣白雲扃　蕭蕭半山雨

주 ◆ 망리(芒履) : 짚신. ◆ 곡(槲) : 떡갈나무. ◆ 구(扣) : 두드리다. ◆ 경(扃) : 문빗장. ◆ 반산(半山) : 산의 중턱.

출전 : 매월당시 사유록(梅月堂詩四遊錄)

감상 물 따라 떠도는 길손의 심정을 물 흐르듯 읊은 시다. 특히 마지막 결구(제8구)가 좋다. 섬세한 시정과 무한한 여운을 남기고 있다.

송원선자지관동(送願禪子之關東)

청허휴정(淸虛休靜, 1520~1604)

표표히 날아가는 외기러기인 듯
그대 찬 그림자 가을하늘에 지네
저문 산비에 지팡이 재촉하고
먼 강바람에 삿갓 기우네.

飄飄如隻鴈　寒影落秋空
促笻暮山雨　倚笠遠江風

주 ◆ 표표(飄飄) : 바람에 가볍게 나부끼는 모습. ◆ 척안(隻鴈) : 외기러기. ◆ 촉(促) : 바삐 재촉하다.(促趙兵函入關-史記) ◆ 공(笻) : 지팡이.(拖笻入林下-范成大) ◆ 의(倚) : 한쪽으로 기울다.(中立而不倚-中庸) ◆ 원강풍(遠江風) : 먼 강에서 불어오는 바람.

출전 : 청허당집(淸虛堂集)

감상 납자의 가고 옴은 구태여 나는 가겠습니다, 문안드립니다 따위의 군말이 필요 없다. 갈 때가 되면 가는 것이고 올 때가 되면 오는 법이다. 어젯밤에 도란도란 이야기를 나누며 자던 사람이 새벽예불을 드리고 보니 간데없다. 아마 길이 멀어서 날이 덥기 전에 새벽길을 나선 모양이다. 이처럼 납자(선승)들의 거동은 정처 없는 구름 같고 기약 없이 흐르는 물 같다. 그래서 '운수납자(雲水衲者)'란 말이 생긴 것일까.

시름사(示凜師)

허백명조(虛白明照, 1593~1661)

서로 만나 말이 없는 곳
산새는 이미 울어 버렸네
만일 거듭 누설했다간
뒷날 후회해도 소용없으리.

相見無言處　山禽已了啼
若能重漏洩　他日恨噬臍

주 ◆ 서제(噬臍) : 배꼽을 물어뜯으려 해도 닿지 않는다는 뜻으로서 '후회해도 이미 늦었다'는 의미.

출전 : 허백집(虛白集)

감상 중국, 우리나라, 일본의 선시 2천여 편 가운데 단 한 편의 선시를 뽑으라면 나는 서슴지 않고 이 시를 뽑을 것이다.
보라. 제1구도 좋지만 제1구를 이어받은 제2구에서 선(禪)의 핵심은 이미 다 드러나 버리고 말았다. 이제 더 이상 감출 것이 없다.
아아, 드디어 찾아내고야 말았구나.

식심게(息心偈)

진각혜심(眞覺慧諶, 1178~1234)

세월은 물같이 흘러 흘러
귀밑머리 희끗희끗 나날이 더함이여
이 육신은 이미 내 것이 아니거니
그러나 이 육신 밖에서 구하지도 말라.

行年忽忽急如流　老色看看日上頭
只此一身非我有　休休身外更何求

주 ◆ 홀홀(忽忽) : 여기서는 세월이 정신 없이 가는 모양.(忽忽如狂－漢書 · 蘇武傳)

출전 : 무의자시집(無衣子詩集)

감상 세월이 흐르는 물 같아서……. 어떤 사람은 세월은 쏜 화살 같다고도 한다. 그러나 세월이 물 흐르는 것 같다는 말이 훨씬 실감이 간다. 물이란 그 지형에 따라 그 굽이가 자유자재로 휘어지기도 하고 곧바로 흐르기도 한다. 그러면서도 물은 끊임없이 흘러가고자 한다. 물에게 있어서 정지란 죽음을 뜻한다. 물을 정지시키면 물은 사수(死水)라 하여 썩어 버린다. 세월이 물이듯 흐르고 흘러서 어제의 그 사람들 오늘 보니 간 곳 없다지만, 그러나 '가고 있다'는 이 사실만은 예나 지금이나 변함이 없는 것. '가고 있음'이야말로 흐르는 것 속에서 영원히 변하지 않는 하나의 진실이다.

실제(失題)

추사 김정희(秋史 金正喜, 1786~1856)

오솔길은 깊고 먼 곳으로 나 있고
칡덩굴 처마에 안개구름 쌓이네
산사람 저 홀로 대작할 적에
꽃잎이 날아가다 술잔과 마주치네.

藥徑通幽窅　蘿軒積雲霧
山人獨酌時　復與飛花過

주 ◆ 약경(藥徑) : 약초가 우거진 소롯길. ◆ 요(窅) : 깊고 먼 모양.(安排窅而無悶－晉書)

출전 : 완당선생전집(阮堂先生全集) 권9의 10

감상 참! 기가 막힌 시다. 산사람이 홀로 술잔을 드는데 마침 꽃잎이 날아가다 술잔에 마주쳐 대작을 해주다니……. 시도 이 경지에 오면 오도(悟道)의 경지다.
자, 나도 쓰던 글을 때려치우고 안동소주 한잔을 홀로 들어야겠다. 어디에선가 불현듯 어떤 꽃잎이 날아와 내 술잔에 부딪혀 줄지도 모르니까…….

쌍계실중(雙溪室中)

경암관식(鏡巖慣拭, 1743~1804)

비 젖는 쌍계사,
등잔불 외로 밤은 깊은데
먼 새 우는 저 수풀
고향생각 깨우네.

宿雨雙溪寺　燈殘夜欲深
無端林外鳥　啼起遠鄕心

주 ◆ 숙우(宿雨) : 간밤부터 계속 오는 비. ◆ 무단(無端) : 까닭 없이. ◆ 기(起) : (고향생각을) 불러일으키다.

출전 : 경암집(鏡巖集)

감상 선승 경암관식(鏡巖慣拭)의 시는 하나같이 한 폭의 동양화를 보는 것 같다. 그토록 시상이 잘 다듬어져서 군더더기가 전혀 없다. '깨달음'이니 '초월'이니 따위가 경암의 시에서는 군더더기에 불과하다.

야좌(夜坐)

청허휴정(淸虛休靜, 1520~1604)

나그네 한 소리로 길게 읊으니
바람은 일만 골짜기에 일어나네
밤 깊은 제비원
달은 청량산에 비치고 있네.

有客一長嘯　風生萬壑間
夜深燕子院　月照淸凉山

주 ◆ 장소(長嘯) : 소리를 길게 빼어 읊음. ◆ 연자원(燕子院) : 안동에 있는 절 '제비원'인 듯.

출전 : 청허당집(淸虛堂集)

감상 여기 제비원(燕子院)은 안동에 있는 제비원인지 아니면 다른 곳에 제비원이라는 암자가 또 있는지 알 수 없다. 여하튼 청량산(淸凉山)은 안동 부근에 있다.

어옹(漁翁)

청허휴정(淸虛休靜, 1520~1604)

긴 강 거울 속을
한 잎 조각배 가네
내 신세여, 백로 같나니
갈대꽃 달빛 아래 잠드네.

長江明鏡裏　一葉孤舟去
身世同鳩鷺　蘆花月下眠

주 ◆ 어옹(漁翁) : 늙은 어부. ◆ 구로(鳩鷺) : 鷗鷺의 誤字인 듯. '鷗'는 갈매기, '鷺'는 백로.

출전 : 청허당집(淸虛堂集)

감상 우선 시상이 깔끔하고 시정에 굽이가 있다. 마치 거울 속을 들여다보는 것 같다.

오도송(悟道頌)

경허성우(鏡虛惺牛, 1849~1912)

문득 소가 콧구멍이 없다는 말을 듣고
온 우주가 나 자신임을 깨달았네
유월 연암산 아래 길,
들사람이 무사 태평가를 부르네.

忽聞人語無鼻孔　頓覺三千是我家
六月鷰巖山下路　野人無事太平歌

주 ◆ 삼천(三千) : 삼천대천세계, 우주. ◆ 아가(我家) : 나, 나 자신. ◆ 연암산(鷰巖山) : 충남 서산에 있는 山名. 이 산에 天藏庵이 있음.

출전 : 경허집(鏡虛集)

감상 경허의 오도송. 여기 만공(滿空)과 전강(田岡)의 문답이 있다.
전강 : 경허스님 오도송의 끝 구절(제4구)이 냄새가 납니다.
만공 : 어디 자네가 한번 바로잡아 보게.
전강 : '하릴없는 들사람이 태평가를 부르네'를 이렇게 바로잡아야 합니다. (전강은 덩실덩실 춤을 추었다.)
만공 : 멋지네. 참으로 멋지네.

용전운봉정수사심공(用前韻奉呈水使沈公)

초의의순(艸衣意恂, 1786~1866)

그대 보내고 고개 돌린 석양의 하늘
마음은 안개비에 아득히 젖네
오늘 아침 안개비 따라 봄마저 가고
빈 가지 쓸쓸히 꽃잎 지며 드는 잠.

離來回首夕陽天　思入濛濛烟雨邊
煙雨今朝春併去　悄然空對落花眠

주 ◆ 몽몽(濛濛) : 비, 구름, 안개 같은 것으로 날씨가 침침한 모양. 여기서는 주관적인 작자의 심정을 석양과 대조시켜 객관화한 것이다. ◆ 병(併) : 더불어. '서로 다투며'의 뜻도 들어 있다.(高皇帝與諸侯併起－賈誼 治安策) ◆ 초연(悄然) : 고적하고 맥이 없는 모양.

출전 : 초의시고(艸衣詩藁)

감상 이별의 시로서는 어디에 내놔도 부끄럽지 않을 작품이다. 전편의 흐름에 무리가 없고 꽃잎인 듯한 부드러움과 가랑비인 듯한 슬픔이 온다. 특히 제2구의 '입(入)'은 기가 차다. '이별하는 그 생각이 가랑비 아득한 저 끝에 스며들어간다'는 뜻이다.

우야시중(雨夜示衆)

진각혜심(眞覺慧諶, 1178~1234)

무슨 일로 천기를 누설하는가
주룩주룩 빗소리여
앉았다 누웠다 듣는 듯 마는 듯
듣는 것은 귀가 아니라 이 마음이네.

無端漏泄天機　滴滴聲聲可愛
坐臥聞似不聞　不與根塵作對

주 ◆ 천기(天機) : 천지조화의 비밀. ◆ 근진(根塵) : '根'은 감각기관으로 귀, '塵'은 대상. 여기서는 '빗소리'.

출전 : 무의자시집(無衣子詩集)

감상 듣는 것은 귀가 아니라 내 마음이다. 듣는 것은 내 마음이 아니라 그대 마음이다. 듣는 것은 그대 마음이 아니라 '그대 마음이 된 내 마음'이다. '내 마음이 된 그대 마음'이다.
'어느덧' 그대가 듣는 빗소리(一超).

우음(偶吟)

경허성우(鏡虛惺牛, 1849~1912)

부처니 중생이니 내 알 바 없이
평생을 그저 취한 중 되고 미친 중 되리
때로는 하릴없어 한가로이 바라보나니
먼 산은 구름 밖에 층층이 푸르렀네.

佛與衆生吾不識　年來宜作醉狂僧
有時無事閑眺望　遠山雲外碧層層

주 ◆ 의작(宜作) : 으레 ~이 되다. ◆ 유시(有時) : 또 어떤 때는.

출전 : 경허집(鏡虛集)

감상 부처니 중생이니 내 알 바 없이
평생을 그저 중도 속도 아니게 살아가리
때로는 하릴없어 한가로이 바라보나니
머언 산 구름 밖에서 지금 노을이 지고 있네.

우음 1 (偶吟一)

경허성우(鏡虛惺牛, 1849~1912)

석양의 쓸쓸한 암자
무릎 안고 한가로이 졸고 있네
갈바람 소리에 문득 깨어 보니
서리 맞은 잎만 뜰에 가득하네.

斜陽空寺裡　抱膝打閑眠
蕭蕭驚覺了　霜葉滿階前

주 ◆ 소소(蕭蕭) : 갈바람이 쓸쓸히 부는 소리.

출전 : 경허집(鏡虛集)

감상 석양의 쓸쓸한 암자, 그 정경이 작자의 심정과 잘 조화를 이루고 있다. 제2구의 '포슬(抱膝)'이 작자의 심정을 나타내는 단어다. 제3구와 제4구는 걷잡을 수 없이 흩날리는 작자의 외로운 심정이다. 다소 감상적이지만 그러나 제3구의 '경각료(驚覺了)'로 하여 멋진 시가 되었다.

우음 4 (偶吟四)

경허성우(鏡虛惺牛, 1849~1912)

그 어느 산의 그윽한 곳에
구름을 베개 삼아 내가 잠들까
이 가운데 뜻을 얻으면
네거리에서 미친 듯이 살아가리라.

那山幽寂處　寄我枕雲眠
如得其中趣　放狂十路前

주 ◆ 나산(那山) : 어느 곳의 산. ◆ 침운면(枕雲眠) : 구름을 베고 잠자다. ◆ 여득(如得) : 만일 ~을 얻게 되면. ◆ 방광(放狂) : 제멋대로, 마음가는 대로 노닐다. ◆ 십로(十路) : 번잡한 도시의 네거리.

출전 : 경허집(鏡虛集)

감상 아닌 게 아니라 경허는 천장암(天藏庵)의 그 침묵 기간을 끝낸 다음 네거리 시장바닥에서 반미치광이로 살아갔던 것이다. 몰매를 맞기도 하고 주색(酒色)에 취하기도 하면서…….

우음 8 (偶吟八)

경허성우(鏡虛惺牛, 1849~1912)

용정강 낚시 늘인 노인장에게
고개 돌려 길의 갈라지는 곳 묻네
노인장 말이 없고 산 더욱 저무나니
어디서 물소리만 쓸쓸히 들려오네.

龍汀江上野叟之　回首喟問路分岐
野叟無語山又晚　何處滄浪韻凄遲

주 ◆ 용정강(龍汀江) : 江名. 소재지는 未詳. ◆ 야수(野叟) : 野老. 시골 늙은이. ◆ 위문(喟問) : 한숨 쉬며 묻다.(喟然而歎-論語) ◆ 노분기(路分岐) : 길의 갈라지는 곳. ◆ 운처지(韻凄遲) : 물결치는 소리가 멀리서 들려오다.

출전 : 경허집(鏡虛集)

감상 작품 전체에 깔리는 깊이가 있다. 혜초의 인도여행이 피와 살의 깎임이라면, 경허의 방랑은 바람 부는 나뭇잎이다. 제1구의 시작이 '용정강 위에 앉아서 낚싯대 늘인 노인장'으로 비롯된다. 동양화의 '독조한강도(獨釣寒江圖)'가 바로 이것이다. 경허는 이 노인에게 길이 갈린 곳을 묻고 있다. 제3구는 제1구와 2구, 그리고 종구(終句)를 살리고 있다. 그렇지. 낚시 노인은 말이 없어야 하지 않겠는가. 그가 만일 "이 길로 가면 어디어디요" 하고 입을 놀렸다면 이 시의 분위기는 산산조각이 날 것이다. 낚시 노인의 침묵 속에서 산도 또한 거기 맞춰 저무는 모습을 생각해 보라. 장엄한 깊이가 느껴진다. 마지막 구의 '하처(何處)'는 '탄조(嘆調)'다. 침묵을 침묵으로 있게 하지 않고 탄식(嘆息)의 또 다른 형태로 변형시키고 있다. 말하자면 종구(終句)는 이 시의 눈이다.

우음 9 (偶吟九)

경허성우(鏡虛惺牛, 1849~1912)

잠자고 밥 먹는 일이여
이 밖에 부질없이 풍월이나 읊조리네
암자는 어이 이리 쓸쓸한가
서리 친 잎만 뜰에 가득 붐비네.

打睡粥飯事　此外夢幻吟
山庵何寥寂　霜葉滿庭心

주 ◆ 타수(打睡) : 잠자다. 打는 어두사. ◆ 죽반사(粥飯事) : 죽이나 밥을 먹듯 언제나 있는 일상적인 일. ◆ 정심(庭心) : 뜰의 한가운데. 뜰.

출전 : 경허집(鏡虛集)

감상 영혼의 깊은 잠에서 깨어난 사나이 경허.
그러나 그는 인간이었다. 그러기에 주(酒)가 필요하고 색(色)이 필요했던 것이다. 제1구와 제2구는 깨달은 경허요, 제3구와 제4구는 인간 경허다.

우음 26 (偶吟二十六)

경허성우(鏡虛惺牛, 1849~1912)

바람이 서리 묻은 잎을 떨어뜨리네
떨어지는 잎 다시 바람에 날아가네
어쩔까나 이 마음 맡길 데 없어
잎비 속에 길을 잃고 헤매이나니.

風飄霜葉落　落地便成飛
因此心難定　遊人久未歸

주 ◆ 우음(偶吟) : 저절로 흥이 나서 읊음. ◆ 표(飄) : 회오리 바람. 族風.(匪風飄兮-詩經) ◆ 편(便) : 한 동작이 미처 끝나기 전에 다른 동작이 이어지는 것. '다시', '문득', '즉'. '卽便'으로 連用하기도 함.(便是堯舜氣象-朱熹) ◆ 인차(因此) : 이로 인하여, 이것 때문에. ◆ 심난정(心難定) : 마음을 잡기 어렵다. ◆ 유인(遊人) : 遊子. 나그네.

출전 : 경허집(鏡虛集)

감상 우리를 감동시키는 것은 학식도 아니요 명성도 아니요 재물도 아니다. 우리는 지극히 인간적인 냄새를 통하여 감동을 받게 된다.
만일 수행자에게서 인간적인 냄새를 맡을 수 없다면 그 수행자는 이미 우리와는 먼 세계의 별종인간에 지나지 않는다. 인간에게는 결점도 많고 실수도 많다. 그러나 이 결점과 실수 때문에 우리는 공범의식(共犯意識)을 느끼는 것이다. 이 공범의식이 결국은 감동을 불러일으키게 된다.
경허(鏡虛)! 숱한 일화를 남기고 바람처럼 살다가 바람처럼 가버린 사내. 그의 심정이, 그의 인간적인 냄새가 지금 이 시에서 가장 잘 나타나고 있다.
나는 10여 년 동안 많은 나라를 여행했다. 그러나 나는 우리나라가 제일 좋다. 결코 우리나라를 떠나지 않을 것이다.
왜? 경허가 있기 때문에…….
낙엽의 잎비 속에서 길을 잃고 서성이는 경허가 있기 때문에…….

월야문옥저신라구물(月夜聞玉笛新羅舊物)

매월당 김시습(梅月堂 金時習, 1435~1493)

저 누가 옥피리를 부는가
가을바람 타고 온갖 감회가 이네
그 가락은 높아 구름 속에 아득하고
여유 있는 그 음절은 달빛 타고 흐르네
서리 내린 포석정에 신라의 꿈은 다하고
잎 지는 계림에 별은 빛나네
이것이 애를 끊는 단장곡인가
아니면 고향을 기리는 그 곡조인가.

誰橫玉笛暗飛聲　散入秋風百感生
詞腦調高雲渺渺　羅候歌緩月盈盈
霜粘鮑石衣冠盡　木落雞林星斗明
不是欲吹腸斷曲　故城淸夜更關情

주 ◆ 사뇌조(詞腦調) : 향가의 가락. ◆ 묘묘(渺渺) : 수면이 한없이 넓은 모양. ◆ 나후가(羅候歌) : 향가의 한 가지. ◆ 완(緩) : 부드럽고 여유 있다. ◆ 영영(盈盈) : 넘쳐흐르다. ◆ 포석(鮑石) : 포석정. 경주 남산 기슭에 있다. ◆ 계림(鷄林) : 신라의 서울 경주. ◆ 점(粘) : 끈끈하다. 여기서는 서리가 내린 모양. ◆ 성두(星斗) : 별. ◆ 관정(關情) : 고향을 그리는 정.

출전 : 매월당시 사유록(梅月堂詩四遊錄)

감상 옥피리(玉笛)는 신라의 세 가지 보배 가운데 하나다. 이 옥피리를 기점으로 번져가는 무한한 감회를 자아내고 있다.

유약군불래(有約君不來)

청허휴정(清虛休靜, 1520~1604)

시선은 저 멀리 기러기 따라 다하고
푸른 바다는 하늘에 닿았네
봄풀은 십리에 푸르렀고
온 산에는 쓸쓸히 노을이 지네.

眼隨歸鴈盡　碧海連天蒼
十里猶春草　萬山空夕陽

주 ◆ 유약(有約) : 약속을 하다.

출전 : 청허당집(清虛堂集)

감상 아무리 기다려도 온다는 그대는 오지 않고 지금 온 산에는 쓸쓸히 노을이 지고 있다. 내 가슴 속에는 쓸쓸한 밤이 오고 있다.

유한강(遊漢江)

청허휴정(淸虛休靜, 1520~1604)

버들가지 푸른 속을 아침비 지나니
봄바람 잠 깨어 물은 연기와 같네
한 가락 옥피리 소리 뱃전에 들리나니
'나는 강 위의 신선이라' 어부 말하네.

楊柳靑靑朝雨過 東風微動水如烟
一聲玉笛舟中出 漁子指云江上仙

주 ◆ 어자(漁子) : 어부.

출전 : 청허당집(淸虛堂集)

감상 서울의 젖줄 한강을 읊은 시.
신선이 노닐던 이 강물 위에 지금은 무엇이 노닐고 있는가. 꿈꾸는 날은 다 지나가고 지금은 그날의 추억만으로 우리 살아가야 한단 말인가.

인경구탈(人境俱奪)

청허휴정(淸虛休靜, 1520~1604)

배꽃 천만 조각
빈 집에 날아드네
목동의 피리 소리 앞산을 지나가건만
사람도 소도 보이지 않네.

梨花千萬片　飛入淸虛院
牧笛過前山　人牛俱不見

주 ◆ 인경구탈(人境俱奪) : 밖의 경계(客觀)와 자아(主觀)를 모조리 지워 버린 眞空(허무가 아니다)의 경지(十牛圖). ◆ 비입(飛入) : 날려서 들어오다. 入은 飛의 방향을 말한다. ◆ 청허원(淸虛院) : 서산대사 休靜이 주석하던 곳. ◆ 목저(牧笛) : 목동이 부는 피리 소리.

출전 : 청허당집(淸虛堂集)

감상 내가 또 무슨 말을 지껄여야 한단 말인가, 고재 고재(苦哉苦哉)로다. 친구여, 배꽃 조각 천만 개가 빈 집에 들어온다고 한다. 이런 경지에 이르자면 한 이십 년쯤은 뼈를 깎아야 한다. 이 시를 본떠서 내가 앵무새노래 하나 부를 테니 들어 주게나.

'거울 속 빈 뜰에 흰꽃 조각 날고 있다
소를 모는 피리 소리 꽃잎 사이를 가고 있다
소도 사람도 안 보이고 바람 소리만 들리고 있다.'

인병시중(因病示衆)

진각혜심(眞覺慧諶, 1178~1234)

만 권의 경전도 그 중간인데
한 번의 기침소리에 그냥 전체가 드러났네
눈밝은 이 이 말 듣고 정신 차리게
진리는 이에서 모두 끝나 버렸거니…….

經書萬卷猶中半　咳嗽一聲方大全
智者聞之猛提取　如今轉法得輪圓

주 ◆ 해소(咳嗽) : 기침. ◆ 맹제취(猛提取) : 분명히 뜻을 파악함. ◆ 여금(如今) : 지금, 현재. ◆ 전법(轉法) : 법(法, 佛法)을 펴다. ◆ 윤원(輪圓) : 법륜(法輪)이 원만하게 굴러가다. 완벽한 득도의 경지에 이르다.

출전 : 무의자시집(無衣子詩集)

감상 높은 경지에 이른 작품이다. 읽는 이는 특히 제2구에 주의하라. 전광석화처럼 득도의 순간을 체험할지도 모르니까…….

임진선상음(臨津船上吟)

함허득통(涵虛得通, 1376~1433)

금산황야 푸른 강 가을
만경창파에 한 잎 배로다
물에 비친 풍광은 거울 속이듯
외로운 배그림자 물 속에 누각 짓네.

錦山黃野碧江秋　萬頃波頭一葉舟
無限奇觀同鏡裏　孤帆影接水中樓

주 ◆ 금산(錦山) : 전라북도 錦山인 듯. ◆ 황야(黃野) : 벼가 익어 있는 들. 黃은 형용사.(天玄而地黃-易經) ◆ 만경파두(萬頃波頭) : 끝없는 파도. 頭는 접미사. 話頭, 石頭 등의 용법과 같다. ◆ 접(接) : 배의 그림자가 물에 닿는 모양.

출전 : 함허당득통화상어록(涵虛堂得通和尙語錄)

감상 전혀 군살이 없는 시다. 시로서도 완벽하고 선(禪)의 경지로서도 모자란 데가 전혀 없다. 역시 우리의 함허대사다.

잡흥(雜興)

청허휴정(淸虛休靜, 1520~1604)

달 뜨자 온 산이 고요해지고
봄이 오자 나무들 파란 잎 나네
그대 이 뜻을 안다면
대장경 읽는 것보다 훨씬 나으리.

月出千山靜　春回萬木榮
人能知此意　勝讀大藏經

주 ◆ 대장경(大藏經) : 불교경전의 총칭.

출전 : 청허당집(淸虛堂集)

감상 자연의 순환법칙을 통하여 선(禪)의 핵심을 꿰뚫고 있다. 언어여, 이 세상의 모든 책이여. 이 시 앞에 무릎 꿇어라.

절구(絕句)

원감충지(圓鑑冲止, 1226~1292)

숲이 무성하여 새소리 매끄럽고
골이 깊어 사람 발길 끊겼네
꿈은 폭포에 떨어져 돌아오고
시선은 날아가는 저 구름가에서 끊어지네.

林茂鳥聲樂　谷深人事稀
夢廻寒瀑落　目送斷雲飛

출전 : 해동조계제육세 원감국사가송(海東曹溪第六世圓鑑國師歌頌)

감상 이 시의 절정은 역시 제4구다. 제4구 중에서도 특히 '단(斷)'자가 이 시의 눈이라 할 수 있다.

제고택(題古宅)

청허휴정(淸虛休靜, 1520~1604)

나그네 예 와서 지난일 슬퍼하나니
꽃은 피어 지난해의 붉음이네
옛 사람은 어디에 있는가
산은 저 푸른 하늘에 기대었네.

客來傷往事　花發去年紅
古人何處在　山寄碧虛中

주 ◆ 기(寄) : 의지하다. 붙어 있다. ◆ 벽허(碧虛) : ①푸른 하늘(靑天). ②물(水). 여기서는 ①의 뜻.

출전 : 청허당집(淸虛堂集)

감상 옛집을 지나가며 읊은 시.
옛 주인 간 곳 없고 꽃만이 붉게 피어 있다. 그날의 그 빛깔로…….

제지지사방(題知止師房)

매월당 김시습(梅月堂 金時習, 1435~1493)

달은 밝아 그림 같은 산집의 이 밤
홀로 앉은 내 마음 가을물 같네
누가 내 노래에 화답하는가
물소리가 길게 솔바람에 섞이네.

月明如畫山家夜　獨坐澄心萬慮空
誰和無生歌一曲　水聲長是雜松風

주 ◆ 무생가(無生歌) : 劫外歌. 세월 밖의 노래.

출전 : 매월당시 사유록(梅月堂詩四遊錄)

감상 고고(高孤)한 선승의 시인데도 애잔한 슬픔이 있는 것은 무엇 때문인가. 가슴 깊이 풀지 못한 한(恨)이 있기 때문이다. 그 한이 달빛처럼 배어 나오고 있기 때문이다. 생육신 김시습…….

준선자(俊禪子)

청허휴정(淸虛休靜, 1520~1604)

슬픔과 기쁨은 한 베개 꿈이요
만남과 헤어짐은 십 년의 정일레
말없이 고개 돌리니
산머리엔 흰구름만 이네.

悲歡一枕夢　聚散十年情
無言却回首　山頂白雲生

주 ◆ 각(却) : 도리어.(若離了事物爲學 却是著空-傳習錄) ◆ 회수(回首) : 고개를 다른 방향으로 돌리다. ◆ 산정(山頂) : 산꼭대기. ◆ 생(生) : 흰구름이 피어 오르다.

출전 : 청허당집(淸虛堂集)

감상 특히 제3구와 제4구는 절창이다.
'말없이 고개를 돌리니 산 위에서는 흰구름만 이네.'
……그렇다. 우리가 만나고 헤어지는 것은 저 하늘에서 흰구름이 일어났다 사라지는 거와 같다. 모든 것이 이 자연의 순리에 따라 만나야 할 사람이 만나고 헤어져야 할 사람이 떠나가는 것이다. 그렇지만 이별은 슬픈 것이다.

증경엄(贈敬嚴)

편양언기(鞭羊彦機, 1581~1644)

남쪽에서 온 나그네 조사관을 묻는데
조사관은 있으나 말하기는 어렵네
오늘이 바로 중양일이니
단풍잎 노란 국화 비에 젖어 차갑네.

客自南來問祖關　祖關雖在示人難
今朝知是重陽日　紅葉黃花帶雨寒

주 ◆ 경엄(敬嚴) : 승의 이름. ◆ 조관(祖關) : 祖師의 관문. 禪으로 들어가는 문, 즉 '悟道의 門'. ◆ 중양일(重陽日) : 음력 9월 9일.

출전 : 편양당집(鞭羊堂集)

감상 품격이 있는 선시다. 제3구와 제4구의 연결이 멋지다.

증별혜기장노(贈別慧機長老)

청허휴정(淸虛休靜, 1520~1604)

늙은 학은 저 하늘 밖으로 날아갔으니
구름산은 첩첩하기 몇만 겹인가
그대에게 줄 것은 별다른 것 없고
여기 오직 지팡이 한 자루 남아 있을 뿐.

老鶴飛天去　雲山幾萬重
贈君無別物　唯有一枝筇

주 ◆ 증별(贈別) : 이별할 때 정표로 시나 물건 따위를 주다.

출전 : 청허당집(淸虛堂集)

감상 스승이 제자를 보내면서 지금 소중히 간직했던 것을 내주고 있다.
지팡이 한 자루…….
물 따라 구름 따라 머물지 말고 가라는 간절한 부탁이 다 낡은 이 지팡이에 어려 있다. 이 얼마나 소박하고도 절실한 이별의 장면인가. 수행자라면 적어도 이쯤은 돼야 한다.

증순상인(贈淳上人)

소요태능(逍遙太能, 1562~1649)

사람사람 얼굴 앞에 보름달이 밝음이여
사람마다 발 아래 맑은 바람 불고 있네
거울마저 깨뜨림에 흔적마저 없는지라
한 소리 새울음이 꽃가지에 오르네.

箇箇面前明月白　人人脚下淸風吹
打破鏡來無影跡　一聲啼鳥上花枝

주 ◆ 개개(箇箇) : 사람사람 각자마다. ◆ 각하(脚下) : 발 아래.
◆ 타파경래(打破鏡來) : 거울을 부숨에.

출전 : 소요당집(逍遙堂集)

감상 여기에서의 보름달(明月)은 '마음'을, 그리고 맑은 바람(淸風)은 '마음의 작용'을 말한다.
제1구와 제2구에서는 마음과 그 작용을 노래하고 있다. 제3구에서는 '마음이라는 이 거울'마저, 초월하여 어떤 관념의 흔적도 없는 경지를 읊고 있다. 제4구에서는 그 관념의 흔적이 없는 순수의식 차원에서 이 현상의 온갖 것이 전개됨을 읊고 있다.

증준상인기사(贈峻上人其四)

매월당 김시습(梅月堂 金時習, 1435~1493)

한 줄기 맑은 향과 한 권의 경전
외로이 뜬 저 달과 개울 소리네
한 잔의 차에 황금을 멸시하고
소나무 아래 풀집에서 명리에 관심 없네
아득히 피어나는 산안개 속에 내 마음 묻나니
물에 비치는 달그림자 내 심정이네
진종일 찾아오는 이 없어 한가로이 조나니
바람이 지나가며 대숲 기둥을 흔드네.

一炷淸香一卷經　一輪孤月一溪聲
鼎中甘茗黃金賤　松下茅齊紫綬輕
縹緲煙霞心與潔　嬋娟水月性常明
閑眠盡日無人到　自有淸風撼竹楹

주 ◆ 명(茗) : 차. ◆ 모제(茅齊) : 茅屋. ◆ 자완(紫綬) : 여기서는 '세속의 명리나 부귀'. ◆ 표묘(縹緲) : 아득한 모양. ◆ 선연(嬋娟) : 아름다운 모양. ◆ 죽영(竹楹) : 대숲 기둥.

출전 : 매월당시 사유록(梅月堂詩四遊錄)

감상 여기 카프라가 말하는 무위자연적인 삶의 극치가 있다.

증준상인기칠(贈峻上人其七)

매월당 김시습(梅月堂 金時習, 1435~1493)

팔만 봉우리에 달은 기울고
새벽기운은 안개에 섞여 뜰에 내리네
어젯밤 비에 등나무꽃은 다 시들어 가고
한 줄기 봄바람에 토란잎은 고개 드네
솔방울 창을 때리고 구름은 집에 들어오고
이끼는 섬돌에 파랗고 대나무는 돌계단을 뚫네
이 세상의 나이로는 몇 살이나 되었는가
빈 숲에는 산새만이 속절없이 울고 있네.

八萬峯頭月欲低　曙光和霧落庭除
半溪雨夜藤花老　一逕春風芋葉齊
松子打窓雲入戶　苔痕繞砌竹穿階
世間甲子知多少　唯有空林山鳥啼

주 ◆ 정제(庭除) : 뜰, 정원. ◆ 경(逕) : 좁은 길. ◆ 우(芋) : 토란. ◆ 체(砌) : 섬돌.

출전 : 매월당시 사유록(梅月堂詩四遊錄)

감상 누가 이 맛을 알 수 있으리. '빈 숲에는 산새만이 속절없이 울고 있는' 이 정적 공간을, 이 아련한 비애감을 누가 느낄 수 있으리.

증택행상인(贈擇行上人)

취미수초(翠微守初, 1590~1668)

풀잎마다 나무마다 조사의 뜻 분명커니
어찌 이 세 치 혀 끝에서 찾고 있는가
외기러기 나는 저 하늘 저문 강가
한 조각 달빛은 안팎이 가을이네.

祖意明明百草頭　何頭更向口皮求
最憐征雁江天夕　一片蟾光表裡秋

[주] ◆ 하두(何頭) : 어찌. 頭는 어조사. ◆ 향(向) : ~에서 ◆ 구피(口皮) : 혀. 말(言語). ◆ 섬광(蟾光) : 月光. 달 속에 두꺼비가 있다는 전설에서 달의 別稱이 됨.

출전 : 취미대사시집(翠微大師詩集)

[감상] 시상(詩想)과 시정(詩情)이 깔끔하기 이를 데 없다. 번뜩이는 선지(禪智)가 있지만, 그러나 전혀 겉으로 드러나지 않는다.

차소선운대우(次蘇仙韻待友)

청허휴정(淸虛休靜, 1520~1604)

밤은 깊고 그대 아니 오는데
새들 잠드니 온 산이 고요하네
소나무달이 꽃숲을 비추어서
온몸엔 붉고 푸른 그림자 무늬지네.

夜深君不來　鳥宿千山靜
松月照花林　滿身紅綠影

주 ◆ 소선(蘇仙) : 蘇東坡의 다른 이름. ◆ 송월(松月) : 소나무 사이로 비치는 달(松風蘿月). ◆ 만신(滿身) : 몸에 가득, 全身.(戶外之履滿矣－莊子)

출전 : 청허당집(淸虛堂集)

감상 이 시는 소동파(蘇東坡)의 시 〈대우(待友)〉를 읽고 감흥이 일어 그 시에 화답하는 형식으로 되어 있다. 앞의 제1구와 제2구는 벗이 오지 않아서 적적한 작자의 심정을 읊고 있다. 그러나 뒤의 제3구와 제4구는 현란한 아름다움으로 현기증을 느끼게 하고 있다.
왜 그럴까. 그것은 이 꽃 한 송이에서 저 돌 한 덩어리에 이르기까지 벗 아닌 것이 없기 때문이다. 그것을 문득 깨달았기 때문이다. 벗은, 친구는 도처에 있다. 문제는 내 마음이다. 내 마음의 문만 열리게 되면, 보라, 이 세상에 친구 아닌 것이 어디 있는가. 저 부는 바람이며 푸른 잎들, 그리고 이 한 덩어리 막돌에서 구름 한 장에 이르기까지 친구 아닌 게 어디 있단 말인가.

차인운(次人韻)

중관해안(中觀海眼, 1567~?)

하늘과 땅은 이 거울 속에 분명하니
나고 죽음 말한 것은 그 누구인가
〈서쪽에서 오신 그 뜻〉 더 이상 묻지 말라
봄새가 지저귀며 이미 누설하고 있나니.

天地都盧一鏡明　孰云生滅許多情
莫問西來端的意　春禽猶洩兩三聲

주 ◆ 도로(都盧) : 여기서는 '모두'. ◆ 설(洩) : '泄'과 같은 글자. '새다', '누설되다'.

출전 : 중관대사유고(中觀大師遺稿)

감상 내가 왜 이 시 앞에서 손가락을 깨문 채 침묵하고 있는가. 물같이 흐르던 생각의 물줄기는 문득 끊기고 그저 한숨밖에 나오지 않는다. 사실 제3구와 제4구면 선시는 이에서 끝났다고 봐야 한다.

창일(窓日)

매월당 김시습(梅月堂 金時習, 1435~1493)

창에 가득 붉은 해여 내 마음이여
유마의 방장에는 도력이 깊네
옷깃 여미고 말없이 앉아 있나니
저 솔바람 소리가 우우 내 뜻에 화답하네.

滿窓紅日可人心　方丈維摩道力深
不語正襟危坐處　一庭松籟始知音

주 ◆ 위좌(危坐) : 正座. 단정히 앉음. ◆ 송뢰(松籟) : 솔바람 소리.

출전 : 매월당시 사유록(梅月堂詩四遊錄)

감상 내가 나마저 잊은 채 깊이 앉는다. 그때 가늘게 이어지는 솔바람 소리. 노송천궁(老松天宮)에서 듣던 내 어린 날의 그 바람 소리…….

초옥(草屋)

청허휴정(淸虛休靜, 1520~1604)

돌 위에는 개울 소리 어지럽고
연못가엔 푸른 풀이 자라고 있네
빈 산에는 비바람 많아
꽃잎 져도 뜰을 쓰는 사람이 없네.

石上亂溪聲　池邊生綠草
空山風雨多　花落無人掃

주 ◆ 초옥(草屋) : 수행자의 조촐한 집. 토굴.

출전 : 청허당집(淸虛堂集)

감상 인적 없는 산중의 풀집 풍경이 눈에 선하다.
'꽃잎 져도 뜰을 쓰는 사람이 없네.'
무위자연적인 삶의 한 절정을 읊은 구절이다.

추야(秋夜)

청허휴정(淸虛休靜, 1520~1604)

비 그치자 초승달에 놀라고
밤은 깊어 혼은 더욱 맑아지네
이불을 뒤척이며 잠 못 드노니
나뭇잎은 우수수 가을소리 보내네.

雨霽驚新月　夜深魂更淸
擁衾眠不得　木葉送秋聲

주 ◆ 제(霽) : 비가 그치다. 안개나 구름이 걷히다. ◆ 옹(擁) : 품에 안다. ◆ 옹금(擁衾) : 이불을 끌어안다.

출전 : 청허당집(淸虛堂集)

감상 서산대사 청허휴정답지 않게 가을 밤을 뒤척이고 있다. 그러나 서산에게도 이런 사람 냄새가 있기에 우리는 그의 시정에 공감하고 있는 것이다.

출산(出山)

백곡처능(白谷處能, 1617~1680)

걸음걸음 산문을 나오는데
꽃 진 후에 작은 새 우네
안갯골 아득히 길을 놓친 채
일천 봉 빗발 속에 홀로 서 있네.

步步出山門　鳥啼花落後
烟沙去路迷　獨立千峯雨

주 ◆ 산문(山門) : 절의 바깥. 三門이라고도 한다.

출전 : 대각등계집(大覺登階集)

감상 한시, 아니 시의 가장 이상적인 형태는 4행인 것 같다. 보라. 이 시 '출산(出山)'을 칠언절구나 오언율시로 바꿔놔 봐라. 김빠진 맥주다. '보보(步步)'와 '조제(鳥啼)', '화락(花落)'과 '출산(出山)', '연사(烟沙)'와 '독립(獨立)'의 대비를 보라.

치악산상원(雉岳山上院)

부휴선수(浮休善修, 1543~1615)

뜰에는 이끼 내린 옛 탑이 있고
솔바람은 우우 산골짜기 차갑네
쇠북 소리에 취한 꿈이 놀라고
등불은 밝혀 아침 저녁을 알리네
마당을 쓸어 뼛속까지 깨끗하고
향을 사르니 나그네 혼은 맑아지네
잠 못 이룬 채 이 밤은 지나가노니
창밖에는 소리 없이 눈이 내리네.

鴈塔庭中古　松風洞裡寒
鐘聲驚醉夢　燈火報晨昏
掃地淸人骨　焚香淨客魂
不眠過夜半　窓外雪紛紛

주 ◆ 상원(上院) : 上院寺. 강원도 원주 치악산에 있는 절. ◆ 안탑(鴈塔) : 탑의 별칭. ◆ 동리(洞裡) : 여기서는 산골짜기.

출전 : 부휴당대사집(浮休堂大師集)

감상 치악산 상원암에서 읊은 시.

시상은 흐르는 물처럼 차갑고 시정은 말할 수 없이 간절한 데가 있다. 제7구와 제8구가 기나긴 여운을 남기고 있다.

탄화(嘆花其一)

설암추붕(雪巖秋鵬, 1651~1706)

엊저녁 바위 옆에 몇 송이 꽃들
환한 그 얼굴빛이 무슨 말인가 하는 것만 같았네
새벽에 문득 일어 발을 걷고 내다보니
하룻밤 비바람 따라 모두들 가 버렸네.

昨夕巖邊數朶花　浮光似向幽人語
淸晨忽起卷簾看　一夜盡隨風雨去

주 ◆ 작석(昨夕) : 엊저녁. ◆ 암변(巖邊) : 岩邊. 바윗가. ◆ 수타화(數朶花) : 몇 송이 꽃. ◆ 부광(浮光) : 여기서는 '환한 꽃 색깔'을 말함.

출전 : 설암잡저(雪巖雜著)

감상 우리에게는 시간이 그렇게 많지 않다. 사랑할 시간이 그렇게 많지 않다. 내일이 있다고 생각지 말라. 이 꽃송이 밤 사이 부는 비바람에 모두 쓸려가 버릴지 모르나니……. '지금 여기'다. '지금 여기'를 잡아라. 그대에게 주어진 지금 이 순간을……. 그러나 가슴이 떨린다. 겁이 난다. 모든 걸 버리고 지금 이 순간을 잡기에는.

한거즉사(閑居卽事)

용담조관(龍潭慥冠, 1700~1762)

산비 그윽이 내리는 곳
새소리 지저귀는 때네
마음물결 일고 지는 것 돌아보나니
바람이 노송의 가지를 움직이네.

山雨濛濛處　喃喃鳥語時
返觀心起滅　風動老松枝

주 ◆ 몽몽(濛濛) : 가랑비 오는 모양, 비나 안개가 끼어 침침한 모양.(零雨其濛－詩經) ◆ 남남(喃喃) : 새 따위가 재잘거리다.(喃喃細語－北史)

출전 : 용담집(龍潭集)

감상 선시로서 아주 격조 높은 작품이다. 특히 제3구를 이어받은 제4구는 절창이다. 작자의 마음이 그대로 노송의 가지로 가서 바람이 되어 우— 일어나고 있는 것이다. 우— 노송의 가지를 움직이고 있는 것이다. 얼른 보기에는 평범한 구절이지만 그러나 제3구와 연결지어 보면 결코 평범한 구절이 아님을 알 수 있다.

한중우서(閑中偶書)

원감충지(圓鑑冲止, 1226~1292)

암자는 천 봉우리 속에 아득히 숨어
곧이 깊고 험하여 이름조차 알 수 없네
창을 열면 다가서는 산빛이요
문 닫으면 스며드는 개울 소리네.

庵在千峰裡　幽深未易名
開窓便山色　閉戶亦溪聲

주 ◆ 미이명(未易名) : 이름을 잘 알 수가 없다.

출전 : 해동조계제육세 원감국사가송(海東曹溪第六世圓鑑國師歌頌)

감상 보라. 제3구와 제4구를 보라. 선시의 백미라 할 수 있는 구절이다. 너무 깊이 가슴 속에 스며들어 감히 설명조차 할 수 없는 구절이다.

한천급수(寒泉汲水)

괄허취여(括虛取如, 1720~1789)

산승은 물 속의 달을 좋아하여
달이 잠긴 찬 우물 병에 담았네
돌아와 병 속의 물 쏟아 부을 제
아무리 흔들어 봐도 달은 간 곳이 없네.

山僧偏愛水中月　和月寒泉納小甁
歸到石龕方瀉出　盡情攪水月無形

주 ◆ 화월한천(和月寒泉) : 달이 잠겨 있는 찬 우물. ◆ 소병(小甁) : 작은 물병. ◆ 석감(石龕) : 돌로 만든 불단(佛壇).

출전 : 괄허집(括虛集)

감상 반짝! 하는 재치가 있다. 멋진 선시다. 아니 굳이 선시가 아니라도 좋다. 그저 깔끔한 한 개의 순수시(이 말이 좀 어폐가 있지만)로서도 어디 흠잡을 곳이 없다.

행원(杏院)

청허휴정(淸虛休靜, 1520~1604)

봄바람 옛집에 불고
나뭇가지 흔들려 새들 나네
꽃비 오는 속에 그대를 보내노니
술잔 가에 나그네 옷깃 다 젖네.

春風吹杏院　枝動鳥双飛
斷送落花雨　樽邊客濕衣

주 ◆ 행원(杏苑) : 과거급제한 선비들이 모여 주연을 베풀던 곳. 그러나 여기선 '옛집' 정도의 뜻. ◆ 단송(斷送) : 헛되이 보내다(虛送). 떠나 보내다. ◆ 준(樽) : 술잔.

출전 : 청허당집(淸虛堂集)

감상 이별도 이쯤 되면 풍류 아니리.
꽃 지는 속에 이별의 술잔으로 옷깃 다 적시다니…….
이별도 이쯤 되면 멋진 풍류 아니리.

화천거상인우후간산(和天居上人雨後看山)

진각혜심(眞覺慧諶, 1178~1234)

비 온 뒤의 봄산은 물결처럼 굽이치고
그 파란 빛 사이사이 흰구름 가네
흰구름 흩어지면 산봉우리 드러나
산 너머 산, 산이요 그 너머 또 산, 산이네.

雨後春山勢萬般　最憐蕞翠白雲閑
白雲散處頭頭露　望盡遠山山外山

주 ◆ 천거상인(天居上人) : 천거(~)스님. ◆ 최(蕞) : 모이다.
◆ 취(翠) : 파란 산빛.

출전 : 무의자시집(無衣子詩集)

감상 비 온 뒤에 산을 보며 읊은 시다. 제4구의 원산산외산(遠山山外山)이 무한한 여운을 남기고 있다.

환향(還鄕)

청허휴정(淸虛休靜, 1520~1604)

(1)

삼십 년 지나 고향을 찾아오니
사람은 없고 집은 무너지고 마을은 황폐했네
청산은 말이 없고 봄하늘 저물어 가나니
멀리서 아득히 두견새 우네.

三十年來返故鄕　人亡宅廢又村荒
靑山不語春天暮　杜宇一聲來杳茫

(2)

한 무리의 계집아이들 창 틈으로 날 엿보고
백발이 된 이웃노인 내 이름을 묻네
어릴 적 이름을 대고 서로 잡고 우나니
하늘은 바다 같은데 달은 이미 삼경이네.

一行兒女窺窓紙　鶴髮鄰翁問姓名
乳號方通相泣下　碧天如海月三更

주 ◆ 두우(杜宇) : 중국 蜀나라 望帝의 이름. 죽은 후 그의 혼이 杜鵑새가 되었다는 고사에서 두견새의 다른 이름이 됨. ◆ 묘망(杳茫) : 그윽하고 멀다. ◆ 학발(鶴髮) : 白髮. ◆ 인옹(鄰翁) : 이웃집 노인. ◆ 유호(乳號) : 어릴 때의 이름.

출전 : 청허당집(淸虛堂集)

감상 이 시의 앞에 다음과 같은 서산 자신의 연기문(緣起文 : 시의 동기가 되는 글)이 붙어 있다.
"나는 어려서 부모를 잃고 열여섯 살에 고향을 떠나 서른다섯 살에 고향을 찾아갔다. 옛집은 다 허물어져 보리밭이 되었고 그 보리밭에는 푸른 봄보리만이 물결처럼 출렁이고 있었다. 슬픔을 금치 못하여 나는 옛집의 남은 벽에 이 시를 써 놓고는 거기서 하룻밤을 지샌 다음 산으로 돌아왔다."

작자 소개

중국편 작자 소개

(가나다순)

◆ 감산덕청(憨山德淸, 1546~1623)

1546년(明) 남경(南京)에서 태어났다. 1557년 12세에 남경 보은사(報恩寺)에 출가했다. 1564년 19세에 서하사(栖霞寺)의 운곡법회(雲谷法會) 문하에서 선(禪)을 익혀 계오(契悟)한 바가 있었다. 그는 여러 곳에서 무차대회(無遮大會) 등 큰 법회를 열었고, 조계(曹溪)의 선당(禪堂)을 중건했다. 여산(廬山)에 머물다 다시 조계로 돌아와 1623년 78세에 입적했다. 저서 : 『어록(語錄)』.

◆ 경당각원(鏡堂覺圓, 1244~1306)

경론(經論)에 정통했던 그는 오지(吳地)의 모든 선지식을 두루 찾아본 다음 천동산(天童山) 천동사(天童寺)의 환계성일(環溪性一)에게 심인(心印)을 받았다. 그 후 선흥사(禪興寺), 정지사(淨智寺), 흥덕사(興德寺) 등 여러 절에 머물다가 1306년(德治 元年) 9월 26일 63세에 입적했다.

◆ 고거(高居, 1336~1374)

강소성에서 태어났다. 자는 계적(季迪), 호는 청구자(靑丘子). 16세 때 이미 동리에서 시로 명성을 얻었다. 관재(官災)에 걸려 39세의 아까운 나이로 세상을 떠났다. 저서에는 『고태사대전집(高太史大全集)』이 있다.

◆ 고병(高駢, ?~?)

당의 시인, 생몰연대 미상. 『만수당인절구(萬首唐人絕句)』에 그의 시가 37편 실려 있다.

◆ 고월징(孤月澄, ?~?)

자세한 것은 알 수 없다.

◆ 곽진(郭震, ?~?)

사천성 성도(成都)에서 태어났다. 박학다식했던 곽진은 관직에 잠시 있다가 신병을 이유로 은거생활을 했다. 저서로 『어주집(漁舟集)』이 있지만 전하지 않는다.

◆ 교연(皎然, ?~799)

당(唐) 때의 승려 시인. 장성(長城)에서 태어났다. 성은 사씨(謝氏). 위응물(韋應物)과 절친하였다. 시집에는 『서산집(杼山集)』 전 10권이 있다.

◆ 단하자순(丹霞子淳, 1064~1117)

송(宋)나라 때 사람. 천동정각(天童正覺)의 스승. 부용도개(芙蓉道楷)로부터 사법(嗣法)했다. 조동종 사람. 등주(鄧州) 단하산(丹霞山)에서 오랫동안 주석했다. 수주(隨州)의 대홍산(大洪山)으로 법좌(法座)를 옮겨 여기에서 천동정각(天童正覺)에게 제일좌(第一座)를 맡겼다.

◆ 담연거사 종원(湛然居士 從源, 1190~1244)

칭기즈칸을 도와 원(元)의 건국 기초를 닦은 인물. 야율초재(耶律楚材). 1190년(金의 明昌 元年) 6월 20일에 태어났다. 1207년 18세에 진사과(進士科)에 급제하였다. 1214년(貞祐 2) 좌우사원외랑(左右司員外郎)이 되었는데 이때 부친이 머물던 성안사(聖安寺) 만송행수(萬松行秀)에게 가서 참선 정진한 지 3년 만에 만송행수의 인가를 받았다. 금(金)나라의 수도(현재의 북경)가 오랫동안 몽골군에게 포위되어 식량이 바닥나고 관리들은 밤을 틈타 도망가는 중에 오직 야율초재만은 풀뿌리를 삶아 먹으며 평소와 다름없이 직무를 보고 있었다. 이 소문이 몽골군에게까지 들어가 수도가 함락된 후 야율초재는 칭기즈칸에게 불려갔다. 훤칠한 키에 수염을 길게 기른 그의 인상에 칭기즈칸은 그를 보는 즉시 몽골의 모든 행정 책임을 그에게 맡겼다. 이렇게 하여 그는 칭기즈칸을 따라 서역 원정 길에 올라 몽골군이 정복하는 나라마다 행정체계를 다시 세우는 작업을 했다. 이 서역 원정 기간 동안 그는 스승 만송행수에게 천동정각(天童正覺)의 〈송고백칙(頌古百則)〉에 해설을 붙여 보내 달라는 편지를 수차례 했는데 그 후 7년 만에 만송행수로부터 천동정각의 〈송고백칙 해설〉이 도착했다. 그는 이 해설본에 서문을 붙여 즉시 북경으로 보내어 판각을 의뢰했는데 이 책이 바로 그 유명한 『종용록(從容錄)』이다. 『종용록』은 『벽암록(碧巖錄)』과 쌍벽을 이루는 묵조선(默照禪)의 지남서(指南書)이다. 서역 원정에서 돌아온 야율초재는 칭기즈칸의 사후(死後) 몽골이 원(元)을 세우는 그 건국 기초를 다져 주었다. 만년에는 만송(萬松)의 문하에 들어갔다. 담연거사(湛然居士) 종원(從源)이란 이름의 선객(禪客)이 되어 정처 없이 떠돌다가 1244년(南宋 淳祐 4) 5월 14일 55세로 입적했다. 저서 :『담연거사문집(湛然居士文集)』 14권.

◆ 대각회련(大覺懷璉, 1009~1090)

복건성 장주(漳州)에서 출생. 속성(俗姓)은 진씨(陣氏). 어려서 출가해 뜻이 굳세었으며 10여 년 간 회징(懷澄)에게서 사사했다. 그는 주로 여산(廬山)의 원통사(圓通寺)에 머물렀다.

◆ 대숙륜(戴叔倫, 732~789)

강소성 윤주(潤州)에서 태어났다. 자는 유공(幼公), 무주자사(撫州刺史)를 지냈다. 워낙 성품이 온화했던 그는 많은 사람으로부터 호의를 받았다.

◆ 대위선과(大潙善果, 1079~1152)

임제종 양기파(楊岐派)의 선승. 강서성에서 태어났다. 황룡사심

(黃龍死心)에게서 큰 깨달음을 얻었다. 저서 :『월암과화상어요(月菴果和尙語要)』(1권)가 있다.

◆ 대통신수(大通神秀, 606~706)

북종선(北宗禪)의 거장. 중국 하남성(河南省)에서 태어났다. 25세에 낙양의 천궁사(天宮寺)에서 출가. 키가 팔 척이었고 미목이 수려하여 남다른 바가 있었으며 유학 · 노장학을 비롯하여 박학다식하기 이를 데 없었다. 50세에 오조홍인(五祖弘忍)을 찾아가 그의 수제자가 되었다. 그에게는 언제나 제자들이 구름같이 모여들었으며 측천무후(則天武后), 중종(中宗), 예종(睿宗)의 국사(三帝國師)가 되었다. 706년 2월 28일 낙양 천보사(天寶寺)에서 101세로 입적했다. 저서 :『관심론(觀心論)』,『대승무생방편문(大乘無生方便門)』,『묘리원성관(妙理圓成觀)』 등이 있다.

◆ 대헐중혐(大歇仲謙, 1174~1244)

절강성 금화(金華)에서 태어났다. 임제종 양기파(楊岐派)의 선승.

◆ 대혜종고(大慧宗杲, 1089~1163)

1089년 안휘성 영국(寧國)에서 태어났다. 1105년 17세에 동산(東山) 혜운사(慧雲寺)에 입산하였다. 혼자 선적(禪籍) 연구에 몰두하다가 동산미(洞山微)에게서 조동종의 선지(禪旨)를 배웠다. 다음 담당문준(湛堂文準)을 찾아가 참선수행에 전념하다가 문준(文準)이 입적한 뒤(1115) 그의 유언으로 1124년 원오(圜悟)의 문하에서 각고의 수행 끝에 대오(大悟)하였다. 1134년

금(金)과의 전쟁을 피해서 복건성의 양서암(洋嶼庵)에 머물면서 묵조선(黙照禪) 비판의 포문을 열며 간화선(看話禪)을 부르짖었다. 금과의 전쟁이 평화적으로 성립되자 주전론자(主戰論者) 장구성(張九成)과 함께 승적을 박탈당하고 호남성으로 유배되어 10년 동안 여기에 머물렀다. 후에 경산(徑山)의 능인선원(能仁禪院)으로 다시 돌아와 임제선풍의 재건에 힘썼다. 당시 묵조선의 거장 천동정각(天童正覺)과 그는 절친한 도반이었다. 1163년 75세에 입적하였다. 저서 :『대혜어록(大慧語錄)』 외에 여러 권이 있다.

◆ 도잠(道潛, ?~?)

절강성에서 태어났다. 자는 참료자(參寥子), 성은 하씨(何氏). 시집에는『참료자시집(參寥子詩集)』이 있다.

◆ 도전(道全, ?~?)

자세한 것은 알 수 없다.

◆ 도제(道濟, 1150~1209)

절강성(浙江省) 임해(臨海)에서 태어났다. 호는 호은(湖隱). 남송(南宋)의 시승(詩僧). 계율을 지키지 않고 고기와 술을 좋아하여 미치광이짓을 일삼았다. 저서 :『제공전전(濟公全傳)』.

◆ 동산양개(洞山良介, 807~869)

절강성에서 태어났다. 21세에 출가, 남전보원(南泉普願), 위산영우(潙山靈祐)의 문하에서 공부. 어느 날 다리 위를 지나다가 크게 깨달았다. 특히 선시(禪詩)에 뛰어났던 그는 조동종(曹洞宗)의 초조(初祖)로 추앙되었다. 저서 :『동산어록(洞山語錄)』 1권.

◆ 두목(杜牧, 803~852)

만당의 시인, 자는 목지(牧之), 헌종(憲宗) 때의 재상인 두우(杜佑)의 손자, 강직하고 아첨을 싫어하여 여러 번 좌천되었다. 그는 특히 고문(古文)에 능하여 견해가 정확하고 묘사가 생동감 넘치며 유창하다. 「산행(山行)」의 결구(結句) '상엽홍어이월화(霜葉紅於二月花)'는 천고에 전송(傳誦)되는 절창이다. 이상은과 함께 만당을 대표하는 시인이다.

◆ 두보(杜甫, 712~770)

당나라 시인, 자는 자미(子美), 일생을 가난과 외로움 속에서 살며 시를 지었다. 안록산의 난이 일어나자 봉선(奉先)으로 가서 가족을 찾아보다가 반란군에게 잡혀 장안으로 압송되었다. 만년에는 배를 타고 삼협(三峽)을 빠져 나와 호남(湖南)에 이르렀는데 가난과 질병이 교차하여 상강(湘江)의 배 안에서 죽었다. 1,400여 편의 시가 전해온다.

◆ 두순학(杜荀鶴, 846~907)

당(唐)의 시인, 호는 구화산인(九華山人), 46세에 진사과에 급제했다. 당 말의 뛰어난 현실주의 시인이다. 그의 시 3권이 『전당시(全唐詩)』에 수록되어 있다.

◆ 만송행수(萬松行秀, 1166~1246)

1166년 하남성에서 태어났다. 남달리 기골이 장대했던 그는 젊은 시절에 하북성 형주(邢州) 정토사(淨土寺)에 출가했다. 승묵광(勝黙光)과 설암만(雪巖滿)을 찾아가 각고정진(刻苦精進) 끝에 깨달음을 얻은 다음 정토사(淨土寺)에 돌아와 암자를 짓고 만송헌(萬松軒)이라 하였다. 1193년 금(金)의 장종(章宗) 황제에게 부름을 받았다. 1230년 원(元)의 태종(太宗) 때에는 종용암(從容庵)에 주석했는데 유명한 『종용록(從容錄)』을 여기에서 집필했다. 원(元)의 정종(正宗) 1년(1246) 윤4월 7일 81세로 입적했다. 유교와 도교에도 조예가 깊었으며 『팔만대장경(八萬大藏經)』을 세 번이나 독파했다고 한다.

◆ 만집중(滿執中, ?~?)

강소성 양주(揚州)에서 태어났다. 자는 자권(子權). 기타 자세한 것은 알 수 없다. 그의 시는 선기(禪氣)가 넘치는데 많은 작품이 유실되었다.

◆ 맹호연(孟浩然, 689~740)

호북성 양양(襄陽)에서 태어났다. 성당(盛唐)의 시인. 왕유(王維), 장구령(張九齡) 등과 교유하면서 일생 동안 야인(野人)으로 살았다. 저서는 『맹호연집(孟浩然集)』(4권)이 있다.

◆ 무본가도(無本賈島, 779~843)

중당(中唐)의 시인. 779년 하북성 범양(范陽)에서 태어났다. 자는 낭선(浪仙). 젊은 시절에 출가하였다. 무본(無本)이란 승명(僧名)을 가졌으나 한유(韓愈)를 만나 환속, 진사(進士)에 추천되었으나 급제하지 못하고 20년 이상 낙제만 거듭하다 만년에야 겨우 장강주부(長江主簿)라는 관직을 얻었다. 그러나 그의 시만은 영원히 남았다. 백낙천의 평이한 시풍에 반대하여 한 자 한 구를 표현하는 데도 무진 애를 썼다. "이구삼년득 일음쌍누류(二句三年得 一吟雙淚流 : 題詩後)"란 구절은 그가 시구 선택에 얼마나 고심했는가를 말해 주는 좋은 예이다. 그는 연말이 되면 일 년 간 지은 시를 모두 책상 위에 놓고 향을 피우고 절하며 "이것이 일 년 간의 노작"이라고 천지 신명께 고해 바쳤다고 한다. 그런 다음에는 술에 만취했다고 한다. 서예에도 조예가 깊었다. 그가 죽자 집에는 단 한 푼의 돈도 없었으며 남은 건 오직 병든 당나귀와 낡은 거문고뿐이었다고 한다. 가도는 시인으로서 좋은 본보기가 되는 인물이다. 저서에는 『장강집(長江集)』이 있다.

◆ 무준사범(無準師範, 1178~1249)

1178년 사천성에서 태어났다. 1187년 9세에 음평산(陰平山)의 도흠(道欽)에게 출가하였다. 파암조선(破菴祖先)을 찾아가 수도 정진한 끝에 깨달음을 얻고 그의 법을 이었다. 이후 절강성 청량사(淸凉寺) 등지에 개법(開法), 후학을 지도했으며 이종(理宗)의 부름을 받고 자명전(慈明殿)에서 설법했다. 1249년(淳祐 9) 3월 18일 72세로 입적했다. 저서 : 『불감선사어록(佛鑑禪師語錄)』(5권).

◆ 문수심도(文殊心道, ?~1129)

임제종 양기파(楊岐派)의 선승. 사천성에서 태어났다. 30세에 출가하여 불감혜근(佛鑑慧勤)의 법을 이었다.

◆ 밀암함걸(密庵咸傑, 1118~1186)

임제종 사람. 성은 정씨(鄭氏), 복주(福州) 사람. 어려서부터 총명했으며, 유년에 출가하였다. 제방(諸方)을 다니다가 응암선사(應庵禪師)를 만났다. 오래지 않아 응암(圜悟克勤下 二世)의 법을 이었다. 다시 행각(行脚)길에 올랐다. 처음에는 망구(芒衢)의 오거(烏巨)에 주석했다. 후에 장산(蔣山)의 화장(華藏)에 옮기고 다시 경산(徑山) 영은사(靈隱寺)로 옮겼다. 만년에는 태백산(太白山)에 머물면서 사방의 운수(雲水)를 접득(接得)하였다. 1186년(淳熙 13) 6월 12일 69세에 입적했다.

◆ 배적(裴迪, 716~?)

관중(關中)에서 태어났다. 종남산에 머물면서 왕유(王維) 등과 친분을 맺었다. 촉주자사(蜀州刺史)를 지냈다.

◆ 백거이(白居易, 772~846)

섬서성 위남(渭南)에서 태어났다. 자는 낙천(樂天). 29세에 진사과에 급제하여 형부상서(刑部尙書)로 관직을 그만두었다. 그는 원화시(元和詩) 형식의 완성자였는데 그의 시 〈장한가(長恨歌)〉, 〈비파행(琵琶行)〉 등은 문인뿐 아니라 일반 서민에게까지도 널리 애송되었다. 저서에는 『백씨장경집(白氏長慶集)』이 있다.

◆ 백운수단(白雲守端, 1025~1072)

형주(衡州) 갈씨(葛氏)의 자(子). 어려서 출가하여 강주(江州) 승천사(承天寺), 서주(舒州) 백운사(白雲寺) 등지에서 머물렀다. 양기방회(楊岐方會)의 법을 이었다. 48세로 입적. 문인에 오조법연(五祖法演) 등이 있다.

◆ 백장○단(百丈○端, ?~?)

자세한 것은 알 수 없다.

◆ 보본혜원(報本慧元, 1037~1091)

광동성에서 태어났다. 19세에 출가하여 각지를 편력하다가 황룡혜남(黃龍慧南)에게서 대오(大悟)하였다. 원우(元祐) 6년(1091) 절강성 보본선원(報本禪院)에서 입적하였다.

◆ 보안○도(普安○道, ?~?)

자세한 것은 알 수 없다.

◆ 보화(普化, ?~830?)

당(唐)의 선승으로서 반산보적(盤山寶積)의 법(法)을 이었다. 그는 언제나 요령을 흔들고 다니며 만나는 사람마다 "한푼만 달라"고 하는 등 미치광이 노릇을 했다고 한다. 특히 그의 임종 얘기는 유명하다(해당 시 감상 참조). 예로부터 그는 광승(狂僧)의 본보기가 되는 인물로서 임제(臨濟)와 가까이 지냈다고 한다.

◆ 부대사(傅大士, 497~569)

이름은 흡(翕), 자(字)는 현풍(玄風). 24세에 계정당(稽停塘)에서 인도 승려 숭두타(嵩頭陀)를 만나 불도(佛道)에 뜻을 두고 송산의 쌍도수(雙檮樹) 사이에 암자를 짓고 스스로 이름하여 쌍수림하당래해탈선혜대사(雙樹林下當來解脫善慧大士)라 하였다. 낮에는 품을 팔고 밤에는 대법(大法)을 연설하여 이렇게 하기 7년, 소문이 사방에 떨쳐 천하의 명승들이 모였다. 547년 단식분신공양(斷食焚身供養)할 서원을 세웠다가 제자들의 만류로 그만두고 제자 열아홉 명이 대신 몸을 태웠다. 548년 송산정(松山頂)에 가서 칠불(七佛)전에 참배하고 태건 1년 4월에 입적. 나이 73세. 경(經)을 넣어 두는 전륜장(轉輪藏)을 만들었으므로 후세에 전륜장 가운데 사(師)의 상(像)을 모셨다. 저서 : 『부대사록(傅大士錄)』 4권, 『심왕명(心王銘)』 1권.

◆ 부석통현(浮石通賢, 1593~1667)

1612년 20세에 보타산(普陀山)에 들어가 출가했다. 제방(諸方)을 편력하다가 밀운원오(密雲圓悟)의 문하에서 참선 정진하였다. 밀운의 법을 잇고 1639년(崇禎 12) 이후 절강성 청련사(靑蓮寺) 등에 머물다 청(淸) 강희(康熙) 원년(1667) 7월 25일 75세에 입적했다.

◆ 부용도개(芙蓉道楷, 1043~1118)

산동성에서 태어났다. 처음에는 선도(仙道)를 공부하다가 선문에 들어와 투자의청(投子義靑)의 문하에서 대오(大悟)하였다.

조동종계 선(禪)의 거장이다. 저서 :『부용개선사어요(芙蓉楷禪師語要)』(1권)가 있다.

◆ 빙탄(馮坦, ?~?)

사천성에서 태어났다. 자는 백전(伯田), 호는 수석(秀石). 나머지는 알 수 없다.

◆ 살도자(薩都剌, 1300~?)

몽골에서 태어났다. 관직생활을 잠시 하다가 버리고 사공산(司空山) 태백대(太白台) 밑에 풀로 집을 짓고 살았다. 살도자의 시는 웅장하고 초탈한 맛이 있다. 시집에는『안문집(雁門集)』이 있다.

◆ 삼산등래(三山燈來, 1614~1685)

사천성에서 태어났다. 어려서부터 선문(禪文)에 심취하다가 30세에 출가하였다. 제방(諸方)을 편력하다가 철벽혜기(鐵壁慧機)의 법을 이었다. 저서 :『삼산래선사어록(三山來禪師語錄)』(16권).

◆ 삼의명우(三宜明盂, 1599~1665)

절강성 항주(杭州)에서 태어났다. 자(字)는 우암(愚菴), 조동종 담연원징(湛然圓澄)의 법을 이었다. 저서 :『삼의명우선사어록(三宜明盂禪師語錄)』(11권).

◆ 삼조승찬(三祖僧璨, ?~606)

선종(禪宗) 제3조(第三祖). 서주(徐州) 사람. 2조(二祖)의 법맥(法脈)을 잇고 서주의 일완공산(日宛公山)과 태호현(太湖縣)의 사공산(司空山)을 왕래하며 일정한 거처가 없이 지냈다. 사조도신(四祖道信)을 만나 의발(衣鉢)을 전하고 나부산(羅浮山)에 있다가 다시 일완공산에 돌아왔다. 많은 사람이 모인 가운데 나무 아래 서서 입적했다(大業 2년 10월). 다비에서 오색사리(五色舍利) 300과가 나왔다. 저서 : 『신심명(信心銘)』.

◆ 삽계○익(霅溪○益, ?~?)

아무것도 알 수 없다.

◆ 상건(常建, 708~765)

장안에서 태어났다. 맹호연, 왕유 등의 시풍(詩風)에 가까운 시를 썼다. 저서에는 『상건집(常建集)』이 있다.

◆ 서섬(棲蟾, 唐末)

당(唐) 말 절강성에서 태어났다. 방랑을 좋아하여 일생 동안 구름과 물을 벗삼아 떠돌아다녔다. 시문(詩文)에 능하여 가는 곳마다 시우(詩友)를 사귀었다. 만년에는 병풍암(屛風巖)에 머물렀다.

◆ 서호청순(西湖淸淳, ?~?)

자세한 것은 알 수 없다.

◆ 석극신(釋克新, ?~1368?)

강서성에서 태어났다. 원말명초(元末明初)에 살았던 시승이자 학승. 내외의 학문에 두루 통달한 사람이었다. 저서 : 『원석집(元釋集)』.

◆ 석림도원(石林道源, ?~?)

명(明) 말 태창(太倉)에서 태어났다. 주로 북선사(北禪寺)에 머물렀다는 기록 외에는 알려진 바가 없다.

◆ 석범숭(釋梵崇, ?~?)

자는 보지(寶之). 자세한 내용은 알 수 없다.

◆ 석옥청공(石屋淸珙, 1272~1352)

1272년 강소성 상숙(常熟)에서 태어났다. 1292년 21세 때 소주(蘇州)와 흥교(興敎) 숭복사(崇福寺)에 출가했다. 고봉원묘(高峰原妙)의 문하에서 공부한 다음 급암종신(及菴宗信)의 법을 이었다. 이후 여러 곳에서 후학들을 지도하다가 1352년 7월 23일 81세에 입적했다. 그의 문하에 우리나라 고려 말의 태고보우(太古普愚) 등이 있다.

◆ 석창법공(石窓法恭, 1102~1181)

절강성 봉화(奉化)에서 태어났다. 15세에 출가, 천동산(天童山)의 굉지정각(宏智正覺 : 天童正覺)에게서 깨달음을 얻었다.

◆ 선월관휴(禪月貫休, 832~912)

832년 절강성 난계(蘭谿)에서 태어났다. 839년 8세에 안화사(安和寺)에 출가. 시(詩) · 서(書) · 화(畵)에 모두 뛰어났으며, 특히 시승(詩僧)으로서 이름이 높았다. 방랑으로 일생을 보냈으며 승속을 가리지 않고 누구하고도 친분을 두텁게 했다. 오월왕(吳越王) 전씨(錢氏)가 특히 그를 존경했으며 '선월대사(禪月大師)'라는 호를 바쳤다. 912년(乾化 2) 81세에 입적했다.

◆ 설두중현(雪竇重顯, 980~1052)

이름은 은지(隱之), 호(號)는 중현(重顯). 운문문언(雲門文偃)의 4세법손(四世法孫). 송(宋) 태평(太平) 흥국(興國) 5년 4월 8일 출생. 진종(眞宗) 함평(咸平) 중 익주(益州) 보안원(普安院) 인선(仁銑)에게 출가(24세). 44세(1023)경 『송고백칙(頌古百則)』을 지었는데 이것이 『벽암록(碧巖錄)』의 원전이 되었다.

◆ 설두지감(雪竇智鑑, 1105~1192)

안휘성에서 태어났다. 장려산(長蘆山)의 진헐청료(眞歇淸了)에게 출가하여 후에 천동종각(天童宗珏)의 법을 이었다. 만년에는 설두산(雪竇山)에 머물다가 설두산의 동암(東庵)에서 88세에 입적했다. 문하에는 천동여정(天童如淨)이 있는데 천동여정은 일본 조동종의 시조인 영평도원(永平道元)의 스승이다.

◆ 설암조흠(雪巖祖欽, ?~1287)

송말원초(宋末元初)의 고승(高僧). 절강성 금화(金華)에서 태어났다. 5세에 출가, 18세에 대오(大悟)하였다. 원(元) 세조(世祖)의 추앙을 받았다. 저서 :『설암화상어록(雪巖和尙語錄)』(4권).

◆ 소만수(蘇曼殊, 1884~1918)

광동성 향산(香山)에서 태어났다. 자는 자곡(子谷). 어머니가 일본인이었으므로 청년기에 일본에서 공부했다. 1903년 중국에 돌아와 출가했다. 천재시인이었던 그는 비승비속(非僧非俗)으로 일생을 떠돌았다.『연자감시(燕子龕詩)』,『참세계(慘世界)』 등 30여 권의 저서를 남겼다.

◆ 소식(蘇軾, 1036~1101)

사천성에서 태어났다. 호는 동파(東坡). 왕안석(王安石)의 정치 개혁에 반대하는 시를 썼다가 귀양 갔다. 당송 팔대가(唐宋八大家) 가운데 한 사람. 서예에도 조예가 깊어 송(宋) 4대 서가(書家) 가운데 한 사람. 선(禪)에도 깊이 통달해 상총조각선사(常總照覺禪師)의 법을 이어받아 〈오도송(悟道頌)〉을 짓기도 했다. 저서에는『동파집(東坡集)』(115권)이 있다.

◆ 소옹(邵雍, 1011~1077)

북송(北宋) 범양(范陽) 사람, 평생을 소내산(蘇內山) 백천(百泉) 가에 은거하며 공부에만 전념,『주역(周易)』에 일가를 이루어 송대 성리학(性理學)의 선구자가 됐다. 사후(死後)에 '강절(康節)'이라는 시호가 내려졌다. 그의 시에는 심오한 철리(哲理)가 깃들어 있어 도학파(道學派) 시인의 시조로 일컬어졌다. 시집에는 『이천격양집(伊川擊攘集)』 20권이 있다.

◆ 송원숭악(松源崇嶽, 1132~1202)

절강성 용천(龍泉)에서 태어났다. 23세에 출가하여 밀암함걸(密庵咸傑)의 문하에서 대오(大悟)하였다. 저서 : 『송원화상어록(松源和尙語錄)』(2권)이 있다.

◆ 수산성념(首山省念, 926~993)

926년 산동성 액현(掖縣)에서 태어났다. 고향의 남선원(南禪院)에 출가, 풍혈(風穴)의 법을 이었다. 후에는 하남성(河南省)의 수산(首山)에 머물며 후학을 가르쳤다. 993년(淳化 4) 12월 4일 68세에 입적했다.

◆ 수암요연(誰菴了演, ?~?)

송(宋)의 선승. 대혜종고(大慧宗杲)의 문하. 나머지 내용은 자세히 알려진 바 없다.

◆ 수창혜경(壽昌慧經, 1548~1618)

강서성에서 태어났다. 어린 시절에 출가하여 아봉(峨峰)에 은거하기 3년, 대오(大悟)했다. 특히 황폐한 사찰을 많이 중건했다. 저서 : 『무명혜경선사어록(無明慧經禪師語錄)』.

◆ 숭승○공(崇勝○珙, ?~?)

송대(宋代)의 선승인 듯. 자세히 알려진 내용은 없다.

◆ 습득(拾得, ?~?)

한산(寒山)의 친구. 천태산 국청사(國淸寺) 근방에서 얻어먹으며 일생을 보냈다. 부모는 누군지 알 수 없고 출생지도 알려져 있지 않다.

◆ 승감(僧鑒, ?~1253?)

주로 명주(明州) 설두사(雪竇寺)에 머물렀다. 시집 『설두잡영(雪竇雜咏)』이 있다.

◆ 승상 왕수거사(丞相 王隨居士, ?~?)

수산성념(首山省念)에게서 선법(禪法)을 익혔다.

◆ 승조(僧肇, 374~414)

장안(長安)에서 태어났다. 처음에 노장(老莊)에 심취했다가 『유마경(維摩經)』을 읽고 불문(佛門)에 귀의. 구마라집(鳩麻羅 什)을 도와 많은 경전을 번역. 40세 전후의 아까운 나이에 입 적. 저서 : 『조론(肇論)』.

◆ 심문담비(心聞曇賁, ?~?)

송대(宋代)의 선승인 듯. 자세히 알려진 내용은 없다.

◆ 야보도천(冶父道川, ?~?)

송나라 때 사람으로 성은 적씨(狄氏), 이름은 삼(三). 군(軍)의 궁수(弓手)였다. 재동(齋東)의 도겸선사(道謙禪師)에게 발심(發

心), 도천(道川)이라는 호를 얻었다. 임제선의 일맥(一脈)인 정인계성(淨因繼成, 1101~1125)에게 인가를 받았다. 고향 재동에 돌아와 〈금강경야보송(金剛經冶父頌)〉을 지었다.

◆ 야옹동(野翁同, ?~?)

자세한 것은 알 수 없다.

◆ 양기방회(楊岐方會, 992~1049)

992년 강서성 의춘현(宜春顯)에서 태어났다. 어린 시절에 출가. 제방(諸方)의 선지식을 찾아 참선수도에 전념하다가 남원산(南源山)의 석상초원(石霜楚圓)을 찾아가 깨달음을 얻었다. 사람들의 청에 의해서 원주(袁州)의 양기산(楊岐山)에 보통선원(普通禪院)을 열었다. 그는 절이 낡아 눈이 법당 안으로 날아들어오는데도 고치지 않고 참선수도에만 열중하면서 이렇게 말했다. "옛 사람들은 옷 세 벌과 밥그릇 하나로 일생을 오직 수도에만 전념했다. 우리는 지금 눈이 새는 집이라도 있는 걸 다행으로 여기고 부지런히 공부에 열중하라." 이 일화는 뒷날 '방회설옥(方會雪屋)'이란 이름으로 길이 남게 되었다.

◆ 양만리(楊萬里, 1127~1206)

남송의 시인 길주(吉州) 사람, 태상(太常) 박사 상서자사랑중겸태자시독(尙書左司郎中兼太子侍讀) 등을 역임했다. 저서에 『성제집(誠齋集)』 133권이 있다. 평생 2만 편의 시를 썼는데 지금 4천여 편이 전해온다. 그의 시 속에는 특히 속어와 속담 등이 많다.

◆ 여인룡(呂人龍, ?~?)

순안(淳安)에서 태어났다. 자는 수지(首之), 호는 풍산(風山). 자세한 것은 알 수 없다. 저서에는 『풍산집(風山集)』이 있다.

◆ 열당조은(悅堂祖誾, 1234~1308)

강서성에서 태어났다. 임제종의 선승. 13세에 출가하여 개석지붕(介石智朋)의 법을 이었다.

◆ 영명연수(永明延壽, 904~975)

904년 절강성 여항(餘航)에서 태어났다. 932년 28세에 관직을 버리고 취암영삼(翠巖令參)의 문하에 출가. 그 뒤 천태덕소(天台德韶)의 법을 이어 법안종(法眼宗)의 3조가 되었다. 만년에는 영명사(永明寺)에 머물며 선과 염불의 겸수(兼修)를 주장했다. 그의 저서인 『종경록(宗鏡錄)』 100권은 선과 염불의 겸수(兼修)를 주장한 그의 사상을 체계화한 것이다.

◆ 영운지근(靈雲志勤, ?~820?)

당대(唐代)에 복건성(福建省) 장계(長溪)에서 태어났다. 위산영우(潙山靈祐) 밑에서 복사꽃을 보고 깨달음을 얻었다.

◆ 영은청용(靈隱淸聳, 五代)

복건성 복청(福淸)에서 태어났다. 법안문익(法眼文益)의 법을 잇고 절강성의 임안(臨安)에서 선풍(禪風)을 크게 드날렸다.

◆ 오석세우(烏石世愚, 1301~1370)

장안에서 태어났다. 호는 걸봉(傑峰). 어려서 출가하여 지암보성(止巖普成)의 법을 이었다. 홍무(洪武) 3년(1370) 12월에 입적했다. 법랍(法臘) 50세.

◆ 오조법연(五祖法演, ?~1104)

사천성에서 태어났다. 35세에 출가하여 백운수단(白雲守端)의 법을 이었다. 만년에는 오조산(五祖山)에서 선풍을 드날렸다. 원오극근(圜悟克勤) 등의 제자가 있다. 저서 : 『오조법연선사어록(五祖法演禪師語錄)』(4권)이 있다.

◆ 왕건(王建, 768~830)

자는 중초(仲初). 악부(樂府)에 능하여 많은 궁사(宮詞)를 썼다. 저서에는 『왕사마집(王司馬集)』이 있다.

◆ 왕안석(王安石, 1021~1086)

강서성 임천(臨川)에서 태어났다. 자는 개보(介甫), 호는 임천(臨川). 12세에 진사과에 급제한 후 화려한 관직생활을 하며 정치 혁신을 꾀하다가 수구파의 반대에 부딪혀 관직을 사직, 은거생활을 했다. 당송 팔대가(唐宋八大家) 가운데 한 사람. 저서에 『임천집(臨川集)』(100권)이 있다.

◆ 왕유(王維, 701~761)

산서성 태원(太原)에서 태어났다. 자는 마힐(摩詰). 9세 때부터 시를 썼고, 21세 때부터 40여 년 동안 관직생활을 했다. 30세를 전후로 아내를 잃고 독신으로 살며 틈틈이 선 수행(禪修行)에 전념했다. 그 결과 중국 선시의 제일인자가 되었다. 안녹산(安祿山)의 난(亂)에 연루되어 죽을 뻔했다가 아우 왕진(王縉)의 도움으로 살아났다. 그는 시뿐만 아니라 음악, 그림에도 뛰어나 남종화(南宗畵 : 文人畵)의 원조(元祖)가 되었다. 저서에는 『왕우승집(王右丞集)』(6권)이 있다.

◆ 왕창령(王昌齡, 698~756)

장안에서 태어났다. 자는 소백(少伯). 몇 개의 관직에 있다가 불우한 생을 마쳤다. 특히 이백과 더불어 칠언절구에 뛰어났다. 저서에는 『왕창령시집(王昌齡詩集)』(5권)이 있다.

◆ 요암청욕(了菴淸欲, 1288~1363)

절강성 임해(臨海)에서 태어났다. 9세에 출가. 임제종(臨濟宗) 양기파(楊岐派)의 고림청무(古林淸茂)에게서 법을 받았다. 저서 : 『요암청욕선사어록(了菴淸欲禪師語錄)』.

◆ 우집(虞集, 1272~1348)

사천성에서 태어났다. 자는 백생(伯生), 호는 도원(道園). 독서광이었던 우집은 『황조경세대전(皇朝經世大典)』의 편집 총책임자가 되었다. 그러나 곧 눈병을 얻어 고향으로 돌아왔다. 원대(元代)의 시인으로 제일인자였던 우집의 시와 문장은 하나같이 아름답다. 저서에는 『도원유고(道園遺稿)』가 있다.

◆ 운정덕부(雲頂德敷, ?~?)

주로 운정산(雲頂山)에서 살았다는 것 외에 자세한 것은 알 수 없다.

◆ 원수행단(元叟行端, 1255~1341)

1255년 절강성 임해(臨海)에서 태어났다. 6세 때 어머니에게 『논어』와 『맹자』를 배우고 머지않아 절강성 화성원(化城院) 에 있던 숙부 무상인(茂上人)에게 출가하였다. 경산(徑山)의 장수선진(藏叟善珍)을 찾아가 그의 법을 이었다. 역대 황제들 의 귀의를 받아 세 번이나 금란가사(金襴袈裟)를 받기도 했다. 1341년 8월 4일 88세에 입적했다.

◆ 원오극근(圜悟克勤, 1063~1135)

송(宋)나라 때 사람. 임제종 스님. 팽주(彭州) 숭녕(崇寧) 사람으로 어린 시절에 묘적원(妙寂院) 자성(自省)에게 출가. 오조법연(五祖法演)으로부터 사법(嗣法)하였다. 불안(佛眼), 불감(佛鑑)과 함께 오조(五祖) 문하의 삼불(三佛)이라 일컬어진다. 거사 장무진(張無盡)의 청으로 협산(夾山)의 벽암(碧巖)에서 주석하였다. 여기에서 설두(雪竇)의 『송고백칙(頌古百則)』에 평창(評唱) · 수시(垂示) · 착어(着語)를 붙여 『벽암록(碧巖錄)』을 저술하였다. 만년에 소각사(昭覺寺)에 돌아가 소흥 5년 8월 73세에 입적하였다. 저서 : 『불과원오선사어록(佛果圜悟禪師語錄)』 20권, 『벽암록(碧巖錄)』 10권.

◆ 위응물(韋應物, 736~?)

장안에서 태어났고, 소주자사(蘇州刺史)를 지냈다. 성품이 고결하였던 그는 담박한 시를 많이 썼다. 저서에는 『위소주집(韋蘇州集)』(10권)이 있다.

◆ 유우석(劉禹錫, 772~842)

당의 시인, 자는 몽득(夢得), 낙양(洛陽)에서 태어났다. 그의 시는 말은 쉬운 반면 의미는 깊고 청신하며 음률이 아름다워 당시(唐詩) 가운데에서도 보기 드문 작품이다. 유종원(柳宗元), 백낙천(白樂天) 등과 가까이 지냈다.

◆ 유장경(劉長卿, 710~785)

하북성 하간(河間)에서 태어났다. 자는 문방(文房). 특히 오언절구 형식의 시를 잘 썼다. 저서에는 『유수책자집(劉隨册子集)』(10권)이 있다.

◆ 유종원(柳宗元, 773~819)

산서성 하동(河東)에서 태어났다. 자는 자후(子厚). 당대(唐代)의 산문대가(散文大家)였던 그는 왕숙문(王淑文)의 혁명집단에 참가했다가 유주자사(柳州刺史)로 좌천되었다. 당송 팔대가(唐宋八大家) 가운데 한 사람. 문장은 한유(韓愈)와 쌍벽을 이뤘고 시는 왕유, 맹호연과 어깨를 겨뤘다. 저서에는 『하동선생집(河東先生集)』이 있다.

◆ 육유(陸遊, 1125~1210)

절강성 소흥(紹興)에서 태어났다. 비분 강개한 우국풍(憂國風)의 시를 많이 쓴 육유는 북송(北宋)의 소동파와 더불어 송(宋)의 2대 시인으로 일컬어지고 있다. 1만 4천여 편의 시를 지어 고금 제일의 다작 시인(多作詩人)이 된 육유는 특히 칠언율시에 능했다. 저서에는 『검남시고(劍南詩稿)』(85권)가 있다.

◆ 육조혜능(六祖慧能, 638~713)

남종선(南宗禪)의 거장. 중국 광동성(廣東省)에서 태어났다. 24세 때 호북성 황매현 동선원(東禪院)의 오조홍인(五祖弘忍) 문하에 들어가 홍인의 제자가 되었다. 그에게는 청원행사(青原行思), 남악회양(南岳懷讓), 하택신회(菏澤神會) 등 뛰어난 제자들이 많았는데 후세의 중국 선종을 이끌어 간 것은 모두 그의 제자들이다. 713년 8월 3일 76세로 입적했다. 저서 : 『육조단경(六祖壇經)』.

◆ 이백(李白, 706~762)

그의 부친은 감숙성(甘肅省)에서 살다가 서역(西域)으로 이주, 그는 서역에서 태어나 사천성(四川省)에서 살았다. 자는 태백(太白). 성당(盛唐)의 시인으로 젊었을 때는 한때 협객(俠客) 생활을 했다. 42세 때 장안(長安)으로 가서 하지장(賀之章)의 소개로 현종(玄宗)을 만나 시를 지어 올렸다. 현종은 친히 국을 끓여 그에게 식사를 대접했다고 한다. 이후 궁중을 드나들며 장안에서 주객(酒客) 생활을 하다가 장안을 떠나 각지를 방랑했다. 안녹산의 난에 연루되어 투옥되었다가 겨우 살아난 후 심양(尋陽), 금릉(金陵) 등지를 유랑하다가 당도(當塗)에서 죽었다. 전설에 의하면 그가 채석강(采石江) 가에서 술에 취해 있을 때 강에 비친 달을 건지려고 물에 뛰어들어갔다가 죽었다고 한다. 시상(詩想)이 강물처럼 흐르는 그의 시는 도교(道敎)의 심오한 세계에 근원을 두고 있다. 그래서 그에게는 '시선(詩仙)'이라는 칭호가 주어졌다. 저서에는 『이태백시집(李太白詩集)』(30권)이 있다.

◆ 이상은(李商隱, 813~858)

당의 시인, 자는 의산(義山), 대표적인 만당(晚唐)의 시인으로서 남녀 간의 애정을 읊은 시들이 주류를 이루고 있다.

◆ 인종황제(仁宗皇帝, 1022~1063)

송(宋)의 제4대 황제.

◆ 자항요박(慈航了朴, ?~?)

송대(宋代)의 선승인 듯. 자세히 알려진 내용은 없다.

◆ 잠삼(岑參, 715~770)

하남성 남양(南陽)에서 태어났다. 사천(四川)의 가주자사(嘉州刺史)를 지낸 일이 있는 그는 특히 전장(戰場)의 처절함을 잘 묘사하여 당대(唐代) 변새시파(邊塞詩派)의 대표 인물로 꼽힌다. 저서에는 『잠가주집(岑嘉州集)』이 있다.

◆ 장경혜릉(長慶慧稜, 854~932)

절강성 해녕(海寧)에서 태어났다. 13세 때 소주(蘇州) 통현사(通玄寺)에 출가. 설봉의존(雪峰義存)에게서 크게 깨쳐 그의 법(法)을 이었다. 호는 초각대사(超覺大師).

◆ 장계(張繼, ?~?)

호북성 양양(襄陽)에서 태어났다. 자는 의손(懿孫). 절제사(節制使)의 막료와 염철판관(塩鐵判官) 등을 지냈으며 검교사부랑중(檢校祠部郎中)을 끝으로 관직에서 물러났다.

◆ 장사경잠(長沙景岑, ?~840?)

어린 시절에 출가하여 남전보원(南泉普願)의 법(法)을 이었다. 앙산혜적(仰山慧寂)과 법담을 할 적에 앙산혜적(仰山慧寂)을 잡아 꺼꾸러뜨렸기 때문에 앙산(仰山)으로부터 "호랑이같이 난폭한 선객(岑大蟲)"이라는 말을 들었다.

◆ 장산법천(蔣山法泉, ?~?)

송대(宋代)의 선승인 듯. 자세히 알려진 내용은 없다.

◆ 장적(張籍, 768~830)

하북성에서 태어났다. 자는 문창(文昌). 고시(古詩), 서한행초(書翰行草)에 능했으며 많은 사회시(社會詩)를 남겼다. 저서에는 『장사업시집(張司業詩集)』이 있다.

◆ 장주나한(漳州羅漢, ?~?)

당말송초(唐末宋初) 초에 살았던 인물. 법안문익(法眼文益)에게서 깨달음을 얻은 다음 주로 장주(漳州) 복건성의 나한원(羅漢院)에 머물며 납자를 제접했다.

◆ 장지룡(張至龍, ?~?)

자는 수령(秀靈). 자세한 것은 알 수 없다. 저서에는 『운림산여(雲林刪餘)』가 있다.

◆ 장호(張祜, 792~852)

청하(淸河)에서 태어났다. 자는 승길(丞吉). 특히 궁녀들의 한(恨)을 노래한 궁사(宮詞)에 능했다. 만당(晩唐)의 유미파(唯美派) 시인으로 유명하다.

◆ 전기(錢起, 722~780)

절강성 오흥(吳興)에서 태어났다. 자는 중문(仲文). 여러 차례 과거에 낙방한 뒤 겨우 진사과(進士科)에 올라 말단 관직생활을 했다. 청신 수려(淸新秀麗)한 시를 많이 남겼다.

◆ 정곡(鄭谷, ?~?)

당의 시인, 자는 수우(守愚), 어려서부터 시를 잘 지어 칭찬을 받았다. 시인 사공도(司空圖)는 그를 평하여 '한 시대 문학의 주인'이라고 했다. 그의 시가 선어록에 종종 인용되고 있다. 만년에는 관직을 버리고 돌아와 의춘앙산(宜春仰山)에 은거하다가 북암별서(北岩別墅)에서 세상을 떠났다.

◆ 정심수목(淨心修睦, ?~?)

당(唐)말에 살았던 인물. 속성(俗姓)은 요(姚)씨로 광화(光化)중에 홍주(洪州)의 승정(僧正)이 되었다. 그 밖의 자세한 내용은 알려져 있지 않다.

◆ 정자자득(淨慈自得, ?~?)

자세한 것은 알 수 없다.

◆ 조천제(照闡提, ?~?)

부용도개(芙蓉道楷)의 법을 이었다는 사실 외에는 알려진 것이 없다.

◆ 주권(周權, 1295~?)

절강성 처주(處州)에서 태어났다. 자는 형지(衡之), 호는 차산(此山). 모든 시형식에 두루 통달했던 주권은 일세를 풍미한 시인이다. 시집에는 『차산집(此山集)』이 있다.

◆ 죽암사규(竹庵士珪, 1083~1146)

1083년 사천성에서 태어났다. 임제종 양기파(楊岐派). 사씨(史氏)의 아들. 처음 대자종아(大慈宗雅)에게 배우고, 나중에 용문(龍門)의 청원(淸遠)에게 가서 크게 깨달음을 얻었다. 정화(政和) 말 천녕(天寧)에 출세(出世), 여러 이름난 사찰에 두루 주석했다. 조(詔)를 받들어 안탕산(雁蕩山)에 개산(開山). 송(宋) 소흥(紹興) 16년 7월 18일 입적했다. 고산(鼓山)에 영골(靈骨)을 장사하였다.

◆ 중교(仲皎, ?~?)

절강성에서 태어났다. 자는 여해(如晦). 시를 잘 지어 문사들과 교류가 잦았다. 대표작으로 『매화부(梅花賦)』가 있다.

◆ 중묵종형(仲黙宗瑩, ?~?)

원나라 때 의오(義烏)에서 태어났다. 속성은 안씨(晏氏), 특히 계율에 철저했다.

◆ 지옹(止翁, ?~?)

송대(宋代)의 시승. 자세한 내용은 알 수 없다.

◆ 지현후각(知玄後覺, 874~?)

당(唐) 말 사천성(四川省) 미주(尾州)에서 태어났다. 속성(俗姓)은 진(陳)씨, 사호(賜號)는 오달국사(悟達國師).

◆ 진관(秦觀, 1049~1100)

강소성에서 태어났다. 호는 회해(淮海). 남달리 혈기 왕성했으며, 젊은 시절 병서(兵書)를 많이 읽었다. 그의 시는 소동파의 극찬을 받아 '소문사학사(蘇門四學士)' 가운데 한 사람이 되었다. 소동파가 실각하면서 지방으로 좌천되어 52세에 세상을 떠났다. 저서에는 『회해집(淮海集)』이 있다.

◆ 진여의(陳與義, 1090~1139)

하남성 낙양(洛陽)에서 태어났다. 자는 거비(去非), 호는 간재(簡齋). 천성이 고매했던 그는 선문(禪門)을 드나들면서 시를 쓰기에 고심했다. 그래서인지 선승들과 주고받은 시가 많다. 저서에는 『간재집(簡齋集)』이 있다.

◆ 천동여정(天童如淨, 1163~1228)

1163년(宋의 隆興 元年) 7월 7일 절강성에서 태어났다. 어린 시절에 출가, 19세까지 경전을 공부하다가 그것을 버리고 선문(禪門)에 들어섰다. 설두산의 족암지감(足菴智鑑) 밑에서 정전백수자(庭前栢樹子)의 공안을 타파, 깨달음을 얻은 다음 20년 간 천하를 두루 돌아다니며 수행에 몰두하였다. 1224년(嘉定 17) 태백산(太白山) 천동사(天童寺)에 주석, 당시 일본의 영평도원(永平道元 : 일본 曹洞宗의 시조)이 와서 법을 받아 갔다. 1228년 7월 17일 66세로 입적했다.

◆ 천동정각(天童正覺, 1091~1157)

굉지정각(宏智正覺). 산서성 습주(隰州)에서 태어났다. 11세 때 정명사(淨明寺) 본종화상(本宗和尙)에게 머리를 깎았다. 14세에 진주(晋州) 자운사(慈雲寺)의 지경화상(智瓊和尙)에게 구족계(具足戒)를 받았다. 18세에 구도행각 길에 올랐다. 여주(汝州)의 향산(香山)에 가서 고목법성선사(枯木法成禪師)를 만났다. 여기에서 깨침을 얻고 법성(法成)의 지시에 따라 단하산의 자순(子淳)을 찾아가 자순에게서 확연히 크게 깨달았다. 검소하기 이를 데 없었고, 문하에는 언제나 1,200여 납자(衲子)가 모여들었다. 많은 납자에 비해 식량은 한정되어 있었다. 그럴 때면 죽을 쑤어 먹었다. 죽으로도 안 되면 불어난 사람 수만큼 물을 부어서 죽을 쑤었는데 그 죽에 천장이 비치는 정도였다고 한다. 공부하러 오는 사람은 누구라도 되돌려 보내지 않았다. 30여 년 간 천동산(天童山)에서 조동가풍(曹洞家風)을 드날렸다. 소흥(紹興) 27년 67세로 입적했다. 후세 사람들은 천동정각을 일컬어 대혜종고(大慧宗杲)와 함께 '선문(禪門)'의 2대 감로(甘露)라고 했다. 저서 :『천동송고백칙(天童頌古百則 : '從容錄'의 원전)』,『천동굉지각선사어록(天童宏智覺禪師語錄)』(4권),『굉지선사광록(宏智禪師廣錄)』(9권) 등 다수가 있다.

◆ 천은원지(天隱圓至, ?~?)

원나라 때 고안(高安)에서 태어났다. 속성(俗姓)은 소씨(蘇氏). 중국 천하를 두루 편력했으며 고문(古文)과 시에 조예가 깊었다.

◆ 천태덕소(天台德韶, 891~972)

절강성 용천(浙江省 龍泉)에서 태어났다. 17세에 처주 용귀사(處州 龍歸寺)에 출가했다. 투자대동(投子大同) 등의 문하에서 수학했다. 법안문익(法眼文益)을 찾아가 오도(悟道), 그 법을 잇다. 후에 천태산에 들어가 지자대사(智者大師)의 유적을 중흥시

켰다. 북송(北宋) 개보(開寶) 5년에 입적했다.

◆ 첨본(詹本, ?~?)

복건성 건안(建安)에서 태어났다. 송(宋)의 멸망 전후에 산 인물로, 말이 온화하고 행이 곧았다. 첨본이 어지러운 세상을 버리고 은거하고 있을 때 조정에서 보낸 사신이 그를 찾아왔다. 그는 마침 문 앞 바위 위에서 낚싯대를 드리우고 있었는데 사신이 "첨본은 어디 계신가" 하고 물었다. 첨본은 "곧바로 더 앞으로 가 보시게" 하고는 즉시 낚싯대를 메고 개울을 건너가 버렸다. 그 뒤로 그의 행적을 아는 사람이 없었다.

◆ 초석범기(楚石梵琦, 1296~1370)

1296년(元貞 2) 6월 절강성 상산(象山)에서 태어났다. 1305년 10세에 절강성 천녕사(天寧寺)에 입산했다. 여러 선지식 문하에서 정진하다가 원수행단(元叟行端)을 만나 깨달음을 얻은 다음 그의 법을 이었다. 이후 천녕(天寧) 영조사(永祖寺), 절강성 본각사(本覺寺) 등 여러 절에서 후학 지도와 수도에 힘쓰다가 홍무(洪武) 3년(1370) 7월 26일 75세에 입적했다.

◆ 충막(冲邈, ?~?)

북송(北宋)의 시승(詩僧). 주로 곤산(昆山)에 머물렀다. 시집에는 『취미집(翠微集)』이 있다.

◆ 투자의청(投子義靑, 1032~1083)

7세에 묘상사(妙相寺)에서 출가. 유식(唯識)을 배우고 화엄(華嚴)을 연구하였다. 뒤에 선문(禪門)의 제덕(諸德)을 친견, 부산법원(浮山法遠)에게서 도를 깨달았다. 대양경현(大陽警玄)으로부터 사법(嗣法)하고, 조동종의 법맥을 이었다. 송(宋)나라 원풍(元豊) 6년에 입적했다. 저서 : 『투자의청선사어록(投子義靑禪師語錄)』.

◆ 포대화상(布袋和尙, ?~916)

절강성 봉화(奉化)에서 태어났다. 언제나 어깨에 포대를 메고 시장을 돌아다니며 구걸했다. 많은 이적(異蹟)을 남긴 그는 흔히 미륵의 화신으로 일컬어지고 있다. 입멸(入滅)에 얽힌 그의 일화는 너무나 신비하다.

◆ 풍간(豊干, ?~?)

당(唐) 때 천태산(天台山) 국청사(國淸寺)에 은거했던 선승. 한산(寒山), 습득(拾得)과 친구였다. 그 밖의 자세한 내용은 알려져 있지 않다.

◆ 한산(寒山, ?~?)

당나라 때 사람. 천태산 시풍현(始豐縣) 서쪽 70리에 있는 한암(寒岩)의 굴에 살았다. 몸은 비쩍 마르고 더벅머리에 미치광이였다. 국청사(國淸寺)에 와서 친구 습득(拾得)과 함께 찌꺼기밥을 얻어 가지고 박장대소하며 돌아갔다. 태주자사(台州刺史) 여

구윤(閭丘胤)이 한산(寒山)을 찾아가 옷과 약을 주었다. 한산은 큰 소리로 "이 도적놈 빨리 꺼져라" 하면서 굴 속으로 깊이 들어가 버렸다. 그 뒤로는 모습이 보이지 않았다. 후세 사람들은 한산습득을 문수 보현(文殊 普賢)의 화신(化身)이라 하였다.

◆ 해인초신(海印初信, ?~?)

송대(宋代)의 선승인 듯. 자세히 알려진 내용은 없다.

◆ 향엄지한(香嚴智閑, ?~898)

중국 당나라 때 청주(靑州) 사람. 계산(溪山)에게 출가. "책이나 글로 배운 것말고 태어나기 이전의 소식을 일러 보라"는 위산(潙山)의 물음에 막혀 고심하다가 책을 모조리 불질러 버리고 울면서 위산을 하직, 정처 없이 떠돌이길에 올랐다. 남양(南陽)의 충국사(忠國師) 유적지에 가서 쉬던 어느 날 채전밭을 매다가 던진 돌이 대나무에 부딪히는 소리를 듣고 홀연히 깨달았는데, 후세 사람은 이것을 '향엄격죽(香嚴擊竹)'이라 하였다. 평소 납자(衲子)를 제접(提接)함에는 그 말이 간략하고 곧았다. 게송(偈頌) 200여 수를 남겼다.

◆ 허당 지우(虛堂智愚, 1185~1269)

남송(南宋) 말기의 선승, 속성은 진(陳)씨, 16세에 출가, 호주(湖州) 도장산(道場山)의 운암 보암(運庵普巖)을 찾아가 '고범미괘(古帆未掛)'의 공안으로 대오(大悟), 임제종 송원파(松源派)의 법을 이었다. 만년에는 항주 정자사(淨慈寺)와 경산사(徑山寺)

에 머물며 남송 말의 선풍을 크게 드날렸다.
함순(咸淳) 5년 10월, 85세로 입적했다. 제자에는 특히 일본 임제종 계통의 선승들이 많다. 저서에 『허당화상어록(虛堂和尙語錄)』 10권이 있다.

◆ 허혼(許渾, 791~854)

강소성 단양(丹陽)에서 태어났다. 목주자사(睦州刺史), 정주자사(鄭州刺史)를 지냈다. 저서에는 『정묘집(丁卯集)』이 있다.

◆ 협산선회(夾山善會, 805~881)

805년 하남성 현정(峴亭)에서 태어났다. 어린 시절 호남성 용아산(龍牙山)에 출가, 도오(道吾)의 권유에 의하여 강소성 화정현(華亭縣)의 오강(吳江)에서 뱃사공을 하고 있던 선자덕성(船子德誠)을 찾아가 깨달음을 얻었다. 870년경 호남성 협산(夾山)에서 선풍(禪風)을 떨쳤다. 881년 11월 7일 77세의 나이에 입적했다.

◆ 확암사원(廓庵師遠, ?~?)

송대(宋代) 임제종 양기파(楊岐派)의 선승으로 십우도(十牛圖)의 저자. 나머지 자세한 것은 알 수 없다.

◆ 황정견(黃庭堅, 1045~1105)

강서성 수수(修水)에서 태어났다. 호는 산곡도인(山谷道人). 23세 때 진사과에 급제한 후 소동파의 후원으로 고위 관직생활을 하다가 왕안석의 정치개혁을 반대했다는 이유로 지방으로 좌천되었다. 그의 시어는 함축성이 뛰어났으며, 강서시파(江西詩派)의 가장 중추적인 인물이었다. 서예에도 능하여 송(宋) 4대 서가(書家)의 한 사람이 되었으며 선에도 조예가 깊어 황룡조심선사(黃龍祖心禪師)의 법을 이어받았다.

◆ 회소(懷素, ?~?)

회소는 술에 취하면 긴 머리칼에 먹을 찍어 붓삼아 벽이든 책상이든 나무 바닥이든 닥치는 대로 초서를 내둘렀다고 한다. 그는 스스로도 말했듯이 이런 식으로 '초성삼매(草聖三昧)'에 들었다고 한다. 후세인들은 그를 초서(草書)의 제일인자라 불렀다.

◆ 회암지소(晦巖智昭, ?~1188?)

임제종 대혜파(大慧派)의 선승. 제방(諸方)을 편력하기 20년 만에 천태산 만년사(萬年寺)에서 『인천안목(人天眼目)』(6권)을 간행하였다.

한국편 작자 소개

(가나다순)

◆ 경암관식(鏡巖慣拭, 1743~1804)

조선 후기의 승려. 1757년 15세에 출가하였다. 추파홍유(秋波泓宥)의 문하에서 공부를 마친 다음 28세에 강의를 열고 20여 년 동안 제자들을 가르쳤다. 문득 깨달은 바가 있어 환암(喚庵)을 찾아 선지(禪旨)를 받고 두륜산 꼭대기에 작은 암자를 짓고 정진에 몰두하였다. 1804년(순조 4) 1월 13일 62세로 입적.

◆ 경허성우(鏡虛惺牛, 1849~1912)

구한말(舊韓末)의 선승(禪僧). 1849년(헌종 15) 전주에서 출생하여 9세에 경기도 광주(廣州) 청계사(淸溪寺)의 계허(桂虛)에게 출가하였다. 동학사(東鶴寺) 만화(萬華)에게 경을 배우고 23세에 만화의 뒤를 이어 동학사의 강백(講伯)이 되었다. 31세 때 전염병이 퍼진 어느 마을을 지나다 발심(發心), 동학사에 돌아와 강(講)을 폐지(廢止)하고 문을 걸어 잠그고 3개월간 정진 끝에 대오(大悟)하였다. 그 후에는 바람이 부는 대로 물이 흐르는 대로 각지를 떠돌면서 숱한 이야기를 남겼다. 이

나라에 단발령(斷髮令)이 내리자 56세 때 갑산(甲山) 강계(江界)로 들어가 장발(長髮)에 유관(儒冠)을 하고 난주(蘭州)라 개명(改名)하고는 서당 훈장(訓長)을 하다가 64세 때 갑산(甲山)의 웅이방(雄耳坊)에서 좌적(坐寂). 그의 문하에 만공(滿空), 혜월(慧月), 수월(水月), 방한암(方漢岩) 등 근세의 선승이 거의 다 배출되었다. 선시 300여 편이 남아 있다. 저서 : 『경허집(鏡虛集)』.

◆ 괄허취여(括虛取如, 1720~1789)

1720년(숙종 46) 경상도 의령에서 태어났다. 1732년 13세에 사불산(四佛山) 대승사(大乘寺)에서 출가. 영남의 여러 절을 다니며 법을 가르치고 절을 중수하기에 힘썼다. 1789년(정조 13) 경북 운봉사 양진암(養眞庵)에서 나이 70세에 입적. 저서 : 『괄허집(括虛集)』.

◆ 매월당 김시습(梅月堂 金時習, 1435~1493)

세종 17년 한양(漢陽) 출생. 생육신(生六臣)의 한 사람이다. 자는 열경(悅卿)·설잠(雪岑), 호는 매월당·동봉(東峰)·청한자(淸寒子)·벽산청은(碧山淸隱)·췌세옹(贅世翁)이다. 3세에 시문(詩文)에 능통하고 5세에 대학(大學)에 출입하였다. 단종 3년 삼각산 중흥사(重興寺)에서 독서중 세조(世祖)가 단종(端宗)을 폐했음을 듣고 미쳐, 불문(佛門)에 귀의하였다. 수차 세조가 불렀으나 목을 걸고 불응. 성종 12년 나이 47세 때 장발(長髮), 안씨의 딸과 결혼했으나 오래지 않아 처가 죽자 다시 산으로 돌아와 성종 24년 부여 부근의 홍산(鴻山) 무량사(無量寺)에서 59세로 입적하였다. 저서 :『매월당시 사유록(梅月堂詩四遊錄)』.

◆ 백곡처능(白谷處能, 1617~1680)

12세에 입산, 신익성(申翊星)에게 외전(外典)을 배워 시(詩)와 문(文)에 능하였다. 지리산 쌍계사 벽암(碧巖)에게 가서 23년 동안 사법(嗣法)하고 속리산 청룡사(靑龍寺), 성주사(聖住寺), 계룡산 등지에서 법석(法席)을 열고 안심암(安心庵)에 오랫동안 주석하였다. 숙종 6년 금산사(金山寺)에서 대법회를 열고 7월 입적하였다.

◆ 부휴선수(浮休善修, 1543~1615)

17세에 출가, 부용영관(芙蓉靈觀)의 법을 이었다. 일생동안 오직 수행에만 전념했으며 글씨를 잘 썼다. 1614년 송광사를 거쳐 지리산 칠불암(七佛庵)에 갔다가 다음 해에 입적했다. 저서에 「부휴당대사집」(浮休堂大師集, 5권)이 있다.

◆ 보월거사 정관(普月居士 正觀, ?~?)

대략 1862년 전후에 서울 부근에서 살았던 재가 수행자로서 자세한 것은 알 수 없다. 그러나 그의 선시(禪詩)는 서산(西山)이나 경허(鏡虛)와 맞비길 수 있을 정도로 그 경지가 깊고 분명하다. 저서 :『관세음보살 묘응시현 제중감로(觀世音菩薩妙應示現濟衆甘露)』(4권).

◆ 사명유정(四溟惟政, 1544~1610)

밀양에서 출생, 황악산 직지사(直指寺)의 신묵(信默)화상에게 입산했다. 그 후 묘향산에 들어가 청허(淸虛, 서산대사)의 법을 이었다.
1592년 임진왜란이 일어나자 승병(僧兵)을 모집, 청허와 합세하여 참전했다. 1604년 일본에 사신으로 가서 강화조약을 맺고 포로 3,500명을 데리고 왔다. 광해군 2년 8월 26일 해인사 홍제암(弘濟庵)에서 입적했다. 세수 67, 법랍 55. 해인사 홍제암에 (일본인의 손에 의해서) 허리가 잘린 그의 비가 있다.

◆ 설암추붕(雪巖秋鵬, 1651~1706)

1651년(효종 2) 출생. 종안(宗眼)에게 출가하여 벽계구이(碧溪九二)에게 경론(經論)을 배워 통달하고 월저도안(月渚道安)으로부터 사법(嗣法)하였다. 계행(戒行)이 엄정하고 언변이 유창하여 많은 학인들이 모였다. 1706년(숙종 32) 입적.

◆ 소요태능(逍遙太能, 1562~1649)

전남 담양인(潭陽人). 어머님이 꿈에 신승(神僧)을 보고 그를 잉태하였다. 명종(明宗) 17년에 출생하였다. 13세에 백양사(白羊寺)에 입산하여 부휴대사(浮休大師)에게 경(經)을 배우고 묘향산에 들어가 서산대사(西山大師)를 친견하였다. 공안참구(公案參究) 20년 만에 깨달음. 인조(仁祖) 27년 11월 21일 담담히 앉아서 입적하였다. 서산(西山), 경허(鏡虛), 그리고 청매인오(靑梅印悟)와 더불어 한국 선시(禪詩)의 국보(國寶)적 존재이다.

저서 :『소요당집(逍遙堂集)』.

◆ 용담조관(龍潭慥冠, 1700~1762)

자는 무회(無懷), 성은 김씨(金氏)이며 1700년(숙종 26)에 출생하였다. 19세에 감로사(甘露寺) 상흡(尙洽)에게 출가. 선과 교에 통달하였다. 견성암(見性庵)에서 『기신론(起信論)』을 읽다가 깨달음(33세). 여러 번 강(講)을 폐했으나 문도(門徒)들의 청에 못 이겨 다시 개강(開講). 1762년(영조 38) 입적. 세수 63, 법랍 44. 저서 :『용담집(龍潭集)』.

◆ 원감충지(圓鑑冲止, 1226~1292)

19세에 문과(文科)에 장원급제, 한림학사가 되었으며 일본에 사신으로 갔다 왔다. 선원사 원오(圓悟)의 법을 이었으며 원오국사가 입적하자 그의 뒤를 이어 조계산 제6세 국사가 되었다. 원(元)나라 세조가 북경으로 초청. 금란가사와 불자를 선사 받고 돌아왔다. 고려 충렬왕 18년 입적했다.

◆ 중관해안(中觀海眼, 1567~?)

1567년 전남 무안에서 출생. 어려서부터 남달리 총명하여 신동(神童)이라 불렸다. 서산(西山)의 문하에서 선 수행(禪修行)을 하며 일생을 보냈다.

◆ 진각혜심(眞覺慧諶, 1178~1234)

호는 무의자(無衣子). 나주(羅州) 화순(和順) 사람. 1201년 진사

(進士)에 급제, 태학(太學)에 들어갔으나 모환(母患)으로 고향에 돌아갔다. 이듬해 어머니가 돌아가시자 조계산(曹溪山) 송광사(松廣寺) 보조국사(普照國師)에게 입산. 큰 바위에 앉아 밤낮으로 참선하면서 밤이 되면 게송을 읊으니 그 소리가 십리까지 들렸다. 지리산 금대암(金臺庵)에서는 대 위에서 좌선할 적에 눈이 내려 이마까지 묻히도록 움직이지 않았다. 아무리 흔들어도 대답이 없더니 마침내 깊은 뜻을 깨달았다. 1208년 보조국사가 법석(法席)을 물려주려 했으나 사양, 지리산에 들어가 자취를 감추었다. 1210년 보조국사가 입적, 칙명(勅命)으로 법석을 이어받고 개당(開堂). 납자(衲子)들이 구름같이 모여들었다. 1234년 월등사에서 입적했다. 세수 57, 법랍 32. 전남 순천 송광사에 그의 비가 있다. 저서 :『선문염송(禪門拈頌)』(전 30권).

◆ 청매인오(靑梅印悟, 1548～1623)

지리산 연곡사(鷰谷寺) 스님. 묘향산에 들어가 청허의법을 잇고 연곡사에서 입적했다. 그는 특히 공안선시(公案禪詩, 頌古)에 뛰어났으며 그의 문집에는 다수의 공안선시가 있다. 숭정(崇禎) 6년(1633)에 간행된 문집 「청매집」(靑梅集)이 있다.

◆ 청허휴정(淸虛休靜, 1520～1604)

묘향산(妙香山, 西山)에 오래 주석했으므로 서산대사(西山大師)라 하였다. 9세에 어머니를, 10세에 아버지를 여의었다. 서울 성균관(成均館)에 들어가 공부하던 중 벗들과 지리산 유람을 갔다가 숭인(崇仁)을 만나 머리를 깎았다. 21세에 부용영관(芙蓉靈觀)에게 인가를 받고 어느 마을을 지나다 낮닭 우는 소리를 듣고 대오(大悟). 30세에 선과(禪科)에 급제하여 대선(大選)으로부터 선교양종판사(禪教兩宗判事)가 되었다. 임진란(壬辰亂)이 일어나자 전국 사찰에 서신을 보내어 승병(僧兵)을 일으켰으며 서울 환복(還復) 후 제자 사명(四溟)과 영규(靈圭)에게 승군을 맡기고 묘향산으로 돌아갔다. 선조 37년 1월 묘향산 원적암(圓寂庵)에서 입적. 제자로는 편양(鞭羊), 사명(四溟), 영규(靈圭), 뇌묵(雷默) 등이 유명하며 이 외에도 세상에 이름난 제자가 70여 명이나 된다. 저서 : 『선가귀감(禪家龜鑑)』, 『청허당집(淸虛堂集)』 외 다수.

◆ 초의의순(艸衣意恂, 1786~1866)

1786년(정조 10) 출생. 15세에 나주 운흥사(雲興寺) 벽봉민성(碧峰敏性)에게 출가하였다. 19세에 월출산을 지나다가 그 기수(奇秀)함에 취하여 앉아 있다가 만월(滿月)이 해출(海出)함을 보고 유성(有省), 널리 선지식을 참(參)하였다. 완호(玩虎)에게 경학(經學)을 염향(拈香), 금담(金潭)에게 수선(受禪), 범자(梵字)에도 능통하였다. 특히 추사 김정희와는 절친했으며 시(詩) · 선(禪) · 다승(茶僧)으로 일세를 드날렸다. 두륜산정에 일소암(一小庵)을 짓고 독처지관(獨處止觀) 40여 년, 일지(一枝)라 호(號)하였다. 당시의 대선승(大禪僧) 백파긍선(白坡亘旋)의 오류를 통격(痛擊)하기 위해 『사변만어(四辯漫語)』를 지었다. 1866년(고종 3) 입적. 세수 81, 법랍 66. 저서 : 『초의집(艸衣集)』 외 다수.

◆ 추사 김정희(秋史 金正喜, 1786~1856)

문인(文人). 동시에 금석학자(金石學者)이며 서화가(書畵家)이다. 자는 원춘(元春), 호는 완당(阮堂). 판서(判書) 노경(魯敬)의 아들. 1809년 생원(生員)이 되고 1819년 문과(文科)에 병과(丙科)로 급제하여 설서(說書), 검열(檢閱)을 거쳐 1823년 규장각 시교(奎章閣侍敎)가 되었다. 충청우도암행어사(忠淸右道暗行御史), 검상(檢詳)을 거쳐 1836년 대사성(大司成)을 역임하였다. 추사체(秋史體)를 대성한 명필이며, 죽란(竹蘭)과 산수도(山水圖)에도 능통하였다. 당시의 시(詩)·선(禪)·다(茶)의 승(僧) 초의(艸衣)와 절친한 사이였다.

◆ 취미수초(翠微守初, 1590~1668)

선조 23년 서울 출생. 성삼문(成三問)의 외손자다. 어려서 설악(雪嶽)의 기숙경헌(耆宿敬軒)에게 출가하여 경(經)과 선(禪)을 익히며 제방(諸方)을 순력하였다. 인조 7년 옥천(玉川)의 영취사(靈鷲寺)에서 개당(開堂)하였으며 현종 9년 6월 무량수불을 염(念)하며 서쪽을 향하여 좌서(坐逝)하였다.

◆ 편양언기(鞭羊彦機, 1581~1644)

사명(四溟)과 더불어 서산 문하의 쌍벽(雙璧). 속성은 장씨(張氏). 어머니 이씨가 꿈에 일월(日月)을 품는 꿈을 꾸고 사(師)를 잉태, 선조 14년 출생하였다. 11세에 출가하여 선(禪)과 교(敎)에 통달하였다. 임진왜란 당시 전국의 승려들이 승군으로 참전했을 때 그만은 오직 은거하면서 수도와 도제양성에 힘썼다. 인조 22년 5월 10일 묘향산 내원암(內院庵)에서 입적. 세수 64, 법랍 53. 저서 :『편양당집(鞭羊堂集)』.

◆ 함허득통(涵虛得通, 1376~1433)

속성(俗姓)은 유씨(劉氏), 충주(忠州) 사람. 21세에 관악산(冠岳山) 의상암(義相庵)에 입산하였다. 이듬해 회암사(檜岩寺)에 가서 무학왕사(無學王師)를 친견하고 제방(諸方)을 행각(行脚)하였다. 다시 회암사에 가서 정진하다가 대오(大悟). 공덕산(功德山) 대승사(大乘寺), 천마산(天磨山) 관음굴(觀音窟), 불희사(佛喜寺)에서 납자(衲子)를 제접(提接)하였다. 문경(聞慶) 희양산 봉암사(鳳巖寺)에서 『금강경오가해 함허설의(金剛經五家解涵虛說誼)』를 지어 법당 뒤에 묻었더니, 밤에 방광(放光)하여 설의가 진설(眞說)임을 증명하였다. 1431년 희양산 봉암사(鳳巖寺)에 들어가 주석하다가 입적. 저서 :『함허당득통화상어록(涵虛堂得通和尙語錄)』.

◆ 함홍치능(涵弘致能, 1805~1878)

1805년(순조 5) 출생. 13세 때 고운사(孤雲寺)의 송암(松庵)에게 출가하였다. 선 · 교의 중흥조이다. 한국불교계에 있어서 근간에까지 선과 교를 같이함은 그의 영향이 크다. 등운산(騰雲山) 귀적암(歸寂庵)에서 1878년(고종 15) 입적.

◆ 허백명조(虛白明照, 1593~1661)

13세에 출가. 양육사(養育師) 보영(普英)을 따르다가 사명(四

溟)에게 입문하였다. 사명이 서울에 들어간 뒤 현빈인영(玄賓印映)으로부터 양종(兩宗)을 연구, 완허(阮虛)·송월(松月)·무염(無染)에게 사사(師事)하였다. 묘향산에 갔다가 팔도의승대장(八道義僧大將)의 호를 받았다(1626). 승군 4천을 거느리고 안주(安州)를 수비하였고, 1636년 병자호란에도 의병장이 되어 활약하였다. 묘향산 불영대(佛影台)에서 입적. 세수 69세. 저서 :『허백집(虛白集)』.

◆ 환성지안(喚惺志安, 1664~1729)

속성은 정씨(鄭氏), 춘천 사람으로 강희(康熙) 3년에 출생하였다. 15세에 미지산(彌智山) 용문사(龍門寺)에 입산하여 상봉정원(霜峯淨源)에게 구족계를 받았다. 직지사에서 종풍을 크게 드날렸으며 대둔산(大芚山)에서 정공(淨供)을 베풀 때 공중으로부터 세 번 부르는 소리가 났다. 이에 세 번 응답했다. 이것이 계기가 되어 그의 자를 삼약(三若), 호를 환성(喚惺)이라 하였다. 지리산, 금강산의 정양사(正陽寺) 등지에서 이적을 나타냈다. 영조 1년 금산사(金山寺)에서 화엄대법회(華嚴大法會)를 열자 모이는 대중이 구름과 같았다. 관에서는 혹세무민(惑世誣民)이라 하여 체포, 제주도로 유배되었다. 7일 후 입적. 세수 66, 법랍 51. 저서 :『선문오종강요(禪門五宗綱要)』,『환성시집(喚惺詩集)』.

작자별 색인

(가나다순)

가

다

마

바

사

아

자

차

타

파

하

기타

역주 해설자 **석지현(釋智賢)**

1969년 중앙일보 신춘문예 詩 당선. 1973년 동국대학교 불교학과 졸업. 이후 인도, 네팔, 티베트, 미국, 이스라엘 등지를 수년간 방랑했다. 편·저·역서로는 『禪詩』, 『禪詩감상사전』(전2권), 『바가바드 기따』, 『우파니샤드』, 『반야심경』, 『숫타니파타』, 『법구경』, 『불교를 찾아서』, 『선으로 가는 길』, 『벽암록』(전5권), 『종용록』(전5권), 『임제록 역주』, 『행복한 마음 휴식』 등 다수가 있다.

선시 삼백수

초판 1쇄 인쇄 | 2020년 11월 7일
초판 1쇄 발행 | 2020년 11월 13일

역주 해설 | 석지현
펴낸이 | 윤재승
펴낸곳 | 민족사

주간 | 사기순
기획편집팀 | 사기순, 최윤영
영업관리팀 | 김세정

등록 | 1980년 5월 9일 제 1-149호
주소 | 서울 종로구 삼봉로 81 두산위브파빌리온 1131호
전화 | 02)732-2403, 2404 / 팩스 | 02)739-7565
홈페이지 | www.minjoksa.org
페이스북 | www.facebook.com/minjoksa
이메일 | minjoksabook@naver.com

ISBN 979-11-89269-73-9 (03800)